NACHT ÜBER VALLDEMOSSA

Christina Gruber ist freie Autorin, Journalistin und Medienberaterin sowie Dozentin für Digitaljournalismus, Content-Marketing und Storytelling. Sie ist mit einem Polizisten verheiratet. Wenn sie nicht gerade mit ihrem Mann die Welt bereist, schreibt und arbeitet sie in Köln und auf Mallorca.

Dieses Buch ist ein Roman. Handlungen und Personen sind frei erfunden. Ähnlichkeiten mit lebenden oder toten Personen sind nicht gewollt und rein zufällig.

CHRISTINA GRUBER

NACHT ÜBER VALLDEMOSSA

Mallorca Krimi

emons:

Bibliografische Information der Deutschen Nationalbibliothek
Die Deutsche Nationalbibliothek verzeichnet diese Publikation in der Deutschen Nationalbibliografie; detaillierte bibliografische Daten sind im Internet über http://dnb.d-nb.de abrufbar.

FSC
www.fsc.org
MIX
Papier | Fördert gute Waldnutzung
FSC® C083411

Umschlaggestaltung: Nina Schäfer mit einem Motiv von lookphotos/Jürgen Richter
Gestaltung Innenteil: DÜDE Satz und Grafik, Odenthal
Lektorat: Jana Budde, Susann Säuberlich, Neubiberg
Druck und Bindung: CPI – Clausen & Bosse, Leck
Printed in Germany 2022
ISBN 978-3-7408-1320-8
Mallorca Krimi
Originalausgabe

Dieser Roman wurde vermittelt durch die Verlagsagentur Lianne Kolf, München.

Auf Mallorca ist die Stille unergründlicher als anderswo.

George Sand, »Ein Winter auf Mallorca«

Prolog

Der Mann ging schweigend den Gefängnisflur entlang. Graue Betonmauern, gelbe Gitterstangen vor den Fenstern. Draußen regnete es in weichen Schlieren. Durch die hellen Stäbe sah er die abgeernteten Felder, die Weiden, die Autobahn M-609 mit ihrem rastlosen Gewimmel, Autos und Lastwagen. Dahinter, weit in der Ferne, lag Madrid.

Ein Wachmann schloss ihm die Eisentür auf, die zu einem weiteren Flur und von dort aus in den schmucklosen Saal führte, in dem die Strafgefangenen Besucher empfangen durften.

So oft war der Mann diesen Weg schon gegangen. Doch nicht seine Familie erwartete ihn, nicht seine Liebste, sondern Pater Stephan. Seit fast zwanzig Jahren immer nur Pater Stephan. Sie waren zusammen alt geworden, der Häftling und der Geistliche, der im Centro Penitenciario Madrid V in Soto del Real für die Seelen der deutschen Strafgefangenen betete.

Dem Mann war Pater Stephan seit jeher ein Rätsel gewesen. Voller Sorgen, voller Befürchtungen. Ein ängstlicher Geistlicher, schmal und klein, der so wirkte, als hätte Gott ihn schon vor langer Zeit verlassen.

Zusammengekauert hockte der Pater am Tisch beim Fenster und starrte auf seine Hände. Der Mann grüßte ihn und setzte sich. Für eine Weile sagten beide kein Wort. Die anderen Gefangenen unterhielten sich leise mit ihren Familien und Freunden, eine Frau schluchzte.

»Du bist spät dran. Die Besuchszeit ist schon fast vorbei«, sagte Pater Stephan weniger vorwurfsvoll als gleichgültig.

»Ich habe meine Strafe abgesessen. Übermorgen kann ich diesen gastlichen Ort für immer verlassen«, erwiderte der Mann ironisch. »Wenn du meine Seele bis jetzt nicht gerettet hast, wird daraus sowieso nichts mehr.«

Der Pater putzte seine Brille, setzte sie auf und rutschte auf seinem Stuhl noch ein Stück in sich zusammen. »Weißt du, was du nach deiner Entlassung machen wirst?«

Ja, das weiß ich, dachte der Mann düster. Aber er würde es ganz sicher nicht dem Pater verraten, seinem einzigen Besucher in all den Jahren. Sie waren nie Freunde geworden.

»Ich werde wohl irgendwohin fliegen, vielleicht nach Mallorca«, antwortete der Mann vage.

Pater Stephan schluckte. »Das halte ich für keine gute Idee«, murmelte er beunruhigt. »Du kannst in ein Wiedereingliederungsprogramm in Deutschland, das weißt du. Ich habe dir doch die Broschüre gegeben.«

Das Heftchen mit den gut gemeinten Ratschlägen, wie Menschen nach langen Haftstrafen wieder in die bürgerliche Gesellschaft zurückfanden, lag bereits ganz unten im Papierkorb der Zelle. Der Mann nickte geduldig. »Ich weiß, Stephan. Aber ich mache ein bisschen Urlaub, schnuppere Freiheit. Auf Mallorca.«

»Nach allem … was dort passiert ist?« Pater Stephan zwinkerte nervös. »Willst du die Vergangenheit aufwühlen? Das geht selten gut.«

Er sprach es nicht aus, natürlich nicht. Dem Seelsorger war es nur einige wenige Male gelungen, das Wort auszusprechen. Mord.

»Das ist lange her«, sagte der Mann. Seine grünen Augen glommen.

Eingehend betrachtete Pater Stephan die Kerben und Schrammen auf dem Tisch zwischen ihnen. Es schien so, als wollte er etwas sagen, tat es aber nicht.

Ein Gong ertönte, der das Ende der Besuchszeit ankündigte.

Der Pater räusperte sich, beugte sich hinunter und wühlte in seiner ledernen Aktentasche, die neben ihm unter dem Tisch stand. »Falls du einen Job oder eine Wohnung brauchst, guck mal in die Kleinanzeigen.« Er zog eine deutschsprachige Wochenzeitung aus Mallorca aus der Tasche. »Habe ich für meine Schwester gekauft, die liest die gern. Aber nimm sie nur.« Er betreute zeitweise auch die deutschen Häftlinge im Gefängnis von Palma und reiste zwischen den Haftanstalten hin und her.

Der Mann griff nach der Zeitung und rollte sie zusammen. »Danke. Nicht nur für die hier. Für alles.«

Umständlich setzte Pater Stephan die Brille ab und steckte sie in die Brusttasche seines Hemdes. »Das ist doch meine Christenpflicht.« Er stand auf, nahm seine Jacke vom Haken an der Wand und hob die Tasche auf. »Ja dann. Das war mein letzter Besuch. Ich wünsche dir alles Gute.«

Der Mann stand ebenfalls auf. Ein unspektakulärer Abschied nach zwanzig Jahren. Das passte zu Pater Stephan.

»Ja dann«, echote der Mann. »Dir auch alles Gute.«

Sie gaben sich nicht die Hand.

Pater Stephan wandte sich zum Gehen, drehte sich an der Tür um. »Ich habe dich nie gefragt, aber nun tue ich es. Warst du es? Du hast es vor Gericht geleugnet. Aber du hast deine Strafe verbüßt, deshalb frage ich dich: Warst du der Mörder?«

»Spielt das noch eine Rolle?« Nein, dachte der Mann. Was war, ist vorbei. Es gibt nur noch das Morgen, es gibt nur noch die Zukunft.

Pater Stephan verschwand durch die Eisentür.

Der Mann sah ihm nach. Adios, Pater, dachte er. Dieser Abschied ist für immer.

Zurück in seiner Zelle, setzte sich der Mann an den Tisch vor dem Fenster. Vor den Stäben rauschte unaufhörlich der Regen. Die langen, weichen Schlieren wichen harten Böen, der Wind riss an den Büschen draußen auf den Feldern, peitschte über die versprengten Rinder auf der Weide.

Zwanzig lange Jahre. Und er hatte jeden einzelnen Tag gewusst, was er als Erstes tun würde, sobald er das Gefängnis verlassen würde. Er würde sie suchen. Und finden. Um jeden Preis.

Er atmete tief ein und aus, öffnete und schloss die Augen. Sein Blick fiel auf die Zeitung. Ein Fenster zum Leben, das in zwei Tagen endlich *sein* Leben sein würde. Das Leben draußen, ohne gelbe Stäbe. Er schlug das Blatt auf.

In Palma de Mallorca gab es Streit um die Kosten für die geplante Weihnachtsbeleuchtung der Stadt. Meteorologen warnten vor Herbstunwettern auf der Insel. Der Fußballclub Atlético Baleares hatte ein Spiel verloren. Der lokale Zusammenschluss der Händler in Llucmajor vergab einen Preis für das nachhaltigste Sortiment.

Der Mann überflog die nächsten Seiten und stockte plötzlich. Er keuchte auf, rückte die Leselampe näher und hielt die Zeitungsseite darunter.

»Llucmajor: Preis für Nachhaltigkeit geht an ›Gecko Galdent‹« lautete die Headline.

Auf dem Archivfoto waren eine zierliche ältere Dame und eine große, sportliche junge Frau zu sehen, die vor dem hübsch dekorierten Schaufenster eines Ladenlokals standen. Darunter las er: »Johanna Miebach (74) und ihre Enkelin Gemma Miebach (21) führen das ›Gecko Galdent‹ in Llucmajor, zu ihrem Sortiment gehören nachhaltig produzierte Gewürze, Öle, Essige und ausgewähltes Kunsthandwerk von der Insel.«

Es war fast lächerlich, lächerlich einfach gewesen. Er hatte sie gefunden. Und sie waren auf Mallorca. Das Schicksal hatte ihm diese Zeitung gebracht, davon war er überzeugt. Der kleine, ängstliche Erzengel Stephan, der heilige Sankt Sorgenfalte.

Er schmunzelte in sich hinein, schließlich brach er in schallendes Gelächter aus. Sein Plan stand fest. Schon lange.

Teil 1

Väter

Wir waren seit drei Wochen in Establiments, als die Regenperiode einsetzte. Bisher hatten wir herrliches Wetter gehabt, die Zitronenbäume und die Myrten blühten noch.

George Sand, »Ein Winter auf Mallorca«

1

Drei Monate später

Johanna Miebach hatte ein schlechtes Gefühl. Ein ganz schlechtes Gefühl. Sie rutschte unbehaglich auf dem harten Plastiksitz am Gate C70 des Flughafens Köln/Bonn hin und her. Der Flug nach Palma war längst angekündigt. Die dazugehörige Verspätung auch. Ihr war kalt, der Sitz war unbequem. Gemma ging nicht ans Telefon. Héctor auch nicht.

Sie drehte ihren Gehstock. Was war nur los daheim?

Von ferne juchzte eine hohe Frauenstimme. »Johanna! Hannilein! Wie wunderbar, dich zu sehen.«

Johannas Laune sackte in den Keller. Das Unglück kam in Gestalt ihrer Finca-Nachbarin Angelika Bernhard durch die Flughafenhalle herangerauscht. Angelika war beladen mit etwas, das sie selbst vermutlich als »Handgepäck« bezeichnete, jeder andere jedoch als Expeditionsausrüstung betrachtet hätte. Auf das Rollköfferchen hatte sie einen voluminösen Edelanorak mit Pelzkragen geschnallt, um ihre Schulter schlang sich eine vollgestopfte Basttasche, an der ein pinkfarbenes Reisekissen baumelte, dazu trug sie zwei prall gefüllte Plastikbeutel mit dem Werbeaufdruck aus einem Flughafengeschäft und einen Shopper aus bunten Lederflicken.

Johanna mochte Angelika, eigentlich. Sie war – objektiv gesehen – eine hilfsbereite, freundliche Frau Mitte fünfzig, die lediglich ein bisschen viel redete, sehr neugierig war und stets jeden noch so dubiosen Klatsch glaubte und herumerzählte. Leider war Johanna nicht nach einem Plausch, doch der war nicht mehr abzuwenden. Sie würden zusammen zurück zu ihrer Heimatinsel Mallorca fliegen, und Angelika würde es garantiert gelingen, im Flugzeug einen Platz neben Johanna zu ergattern, egal, was auf ihrem Ticket stand.

Johanna ergab sich in ihr Schicksal. Sie selbst trug lediglich eine braune Lederhandtasche und eine beige Steppjacke, die sie sich um die Schultern geschlungen hatte. Das restliche Gepäck hatte sie abgegeben.

Umstandslos drückte Angelika ihr eine Einkaufstüte und die Basttasche gegen die Knie. »Ich wusste, dass ich jemanden mit Kapazität treffe«, sagte sie fröhlich.

Sie trug wie so oft eine Sonnenbrille als Haarreif im kurzen gefärbten Blondhaar. Johanna hatte noch nie gesehen, dass sie die Brille tatsächlich auf der Nase hatte.

»Mit dem ganzen Kram lassen die mich nicht in den Flieger, aber wenn wir das unter uns aufteilen, geht es.« Angelika fummelte das Reisekissen vom Henkel der Tasche. »Das nehme ich so«, murmelte sie, während sie ihre restlichen Habseligkeiten sortierte.

»Wo ist die zweite Duty-free-Tüte?«, rief sie hektisch und wühlte in der Basttasche.

»Die hast du mir eben vor die Füße geworfen«, antwortete Johanna geduldig und zog den Beutel hervor. »Außerdem – wir fliegen nach Mallorca. Da kannst du doch gar nicht steuerfrei einkaufen.«

Angelika grinste. »Da ist ja auch nur Wäsche drin. Ich hatte zu viel Gepäck und habe den Rest in alten Duty-free-Tüten verstaut. Die erlauben sie meistens, weil sie denken, ich habe was am Flughafen gekauft. Zack, schon brauche ich kein Übergepäck zu zahlen.«

Johanna fand das zwar clever, aber umständlich. »Und warum buchst du nicht einfach einen Koffer dazu?«, tadelte sie und musterte den sündhaft teuren Anorak. Angelika konnte es sich schließlich leisten.

»Hilfe, nein! Ich bin doch keine Touristin. Und ich war nur für zwei Tage in Köln, ich habe doch kaum was mit.« Sie raffte ihre Siebensachen zusammen. Der Flug war aufgerufen worden. »Wo sitzt du?«

»4F«, sagte Johanna.

»Perfekt! Ich habe 12B, aber ich setze mich einfach zu dir. Ich muss dir dringend etwas erzählen.«

Johanna hatte es ja geahnt.

Sie reihten sich in die Schlange zum Boarding ein, dahinter führte die Tür zum Fingerdock und ins Flugzeug. In der Maschine warf sich Angelika sofort auf den jungen Mann, der Anstalten machte, sich auf 4E niederzulassen. Er hatte keine Chance gegen sie, akzeptierte sein Schicksal sofort und gab den Platz kampflos auf.

Nachdem Angelika ihr Gepäck in drei verschiedenen Fächern verstaut hatte, ließ sie sich schwer atmend neben Johanna fallen und schob den Ledershopper in den Fußraum. Sie reckte den Kopf über die vorderen Sitze, bevor sie sich umständlich anschnallte. In der Reihe vor ihnen saßen drei Männer im mittleren Alter, die sich Kopfhörer aufgesetzt und die Augen zu einem Nickerchen geschlossen hatten. Der Gangplatz neben Angelika war frei, die Reihe hinter ihnen war besetzt von einem nervösen Paar mit lautstark quengelndem Kleinkind. Die beiden versuchten gerade, eine Katastrophe abzuwenden.

»Wo ist der Schnuller? Du hattest ihn doch eben noch. Hast du ihn eingesteckt?«, fragte die Frau bebend.

Ihr Mann hustete nervös. »Oh Gott, nein, ich dachte, du hast …« Seine Stimme ging in einem ohrenbetäubenden Schrei unter. Sie fingen an, hektisch in allen Taschen nach dem Schnuller zu fahnden.

»Na, die sind beschäftigt.« Angelika wandte sich zu Johanna. »Wie gesagt, ich muss dich unbedingt sprechen. Du warst ja bestimmt ein halbes Jahr nicht daheim«, sagte sie mit vorwurfsvollem Ton.

Johanna fand, dass Angelika zu Übertreibungen neigte. »Drei Monate.«

»Und Gemma ist auch laufend unterwegs. Nach dem großen Unwetter habe ich sie oft draußen im Garten gesehen, es gab ja viel aufzuräumen. Aber seit zwei Wochen nicht das kleinste Lebenszeichen.«

Damit sprach Angelika den Sturm mit heftigen Regenfällen und Überschwemmungen an, der die Insel im Oktober heimgesucht hatte und bei dem dreizehn Menschen ums Leben gekommen waren. Gemma hatte danach angerufen, um zu bestätigen, dass das Haus noch stand.

»Ach.« Johanna wurde ein wenig bang. Warum war Gemma

seit zwei Wochen nicht im Haus? Und warum ging sie noch nicht einmal mehr ans Handy?

Der Flieger rollte zur Startbahn, was Angelika ein heiteres »Es geht los!« entlockte. Sie zog Magazine, Taschentücher, eine Rolle Minzdrops und ein Buch aus ihrer übervollen Tasche, warf alles auf den leeren Sitz neben ihr und lehnte sich zurück.

Johanna hingegen war besonders wach und aufmerksam. Unfälle im Flugverkehr, das wusste sie, ereigneten sich oftmals beim Start – und bei der Landung. Ein kluger Mensch hatte ihr mal empfohlen, sich auch zum tausendsten Mal die Sicherheitshinweise des Flugpersonals anzusehen, sich einzuprägen, wo die Notausgänge sind, und um Himmels willen niemals die Schuhe auszuziehen. Bei der Flucht durch Glassplitter aus einem brennenden Flugzeug entscheide gutes Schuhwerk über Leben und Tod, hatte er gesagt.

Johanna betrachtete ihre robusten braunen Stiefeletten. Dimitri war ein kluger Mann gewesen. Gewesen? Ob er noch lebte?

Die Maschine drehte eine Runde auf der Startbahn, rollte schneller und hob ab. Der Schub drückte die Passagiere in ihre Sitze, es ging weiter und weiter nach oben, bis Köln unter ihnen lag wie eine Spielzeugstadt, durchzogen vom silbernen Band des Rheins.

Angelika riss Johanna aus ihren Gedanken. Sie überprüfte, ob die Platznachbarn vor und hinter ihnen noch beschäftigt waren, und raunte: »Du und Gemma, ihr macht doch noch diesen Ermittlerkram?«

Johanna gab es zu. Sie saß im Billigflieger nach Palma und wirkte wie die netteste ältere Dame, die man sich vorstellen konnte. Das Haar trug sie heute in weichen weißen Wellen, dazu ein Twinset aus flauschigem Mohair in einem pudrigen Rosé und weite helle Leinenhosen. Harmloser ging es nicht. Eine deutsche Geschäftsfrau aus Llucmajor, die gemeinsam mit ihrer einundzwanzigjährigen Enkelin ein erfolgreiches Ladenlokal mit nachhaltig produzierten mallorquinischen Spezialitäten und Kunsthandwerk führte. Doch sie und Gemma hatten neben ihrem Geschäft noch ein zweites Betätigungsfeld: Sie waren Privatdetektivinnen.

Erst im Sommer hatten sie gemeinsam mit Gemmas Freund Héctor Ballester, Inspector der Policía Nacional in Palma, eine Mordserie auf der Insel aufgeklärt – ein verstörender Fall, bei dem sie und Gemma in tödliche Gefahr geraten waren. Eingeweihte wussten, dass Johanna die vermutlich beste und härteste Ermittlerin der ganzen Insel war, wenn nicht sogar ganz Spaniens. Doch ihre Geheimnisse kannten noch nicht einmal die Eingeweihten.

Das Geschrei des Kleinen hinter ihnen ging in ein lang anhaltendes Geheul über, unterbrochen von wütenden Schluchzern.

Angelika nutzte den Lärm, um die Katze aus dem Sack zu lassen. »Jetzt pass auf. Ich glaube, ich habe einen Mord beobachtet.« In diesem Moment brach das Gebrüll ab, da der Papa den Schnuller gefunden und dem Kind in den Mund gestopft hatte. Das Wort »Mord« schallte durch das plötzlich viel stillere Flugzeug. »Ähm, wir reden später darüber.« Angelika sah sich unbehaglich um, nahm eine Zeitschrift vom Nebensitz und lehnte sich zurück.

Johanna war neugierig geworden. »Einen Mord?«, flüsterte sie.

»Pscht«, machte Angelika. »Das hören doch alle!«

Das taten alle mitnichten; die Leute waren, nachdem sie bei »Mord« aufgehorcht hatten, wieder zu ihren üblichen Flugreisetätigkeiten übergegangen: dösen, Snacks knabbern, Musik hören, Bücher lesen, im Bordmagazin blättern, dösen und Snacks knabbern. Ein paar Unerschütterliche diskutierten über ein erstes Bier, es gehe schließlich »nach Malle«, teilten sie den benachbarten Passagieren mit.

Angelika war ihre ungeheure Behauptung offenbar postwendend entfallen. Sie wies amüsiert auf ein Foto in ihrem Magazin. Es zeigte einen Esel mit Hut, er hatte eine Blume im Maul. »Der ist ja unfassbar süß.«

»Sehr niedlich.« Johanna betrachtete das Bild nachdenklich. Das Motiv hatte sie in Zeitschriften und Kalendern bestimmt an die hundert Mal gesehen, aber es schien Menschen immer wieder zu erfreuen. Esel haben bei uns großes Glück, dachte sie. Sie gelten als niedlich und tragen Hüte fürs Fotoshooting. Kühe hingegen werden oft nur als Steak auf dem Teller fotografiert, mit Soße und ohne Hut. Das Leben ist ungerecht.

Angelika rollte die Zeitschrift zusammen, stopfte sie in den Shopper, schloss die Augen und döste ein.

Johanna fragte sich, warum zum Teufel Menschen in Flugzeugen unbedingt zusammensitzen wollten. Neben den Kindern, ja. Aber die Erwachsenen schliefen ohnehin praktisch nach fünf Minuten, lasen still oder hörten Musik. Sie hatte am Flughafen schon wahre Dramen erlebt, wenn Paare für zwei Stunden Flug keine Plätze nebeneinander bekamen, zum Beispiel weil sie beim Einchecken getrödelt hatten. Oft hatten sich die Paare mit viel Hin und Her und unter Protest die gewünschten Sitze ertrotzt. Um sich anschließend hinzusetzen und sofort einzudösen. Sehr seltsam.

Angelika wurde wach, als das Flugzeuginnere längst sein Grundrauschen – wie Johanna es nannte – auf Flughöhe aufgenommen hatte. Kramen in Taschen, Knistern mit Chipstüten, das Klappern der Servierwagen, das beruhigend gleichmäßige Dröhnen der Turbinen. Der Kleine hinter ihnen behielt endlich seinen Schnuller im Mund, trug dicke Kopfhörer auf den Ohren und summte munter ein Kinderlied mit, das auf seinem iPad lief.

Angelika befand den Geräuschpegel offenbar als ausreichend. »Pass auf, du erinnerst dich noch an den alten Lopez, du weißt schon, der mit der etwas verwahrlosten Finca gegenüber von dir, an meiner südlichen Grundstücksgrenze?«

»Nein«, sagte Johanna. »Ich bin doch erst dieses Jahr im Frühjahr eingezogen. Da war er schon tot. Die Erben streiten sich um die Finca, richtig?«

»Ach, stimmt ja. Genau, die Erbengemeinschaft hat sich länger gezankt, nach langen Verhandlungen bekommt der Enkel nun das Haus. Felipe heißt er, Nachnamen weiß ich gar nicht. Ob der auch ein Lopez ist? Na, egal.«

Die Flugbegleiterin kam mit dem Getränkewagen vorbei, Angelika bestellte umständlich ein Glas Rotwein, bezahlte mit ihrer Kreditkarte, trank das Glas ohne Umschweife leer.

»Das Haus wird komplett umgebaut und saniert, seit etwa vier Wochen. Da sind jeden Tag Handwerker zugange. Das hast du ja auch nicht mitbekommen. Aber pass auf. Ist etwa sechzehn oder siebzehn Tage her, ein Mittwoch war das. Ich gehe am Nachmittag mit Günther Gassi …«

Johannas Gesicht war ein einziges Fragezeichen. Gassi gehen? Mit Günther? Sie war sich sicher gewesen, dass Angelikas Mann Wolfgang hieß.

»Günther ist unser neuer Hund«, informierte Angelika, der Johannas Gedankengänge schwanten. »Dackel. Der hieß schon so. Gehörte vorher einer alten Dame, einer Deutschen aus Arenal, die ist ins Altenheim gezogen. Also, ich gehe mit Günther Gassi und höre Stimmen nebenan.«

Sie reckte den Kopf und murmelte etwas von »Stewardess«. Die stand mit dem Getränkewägelchen schon vier Reihen hinter ihnen. Angelika setzte ihr nach und kam mit einem zweiten Glas Rotwein zurück.

»An diesem Tag waren die Handwerker nicht da, ich dachte noch: Die sind ja spät dran heute. Ich habe denen nachmittags immer einen Kaffee rübergebracht, das hat ja sonst keiner getan.«

Es war typisch für Angelika, dass sie die Arbeiter auf anderer Leute Baustellen mit Kaffee und Keksen versorgte.

Sie ist eben ein herzensguter Mensch, dachte Johanna wohlwollend. Allerdings war Angelikas Mann häufig auf Geschäftsreise, und ihr war wohl manchmal ein bisschen langweilig, das konnte mit hineinspielen. Und ihre nicht zu unterschätzende Neugier. Angelika war stets bestens darüber informiert, welcher Nachbar seinen Pool neu fliesen ließ, in welcher Farbe, von welchem Bauunternehmen und zu welchen Kosten. Meistens wusste sie sogar vor dem Nachbarn selbst, was bei den Bauarbeiten als Nächstes schiefgehen würde. Johanna hatte sich manches Mal gedacht, sie sollte Angelika in ihrer Detektei einstellen, als Rechercheurin leistete sie Großartiges.

»Ich bin also zurück, hab Kaffee gemacht und bin mit dem Tablett durch den Zaun, wie immer.«

»Durch den Zaun?«

»Klar, der hat ein Loch an der Seite zu meinem Grundstück.«

»Du dringst einfach in das Grundstück des Nachbarn ein?«, fragte Johanna noch einmal.

Angelika ignorierte den Einwurf, sie nahm mit unschuldiger Miene einen Schluck Rotwein. »Die Stimmen kamen von der Terrasse; ich hab auch gesehen, dass das große Außenlicht an war. Es war ein düsterer Tag, dunkle Regenwolken, eklig. Ich will also hin, doch da merke ich, das sind gar nicht die Handwerker. Ich höre einen Mann und eine Frau, die sich anschreien. Auf Spanisch.« Sie drehte das Glas in der Hand. »Ich stelle das Tablett ab und gucke erst einmal vorsichtig ums Haus. Da steht der Enkel vom alten Lopez und daneben eine Frau, gut aussehend, vielleicht Mitte dreißig.«

Johanna runzelte die Stirn. »War das bestimmt Spanisch? Nicht vielmehr *mallorquí*?« Soweit ihr bekannt war, waren die Lopez eine alteingesessene einheimische Familie.

»Was weiß ich, das ist doch fast das Gleiche.«

Angelika hatte nur begrenzte Spanischkenntnisse, *mallorquí* sprach sie überhaupt nicht. Johanna hatte sich schon gedacht, dass sie den Unterschied nicht heraushörte.

»Sie haben sich also angeschrien, und du hast gelauscht?« Johanna beschlich das Gefühl, dass Angelika, die oft Dinge missverstand, sich da eine ziemliche Räuberpistole zusammenspann.

»Tja, ich stehe da hinterm Haus und weiß nicht, wohin. Freundlich Hallo sagen? Leise zurückziehen?« Sie nippte am Rotwein. »Um ehrlich zu sein, ich war auch gespannt, wie die Sache ausgehen würde.«

Johanna fand das verständlich. In ihrer ländlichen Ecke im Norden von Llucmajor, am Fuß des Randabergs, umgeben von Weiden mit idyllischen Trockenmauern, Mandelbäumen und Schweinekoben, passierte selten etwas Aufregendes.

»Ich gucke also noch mal um die Ecke, doch Felipe und die Frau sind ins Haus gegangen, haben auch das Terrassenlicht ausgemacht. Sie schreien drinnen weiter.«

»Und dann?«, fragte Johanna, zunehmend ungeduldig.

»Auf einmal ist es totenstill. Kein Mucks. Ich höre nur ein dumpfes ... Tja, ein dumpfes Stampfen, dann ein Klappern. Ein Scharren und Rascheln. Ich dachte, kämpfen die etwa miteinander?«

»Was hast du getan?« Langsam wurde es doch interessant.

»Ich habe gewartet. Ich meine, der ganze Bereich ist voller Bauschutt, lauter Stolperfallen. Da kann man kaum treten, ohne dass dich jemand hört.«

Johanna war überzeugt, dass Angelika das bereits ausprobiert hatte. Garantiert ging sie regelmäßig nachsehen, wie der Um- und Ausbau beim Nachbarn voranging.

»Ich bin nach einer Weile trotzdem ganz leise am Haus entlang. Gucke ins Fenster neben der Terrasse. In dem Moment macht der Kerl im Inneren so eine Baulampe an, grelles Neonding. Hab gedacht, ich werde blind. Ich bin so erschrocken, dass ich zurückgestolpert und vor Angst schnell durch den Zaun in meinen Garten gehuscht bin.«

»Hat er dich gesehen? Oder gehört?«

Angelika betrachtete beunruhigt ihr nunmehr leeres Weinglas. »Ich glaube nicht, aber ich weiß es nicht.« Sie beugte sich hinunter und fummelte zwei Schokoriegel aus der Tasche, hielt Johanna einen hin, die verneinend mit der Hand wedelte.

»Auf jeden Fall: Ich warte in meinem Garten und lausche. Erst komplette Ruhe, alles still. Und schließlich höre ich Felipes Auto.« Sie wickelte den ersten Schokoriegel aus. »Verstecke mich hinter meinem Zaun, von da aus kann man alles sehen. Er fährt vorbei, ich gucke also in das Auto, aber was soll ich sagen? Er sitzt ganz allein drin! Die Frau ist nicht im Wagen.«

»Ganz bestimmt? Vielleicht saß sie im Heck?«

»Er war mit einem Cabrio unterwegs, Verdeck offen. War idiotisch, bei dem Wetter. Da war niemand außer ihm. Und die Frau war nicht zu sehen, weder am Haus noch auf der Straße, auch nach einer halben Stunde nicht. Ich will gerade rüber und im Haus nachsehen, da kommt Felipe zurück. Er bleibt eine Stunde, macht irgendeinen Lärm, den ich nicht zuordnen kann, und fährt zum zweiten Mal weg, immer noch allein.«

Johanna fand das nicht allzu verdächtig.

»Ich schlüpfe also wieder durch das Loch im Gartenzaun. Hab ja das Tablett stehen lassen. Gehe aber extra mit Taschenlampe noch mal ums Haus, es fing an zu dämmern. Leuchte durch die Fenster, gucke in jeden Winkel, sogar in den Bauschuttcontainer; der ist halb leer, paar Steine, Müllsäcke, alte

Kacheln und solche Sachen. Aber: keine Menschenseele da«, schloss sie dramatisch, als wäre dies eine spektakuläre Entdeckung gewesen – und nicht das Gegenteil.

Johanna zog die Augenbrauen hoch. »Na ja, die Frau kann doch zu Fuß weggegangen sein. Wenn sie sich mit Felipe gestritten hat, wollte sie vielleicht nicht mehr mit ihm im Auto sitzen. Wäre das nicht die denkbarste Lösung?«

»Du weißt doch, das Grundstück ist im Osten und Süden von einer hohen Mauer mit Gestrüpp davor umschlossen. Man kann zu Fuß nur am Nordrand rüber in meinen Garten, durch den Zaun eben. Am Westrand führt ein Tor zur Straße. So. Und sie ist nicht auf mein Grundstück gekommen und auch nicht auf die Straße gegangen. Da müsste sie an meinem Tor vorbei, ist sie aber nicht. Richtung Süden sind etliche Häuser mit Wachhunden, es hat aber keiner angeschlagen. Sie kann nicht zu Fuß gegangen sein.«

»Na schön, nehmen wir an, sie ist nicht zu Fuß weg. Wo ist sie hin?«

»Das sage ich dir. Ich habe mich überall umgeschaut, wie gesagt, keine Menschenseele. Aber eine frische Betondecke. Er hat die Terrasse erhöht, ein Fundament gegossen.« Triumphierend kaute Angelika ihren Schokoriegel. »Auf einmal kam der Lkw, um den Bauschuttcontainer abzuholen, fand ich komisch, wo der doch noch nicht voll war. Ich bin flott mit dem Tablett zurück zu mir.«

»Und jetzt denkst du …?«

»Genau. Er hat sie getötet und die Leiche unter der Terrasse einbetoniert.« Angelika wickelte auch den zweiten Schokoriegel aus und biss hinein.

Wo lässt sie das nur, fragte sich Johanna, sie wiegt keine sechzig Kilogramm. Die Geschichte fand sie reichlich abstrus. »Oder die junge Dame ist am Ostrand über die Mauer geklettert und von dort zurück auf die Straße. Oder sie hat sich im Haus vor dir versteckt und ist später in der Nacht zu Fuß weggegangen. Oder sie ist mit dem Lkw-Fahrer weggefahren, der den Bauschutt geholt hat.«

Angelika stopfte energisch die Verpackung der Riegel in das

Einwegglas und gab beides dem jungen Steward, der mit dem Müllwägelchen vorbeikam.

»Das kann alles sein. Ich habe trotzdem ein schlechtes Gefühl. Da war etwas Böses, das habe ich gespürt. Dieser Felipe ist mir nicht geheuer. Ich dachte, ich könnte dich darauf ansetzen, aber du scheinst mir ja nicht zu glauben.« Angelika war sichtbar beleidigt. Sie kramte demonstrativ ihr Magazin hervor und blätterte aggressiv und ohne zu lesen darin.

Eine Leiche im Beton, also bitte!, dachte Johanna. Das klang allzu sehr nach Kriminalroman. »Hast du die Frau überhaupt richtig gesehen? Könntest du sie beschreiben?«

Angelika legte die Zeitschrift ruckartig weg. »Natürlich. Wie schon gesagt, die beiden standen ja direkt im Licht der Lampe auf der Terrasse, praktisch im Flutlicht.« Sie schloss die Augen. »Ungefähr einen Meter siebzig groß, schlank. Lange dunkle Locken. Rundes Gesicht, erinnerte ein bisschen an Selena Gomez. Du weißt schon, die Schauspielerin. Ich habe sie auf Anfang, Mitte dreißig geschätzt, ungefähr so alt wie der Lopez-Enkel. Dunkler Hosenanzug, ist auf High Heels durch den Bauschutt gestolpert. Hatte eine Handtasche im Arm, die aussah wie eine ›City‹-Bag von Balenciaga. In Knallrot. Kann aber auch eine Fake-Marke gewesen sein, das sieht man ja nicht von fern.«

Johanna musste zugeben, dass sie beeindruckt war. »Du kannst gut beobachten. Aber sag mal, wenn du so überzeugt bist, dass etwas Schlimmes passiert ist, warum hast du nicht die Polizei gerufen?«

Hilflos hob Angelika die Hände. »Na, ich habe genau genommen keinen Mord gesehen. Kann ja sein, dass gar nichts passiert ist. Dass es so war, wie du sagst, und sie ist doch einfach nachts weggegangen. Der Typ wird schließlich unser neuer Nachbar, da sollten wir schon Gewissheit haben, oder?«

Das fand Johanna wiederum nachvollziehbar. »Okay, ich sage dir etwas. Ich sehe mal, was ich herausfinden kann, ja? Aber wenn sich da nur ein junges Paar ein bisschen gestritten hat und die Frau demnächst quicklebendig mit dem Enkel einzieht, dann gibst du zu, dass bei dir nur die Phantasie durchgegangen ist, okay?«

Angelika wurde ernst. »Danke«, sagte sie schlicht. »Ich konnte tagelang nicht gut schlafen wegen der Sache und habe gehofft, dass du und Gemma endlich zurückkommt und mir helft und bestätigt, dass da tatsächlich nichts passiert ist.« Sie begann, ihre Sachen in ihre Tasche zu räumen, die sie auf dem freien Gangplatz verstreut hatte.

Der Pilot hatte die baldige Ankunft auf Mallorca angekündigt, die Maschine zog eine weite Kurve über das blaue Meer. Es entstand Unruhe, weil alle Passagiere eilig zusammenpackten, noch schnell zur Toilette wollten oder ihr Nickerchen beendeten und plauderten. Die Maschine war fast ausgebucht, trotz Nebensaison.

Im Flugzeug saß das typische Winterpublikum. Hinten die Touristen, sportlich mit Wanderstiefeln und Outdoorjacken. Vorn die Mallorca-Profis – Residenten und Stammgäste. Viele im Beach-Hippie-Chic, wie Johanna es nannte. Die Herren in knittrigen hellen Leinenhemden, mit Lederkettchen um den Hals. Die Damen als Boho-Queens in bunten Flatterkleidern oder Batikblusen, ebenso mit Hippieschmuck, die wie Angelika volle Basttaschen in die Gepäckablage gehievt hatten, als gingen sie zum Strand. Viele über fünfzig, mit ledrigen gebräunten Gesichtern. Die Residenten reisten auch aus dem Grund oft weit vorn im Flugzeug, weil sie meist nur Handgepäck bei sich trugen und von der Maschine gleich zügig zum Ausgang durchmarschieren wollten, ohne am Gepäckband warten zu müssen.

Johanna presste die Nase an das Fensterchen, sie überflogen das Cap de Formentor. Die felsige Landzunge ragte weit ins Meer und war ein vertrauter Anblick. Johanna glaubte, einen rötlichen Fleck an der Spitze des Kaps zu erkennen, das ziegelrot gestrichene Dach des flachen Gebäudes, auf dem der Leuchtturm stand.

Sie war bald zu Hause und sollte sich freuen. Daheim bei Gemma, ihrer komplizierten Enkelin, dem Menschen, den sie am meisten liebte auf dieser Welt. Aber da war dieses schlechte Gefühl. Es ist etwas ganz und gar nicht in Ordnung, dachte Johanna.

Heute war Samstag, der 1. Dezember, sie war fast drei Monate weg gewesen. Ein Spezialauftrag, hatte sie Gemma gesagt, ein *geheimer* Spezialauftrag. Dieser Auftrag hatte sie in drei Länder geführt und sich als anstrengend herausgestellt. Anstrengend, gefährlich – und erfolgreich. Und sie würde Gemma davon nicht erzählen können, wie so oft.

Gemma hatte früher viel gefragt und irgendwann damit aufgehört. Hatte sie es akzeptiert, dass es eben Geheimnisse, Familiengeheimnisse, gab, über die Johanna nicht sprach? Niemand sagte Gemma die Wahrheit über ihren Vater und ihren Großvater. Und schon gar nicht die Wahrheit über Johanna selbst.

Irgendwann werde ich über all das mit ihr reden müssen, dachte Johanna. Aber nicht jetzt.

Doch vor ungefähr zwei Wochen musste etwas passiert sein. Ihre ohnehin schreibfaule Enkelin hatte kaum noch auf Textnachrichten geantwortet, sie war nicht mehr ans Telefon gegangen. Da die Rechnungen für Finca und Geschäft pünktlich überwiesen worden waren, wie Johanna an den Kontoauszügen und Kreditkartenabrechnungen hatte sehen können, war zumindest nichts Lebensbedrohliches geschehen. So viel war immerhin klar.

Doch auch der sonst so kommunikative Héctor, ihr Schwiegerenkel in spe, schrieb nur noch sehr einsilbig. Gestern hatte er sogar ihren Anruf weggedrückt. Das passte gar nicht zu ihm.

Ja, sie war beunruhigt. Gemma und Héctor waren seit knapp acht Monaten ein Paar. Hatten sie sich gestritten?

Vielleicht waren sie nur einem neuen Fall auf der Spur und hatten keine Zeit. Das konnte es sein. Das musste es sein.

Die Maschine flog noch eine Schleife über die Bucht von Palma und setzte sanft auf dem Rollfeld auf, wurde eingewiesen und parkte schließlich an einem der Finger, die in den Bauch des Airports führten.

Im Flugzeug brach die übliche Hektik aus, die Passagiere standen praktisch gleichzeitig auf und zerrten Taschen, Hüte und Rucksäcke aus den Gepäckfächern. Angelika sah aus wie ein Packesel, nachdem sie ihr Handgepäck zusammengerafft hatte.

Johanna war ruhig auf ihrem Platz sitzen geblieben, während

sich die anderen schon in den Mittelgang gequetscht hatten. »Ich werde abgeholt«, informierte sie Angelika und wies auf ihren Gehstock.

Zum allerersten Mal in ihrem Leben hatte sie bei der Onlinebuchung das Kästchen für die Ausstiegshilfe angeklickt. Es ist so weit, hatte sie gedacht. Ich werde alt. Die Wege auf dem Flughafen in Palma schaffte sie zwar noch, aber mittlerweile brauchte sie sehr lang, um zu den Gepäckbändern und zum Ausgang zu kommen. Sie musste endlich einsehen, dass sie vierundsiebzig Jahre alt war.

Vergnügt ließ sich auch Angelika zurück auf ihren Platz sinken. »Oh, toll. Ich mache auf Begleitperson, dann muss ich nicht laufen mit dem ganzen Kram.«

Johanna nickte ergeben.

Nachdem sich die Maschine geleert hatte, kam draußen ein Wägelchen angefahren, das neben ihnen parkte und seine Kabine auf die Höhe des Flugzeugs ausfuhr. Die Stewardess entriegelte die zweite Tür der Maschine gegenüber dem Ausstieg, der ausgefahrene Transporter öffnete sich. Zwei junge Männer kamen heraus und nahmen die gehbehinderten Fluggäste in Augenschein.

»Señora, können Sie alleine gehen?«, fragte einer der Helfer Johanna auf Spanisch.

»Sí, gracias.« Johanna stemmte sich vom Sitz hoch, griff nach Gehstock und Handtasche und marschierte zu der Kabine.

Angelika wieselte hinterher. »Ich bin die Begleitung«, flötete sie zuckersüß.

Die Männer hoben einen jüngeren Passagier von seinem Sitz in einen schmalen Rollstuhl, dazu kam eine Frau um die neunzig, die sich wie Johanna auf einen Gehstock stützte. Gemeinsam fuhren sie mit der Kabine nach unten, anschließend kurvte das Wägelchen zu einem der Eingänge des Flughafengebäudes. Sie stiegen in flüsterleise Elektrotransporter um, durchquerten den Flughafen und hielten an den Gepäckbändern.

»Brauchen Sie noch Unterstützung, um zum Taxi oder zu den Bussen zu kommen?« Einer der Männer wies auf einen Rollstuhl, der an den Gepäckbändern parat stand.

Johanna verneinte erneut und bedankte sich. Erfreut stellte sie fest, dass die Ausstiegshilfe des Flughafens hervorragend organisiert war.

»Soll ich dich mitnehmen, oder wirst du abgeholt?«, fragte Angelika, die ihr Köfferchen und die Taschen auf eine Gepäckkarre getürmt hatte. »Ich habe das Auto beim Langzeitparken stehen.«

»Lass nur, Gemma oder Héctor werden gleich hier sein.« Johanna war sich nicht ganz sicher, ob dies der Wahrheit entsprach. Sie wollte der klatschsüchtigen Angelika auf keinen Fall ein Familiendrama bieten.

Winkend verabschiedete sich diese. »Komm morgen auf einen Kaffee zu mir, ich zeige dir unseren Tatort!«, rief sie beim Gehen über die Schulter.

Johanna wartete am Band, bis ihr dunkelblauer Trolley vorbeigefahren kam. Mit Koffer und Gehstock machte sie sich auf zum Ausgang. Sie hatte Gemma und Héctor gestern eine Nachricht geschrieben und sie gebeten, sie vom Flughafen abzuholen. Sie hatte keine Antwort erhalten, aber die blauen Häkchen verrieten ihr, dass ihre Nachricht gelesen worden war.

Sie werden mich doch nicht vergessen haben?, dachte sie, nahm ihr Smartphone und schaltete im Gehen den Flugmodus aus. Das Handy suchte einen Moment und loggte sich ins mallorquinische Netz ein. Sofort kam der Signalton, dass eine Textnachricht von Gemma eingetroffen war. Erleichtert tippte Johanna auf ihr Handy, um sie zu öffnen.

»Sorry, bin unterwegs«, stand dort. »Lass dich von Héctor abholen. LG G.«

Verwirrt hielt Johanna inne. Sie war froh, dass Gemma endlich ein Lebenszeichen von sich gegeben hatte, aber überrascht von der distanzierten Form. Warum hatte Gemma mit »LG G.« unterschrieben? So förmlich wurde sie nur, wenn sie richtig sauer war. Normalerweise nutzte sie nämlich gar keine höflichen Grußformeln.

Johanna durchforstete ihr Gehirn, was sie wohl verbrochen haben könnte. Warum war Gemma wütend auf sie? Es fiel ihr partout kein Vergehen ein.

Von Héctor war gar keine Nachricht gekommen. Auch der hübsche, etwas pummelige Polizist mit den schwarzen Locken war weit und breit nicht zu sehen.

Die beiden ließen sie tatsächlich am Flughafen stehen, nach drei Monaten Abwesenheit kam sie niemand abholen! Angelika war natürlich schon über alle Berge.

Verärgert und besorgt zerrte Johanna den Rollkoffer hinter sich her in Richtung Taxistand. Sie beschrieb der Fahrerin auf Spanisch den Weg zu ihrer abgelegenen Finca und lehnte sich im Sitz zurück.

Während das Taxi über die Autobahn Ma-19 in Richtung Llucmajor fuhr, klingelte ihr Handy. Héctor. Endlich!

»Hola, Johanna, ho sento«, sagte er mit gepresster Stimme. »Es tut mir leid, ich habe deine Ankunft verpasst. Wo bist du?«

Johanna erklärte, sie sitze im Taxi nach Llucmajor. »Was ist los mit euch? Wo ist Gemma?«, fragte sie.

Zu ihrem Entsetzen schluchzte Héctor auf. »Sie ist weg«, sagte er leise. »Sie ist weg, und sie hat einen anderen.«

2

Es dämmerte bereits, als Johanna schließlich an ihrer Finca ankam. Sie entlohnte die Taxifahrerin und schloss das schwarze Eisentor auf, das auf die gekieste Einfahrt führte. Das Grundstück der Lopez, das Angelika für einen Tatort hielt, befand sich gleich gegenüber auf der anderen Seite des ungeteerten Sträßchens. Das helle Haus lag unschuldig im Zwielicht, Johanna erahnte Baumaterial, Bauschutt und einen Zementmischer durch die Maschen des Zauns. Kein Auto, die Fenster dunkel. Es war offenbar niemand da.

Ebenso wenig in ihrem eigenen Haus. Trotz der einbrechenden Dunkelheit bemerkte sie sofort, dass Gemma sich seit längerer Zeit um nichts mehr gekümmert hatte. Das Unkraut war durch den Kies gekrochen, die Einfahrt ähnelte schon fast einer Wiese. In den hübschen Beeten mit Oleander, Kapmargeriten, Zwergpalmen und Hibiskus war der wilde Spargel emporgeschossen.

Johanna ärgerte sich. Gemma war noch nie Heldin des Haushalts gewesen, aber sie hatte zumindest den Garten halbwegs in Ordnung gehalten. Zum Haus gehörte auch ein Gelände mit Orangen-, Zitronen- und Mandelbäumen, zwischen denen Gras und Unkraut wucherten.

Der Oktobersturm hatte ihre Finca zwar weitgehend verschont, aber dennoch gab es Schäden. Neben dem in einer alten Zisterne untergebrachten Pool stand ein schöner *algarroba*, ein Johannisbrotbaum. Der war nun arg zerzaust, Äste waren aus dem Wipfel gebrochen, das zerborstene Holz lag in einem Stapel darunter. Immerhin schien Gemma nach dem Sturm etwas aufgeräumt zu haben.

Johanna zog den Koffer mühsam über den Kies auf die Terrasse und schloss die Tür zum Haus aus sandfarbenem Bruchstein auf. Es war feucht und kühl im Inneren.

Sie schaltete als Erstes die Heizung an und machte einen Rundgang durch die Räume. In Gemmas Zimmer stellte sie fest, dass die Sporttasche fehlte. Der Schrank war halb leer, Jeans, T-Shirts und Gemmas warme Jacke waren fort, dazu mindestens zwei oder drei Paar Schuhe.

Wo war das Kind nur? Warum waren Gemmas Sachen weg? Warum ging sie nicht ans Handy?

Seit mehr als sieben Jahren wohnte Gemma bei Johanna auf Mallorca. Damals hatte ihre Tochter Marion verzweifelt angerufen und ins Telefon geweint, sie komme mit der störrischen Vierzehnjährigen nicht mehr zurecht. »Mutti, ich kann nicht mehr«, hatte Marion gesagt und Gemma einfach zu ihr geschickt.

Auch das Verhältnis zwischen Johanna und Marion war nicht einfach. Johanna hatte einige Lebensentscheidungen ihrer Tochter missbilligt. Und sie wusste nur zu genau, dass sie selbst als Mutter schlichtweg versagt hatte. Wenn sie sich um Gemma kümmerte, wäre das eine Art von Wiedergutmachung, hatte sie gehofft.

Die mürrische, maulfaule Gemma war zuvor in Köln zum zweiten Mal von der Schule geflogen und hatte sich allen Therapie- und Gesprächsangeboten widersetzt. Sie hatte nur über den Sommer bei Johanna auf Mallorca bleiben sollen. Doch mit ihrer Großmutter und den Mallorquinern kam sie erstaunlicherweise wunderbar zurecht. So war sie bei Johanna geblieben.

Die hatte schnell gemerkt, was mit Gemma los war – das Kind war hochintelligent und einzelgängerisch, brauchte viel geistige Abwechslung und spannende Aufgaben. Davon hatte Johanna reichlich zu bieten. Sie hatte Gemma an der spanischen Schule in Llucmajor angemeldet und ließ sie in ihrem Laden und vor allem in der Detektei mitarbeiten. Es klappte ganz wunderbar.

Doch Gemma wurde erwachsen. Johanna fürchtete sich vor dem Moment, in dem sie sagen würde, sie wolle ausziehen. War es so weit? Wo war sie nur?

Gemma hasste es, wenn Johanna ihr hinterherspionierte, aber das war heute egal. Johanna schritt in ihr Ankleidezimmer, das Gemma hartnäckig »Deep Space Nine« nannte. In diesem Raum lagerte Johanna Verkleidungen für ihre waghalsigen Undercoveraktionen, Gemma hatte hier ihr komplettes Computerequipment aufgebaut, das sie für ihre Arbeit als Ermittlerin brauchte.

Johanna schaltete einen der Laptops ein, über den sie via GPS verfolgen konnte, wo Gemma steckte. Für ihre mitunter gefährlichen Aufträge hatten Oma und Enkelin vereinbart, ihre Handyortung freizugeben, um sich im Notfall finden zu können. Für Gemma hatte sich dies Anfang des Jahres als lebensrettend erwiesen. Ein Mörder, dem sie auf der Spur gewesen waren, hatte sie überwältigt und töten wollen. Im letzten Moment hatten Héctor und Johanna sie aufspüren und das Schlimmste verhindern können.

Doch die Ortung blieb erfolglos. Gemma hatte die Funktion ausgeschaltet. Während Johanna noch grübelnd vor dem Laptop saß, hörte sie einen Wagen vorfahren. Das musste Héctor sein. Er hatte versprochen, sofort zu ihr zu kommen und zu berichten, was geschehen war.

Erleichtert lief Johanna nach draußen. Alles würde sich aufklären.

Sie mochte den geradlinigen, gutherzigen Inspector sehr gern, fast wie einen Enkel. Und sie hatte es auch sehr gern gesehen, als Gemma und er ein Liebespaar geworden waren. Er hatte gut auf die draufgängerische Gemma aufgepasst.

Johanna öffnete das große Eisentor, Héctor rollte mit seinem Dienstwagen in den Hof und stieg aus.

Überrascht blieb Johanna stehen. Der sonst so hübsche junge Mann hatte sich lange nicht rasiert. Seine schwarzen Locken hingen ihm strähnig ins Gesicht, unter seinen Augen lagen dunkle Schatten.

»*¡Héctor, noi!* Junge, bist du krank?«, rief sie besorgt.

Héctor schloss sie in die Arme. »*¡Johanna, gràcies a Déu!* Gott sei Dank, dass du da bist!«, stieß er hervor.

Sie zog ihn ins Haus, Héctor ließ sich im Wohnzimmer auf den schäbigen, aber bequemen alten Cordsessel fallen, den Gemma schon zweimal vor dem Sperrmüll gerettet hatte. Sie kochte Kaffee und stellte das Tablett mit Tassen, Zucker und Héctors geliebten Schokoladenkeksen auf den Tisch.

»So, erzähl bitte alles. Wo ist Gemma?«

Mit unglücklichem Dackelblick betrachtete Héctor die Kekse. »Du warst ja eine Ewigkeit auf deinem Sondereinsatz oder was das war.« Er hielt inne. »Wo warst du überhaupt?«

Unwillig reckte Johanna das Kinn. »Auf einem Sondereinsatz eben, spielt doch keine Rolle.«

Héctor riss die Arme hoch. »Das ist doch das Drama! Geheimnisse, wo man hinsieht. Das hat Gemma von dir!« Er trank einen Schluck Kaffee, griff fast automatisch nach einem Keks, behielt ihn aber in der Hand und begann endlich zu erzählen. »Das Ganze ist ungefähr zwei Wochen her.«

Gemma habe bis Mitte November immer abwechselnd mit ihrer Freundin Bárbara im Laden gearbeitet, Fälle für die Detektei habe es keine gegeben. Bárbara half seit Jahren im »Gecko Galdent« aus, wenn die Miebachs anderen Aufgaben nachgehen mussten oder viel zu tun war.

»Irgendwann abends rief Gemma bei Bárbara an und bat sie, die nächsten Tage allein zu übernehmen«, berichtete Héctor. »Das hat Bárbara mir so gesagt.«

Danach sei Gemma jedoch nicht wiedergekommen, habe sich bei Bárbara nur per Textnachricht entschuldigt und geschrieben, sie habe etwas Wichtiges vor.

»Bárbara hat mich angerufen und gefragt, wo ihr seid und wann ihr wiederkommt, aber ich wusste das ja auch nicht.«

»Oh weh, musste sie den Laden ganz allein schmeißen?« Mittlerweile hatte Johanna ein schlechtes Gewissen, so lang fort gewesen zu sein.

»Wir hatten in der Zeit in Palma viel zu tun. Internationale Taschendiebbande hochgenommen, etliche Razzien, höllisch viel Papierkram«, erzählte Héctor, ohne auf ihre Frage einzugehen, steckte sich endlich den Keks in den Mund, kaute und schluckte. »Ich hatte also richtig viel Stress. Gemma hat mir eine Nachricht geschickt, sie habe auch keine Zeit, müsse da einer Sache nachgehen.« Er zuckte mit den Schultern. »Ich habe mich gar nicht gewundert. Dachte, sie hat einen Fall oder so. Doch dann habe ich fast nichts mehr von ihr gehört.«

Ihre Enkelin war sehr eigenbrötlerisch, manchmal an der

Grenze zur Unhöflichkeit, manchmal darüber hinaus. Johanna goss grimmig Kaffee nach, sie wurde langsam wütend.

Héctor nahm sich noch einen Keks. »Du kennst sie ja. Das macht sie ja öfter. Erst war ich nur ein bisschen verärgert, aber schließlich fing ich an, mir Sorgen zu machen. Sie ging nicht ans Telefon, hat gar nicht oder nur knapp auf meine Nachrichten reagiert, tagelang.«

Er sei zum Laden gefahren, wo er die aufgelöste Bárbara angetroffen habe, deren Anrufe ebenfalls nicht beantwortet wurden.

»Aber wie kamst du darauf, dass Gemma einen anderen hat? Das hast du mir doch vorhin am Telefon gesagt, oder?«

»Erinnerst du dich an Miguel Perez, Inspector alumno de primer año? Der im Sommer mit uns im Serienmörderfall ermittelt hat?«

Johanna dachte nach. »So ein schüchterner Typ? Gesicht wie ein Windhund? Natürlich, an den erinnere ich mich.«

Héctor zog sein Smartphone hervor. »Der rief mich an und schickte mir diese Fotos.«

Er scrollte durch sein Fotoarchiv und hielt Johanna das Handy hin. Sprachlos starrte sie darauf und blätterte durch die Bilderserie. Zu sehen waren Gemma – und ein fremder Mann. Und, noch viel unglaublicher, der Mann legte Gemma einen Arm um die Schultern. Auf einer anderen Aufnahme gingen beide eine Hafenmole entlang. Der Mann drehte dem Fotografen den Rücken zu, sein Gesicht war nicht zu erkennen.

Bei jeder anderen Person hätte Johanna lediglich abgewunken. Doch nicht bei Gemma. Es brauchte sehr viel Nähe und Vertrauen, bevor sie sich von anderen Menschen anfassen ließ, sie war da sehr eigen. Und dieser Fremde umarmte sie. Kein Wunder, dass Héctor in Panik geraten war.

»Wer ist das?«, fragte Johanna atemlos. »Und wo hat Miguel die Fotos gemacht?«

»Er war in Port de Sóller, seine Abteilung observiert derzeit verdeckt eine Bande, die mit Rolex-Diebstählen in Verbindung gebracht wird.«

Davon hatte Johanna gehört. Besitzer teurer Marken wie Rolex oder Patek Philippe wurden auf offener Straße überfallen, junge Männer rissen ihnen die Luxusuhren vom Handgelenk und verschwanden so blitzschnell, wie sie gekommen waren.

»Miguel und die Kollegen hatten eine Bande im Visier, die auch in Sóller und Umgebung zuschlägt. Und da hat er zufällig Gemma ertappt«, sagte Héctor. »In flagranti, sozusagen. Er hat sie dort in den Tagen danach noch ein paarmal zusammen mit diesem Mann gesehen«, setzte er bitter hinzu.

Seine Kollegen in der Jefatura in Palma kannten Gemma und Johanna gut. Alle wussten, dass Gemma und Héctor ein Paar waren.

»Miguel war es fast peinlich, aber er meinte, es gebe da etwas, das ich wissen sollte. Und dann hat er die Fotos geschickt.« Er betrachtete unglücklich die Bilder. »Ich habe den Typen noch nie gesehen. Wirkt auch so, als wäre er wesentlich älter als Gemma. Warum? Johanna, warum?« Ihm traten Tränen in die Augen.

Johanna richtete sich auf. »Das klingt alles sehr ungewöhnlich«, stellte sie fest.

Es passte nicht zu Gemma. Ihre Enkelin war hochintelligent und kopfgesteuert, nicht hochemotional und hormongesteuert. Héctor wortlos verlassen und mit einem anderen Mann auf und davon gehen? Niemals.

Aber genau so war es offensichtlich passiert. Die Aufnahmen legten es zumindest nahe. Und – Gemma war nicht daheim, ihre Tasche war weg, sie ging nicht an ihr Handy.

»Was machen wir?«, fragte Héctor hilflos.

Johanna hieb mit der Hand auf den Tisch. »Na, was wohl? Bist du Ermittler oder nicht? Wir ermitteln und finden heraus, wer der Mann ist und was Gemma mit ihm zu tun hat.«

Héctor sah sie erstaunt an. »Du meinst, wir sollen nach Gemma fahnden? Du willst deine eigene Enkelin verdeckt observieren?«

»Genau das tun wir, mein Lieber.«

3

»Es gibt nur eine einzige konkrete Spur: die Sichtung der Zielperson in Port de Sóller.«

Johanna saß am nächsten Morgen am Esstisch und entwarf den Schlachtplan. Es war Sonntag, die Dezembersonne schien warm, das Thermometer stand schon am Vormittag auf vierzehn Grad und würde später noch achtzehn oder neunzehn Grad erreichen. Die *calmes de gener* hatten diesmal schon früh eingesetzt. Dieses Wetterphänomen, »Ruhe des Januars« genannt, sorgte meist zum Anfang des Jahres für sommerliche Temperaturen von oft mehr als zwanzig Grad, strahlenden Sonnenschein, wolkenlosen Himmel. Ein kleiner Sommer im Winter. Doch die *calmes* waren nur bedingt vorauszusagen, manchmal traten sie eben schon im Dezember ein.

Johanna hatte frische Orangen vom Baum im hinteren Teil des Gartens gepflückt, Fertigcroissants aus der Tiefkühltruhe aufgebacken und Marmelade dazugestellt. Viel mehr gab die fast leere Vorratskammer nicht her.

»Die ›Zielperson‹? Also Gemma?« Héctor hatte in Gemmas Zimmer übernachtet und zum ersten Mal seit Tagen halbwegs gut geschlafen.

»Exakt. Wir gehen das ganz professionell an.«

Johanna hatte ihre technische Ausstattung zusammengesucht. Richtmikrofon, Fernglas, Kamera mit Zoom, verschiedene Perücken, Kappen und Hüte, Jacken und Tücher.

Héctor zeigte stirnrunzelnd auf den Wust an Equipment. »Du übertreibst es aber ein bisschen, oder? Und meinst du, deine eigene Enkelin erkennt dich nicht, nur weil du eine Perücke trägst?«

»Wenn ich mit Abstand im Wagen an ihr vorbeifahre, hilft das schon.«

»Sie erkennt doch sofort unsere Autos«, gab Héctor zu bedenken. In diesem Moment war draußen ein lautes Hupen zu hören.

»Habe ich natürlich einkalkuliert. Da kommt unser Observationsfahrzeug«, frohlockte Johanna.

Vor dem Tor stand ein unscheinbarer Seat in einem langweiligen Silbergrau. Heraus stieg ein Mittsiebziger in weißen Jogginghosen, kariertem Hemd und mit einer dicken Brille auf der Nase. Walter Becker, ein alter Bekannter aus Algaida.

»Johanna, meine Schöne! Ich komme geflogen, wenn du rufst«, sagte er charmant. Hinter ihm hüpfte ein sandfarbener Schäferhund aus dem Wagen. »Die Karre habe ich für dich bei Xavier geliehen. Fünfer am Tag, okay?«

Johanna umrundete das Gefährt. »Wunderbar. Wie lange können wir das Auto haben?«

Walter drückte ihr den Schlüssel in die Hand. »So lange ihr wollt. Xavier braucht die Kiste im Moment nicht. Hat sich fies das Bein gebrochen und kann die nächsten Wochen nicht selbst fahren.«

Boris, der Belgische Schäferhund, schnupperte an Johannas Wade. Sie streichelte ihn. Im Frühjahr hatten das Tier und sie ihre erste, etwas unschöne Begegnung gehabt, waren danach aber Freunde geworden.

»Khoroshiy mal'chik«, sagte sie auf Russisch und tätschelte Boris den Kopf. »Guter Junge.«

»Wo ist eigentlich Gemma?« Walter reckte den Kopf. Er bekam keine Antwort.

Der kluge Alte musterte den unrasierten Héctor, die grimmig wirkende Johanna und den mit Unkraut überwucherten Hof. »Aha, der Haussegen hängt schief«, sagte er kichernd. »Ist sie euch weggelaufen?« Er taxierte Héctor. »Mit 'nem anderen Kerl?«

Johanna, die sich über Walters Hellsichtigkeit ärgerte, schob ihn zu ihrem kleinen Fiat 500. »So, genug. Danke für deine Hilfe, ich bringe dich zurück nach Algaida. Héctor, fahr du nach Hause und hol dir Sachen für eine Woche. Kannst du dir freinehmen?«

Héctor war bereits auf dem Weg zu seinem Wagen. »Ich habe ohnehin noch so viele Urlaubstage übrig, und der aktuelle Fall ist abgeschlossen. Das dürfte kein Problem sein.«

Walter hatte das Gespräch verfolgt und bedrängte Johanna eifrig. »Darf ich euch helfen? Kann ich mit?«

Johanna wehrte ihn ab. »Sicher nicht. Steig ins Auto, wir haben es eilig.«

Sie flitzten in Johannas Fiat davon. Auf der Fahrt versuchte Walter hartnäckig, Johanna von seinen Vorzügen als Co-Ermittler zu überzeugen. Erst als sie versprach, Boris irgendwann als Spürhund zu engagieren, gab er endlich Ruhe.

Johanna setzte Walter und Boris vor ihrem Häuschen in Algaida ab und fuhr schnurstracks wieder heim.

Gerade packte sie ihre Verkleidungen in den Seat, als Héctor zurückkam. Mit Mühe quetschte er seine Reisetasche auf den Rücksitz, da der Kofferraum vollgestopft war mit Johannas Undercoverutensilien.

»Ich habe uns telefonisch ein Appartement gemietet. Ohne Kreditkarte«, teilte sie ihm knapp mit. Sie hatte ihm berichtet, dass sie natürlich die Abbuchungen der gemeinsamen Karten durchgegangen war, aber keinen Anhaltspunkt für Gemmas Tun gefunden hatte. Lediglich an einem Flughafen-Geldautomaten war eine größere Summe Bargeld abgehoben worden. »Das ist bestimmt ein Ablenkungsmanöver«, hatte sie gemutmaßt.

Den gleichen Buchungs-Check würde wohl auch Gemma machen, sie waren schließlich Detektivinnen. »Wir geben ihr keinen Hinweis, dass wir ihr auf der Spur sind«, murmelte Johanna.

Sie setzten sich in den Wagen, nahmen die Ma-19A über S'Aranjassa in Richtung Flughafen und danach die Ringautobahn um Palma. Schließlich bog Johanna auf die Ma-11 in Richtung Sóller ab.

Vorbei an Olivenhainen, Obstplantagen, Oleandern und Palmen fuhren sie den schroffen Gipfeln der Serra de Tramuntana entgegen. Die Sonne schien frühlingshaft, es hätte ein schöner Ausflug sein können. Doch beide brüteten stumm vor sich hin, bis Héctor so urplötzlich die Hände vor das Gesicht schlug, dass Johanna zusammenschrak und fast das Lenkrad verriss.

»*¡Dios mío, Héctor!* Ich baue noch einen Unfall!«

Rechts der Straße wies eine Einfahrt zu den Jardines de Alfabia, Johanna blinkte, bog ab und parkte.

»Was ist los?«, fragte sie und fächerte sich Luft zu.

»In den Gärten war ich ein paarmal mit Gemma. Hier hat sie das erste Mal gesagt, dass sie mich liebt«, flüsterte Héctor heiser.

Johanna wunderte sich. Dass Gemma von maurischen Gärten beeinflussbar war und Liebesgeständnisse hervorbrachte, war höchst erstaunlich. Obwohl die Jardines, das musste sie zugeben, dafür wie gemacht waren. Prächtige Palmen spiegelten sich in grün schimmernden Pools, muntere Quellen strömten über bemooste Wasserfälle, plätscherten in Kaskaden in stille Bassins. Dazu blühten Blauregen, Bougainvilleen und Klettertrompeten rund um ein Herrenhaus aus dem 12. Jahrhundert. Nicht umsonst wurden die Jardines de Alfabia zu den schönsten historischen Gärten Spaniens gezählt.

»Ich wusste gar nicht, dass sie so romantisch sein kann«, sagte Johanna mehr zu sich selbst und musterte Héctor. »Geht es, oder hast du gleich wieder so einen Ausbruch?«

Héctor atmete tief durch. »Tut mir leid.«

Johanna setzte den Blinker und reihte sich erneut in den Verkehr auf der Ma-11 ein, die hinter den Gärten direkt in den Tunnel nach Sóller führte. Jedes Mal, wenn sie den Tunnel durchquerte, schien es ihr, als führe sie geradewegs in den Garten Eden. Opulentes Grün, Plantagen mit Orangen- und Zitronenbäumen, die voller Früchte hingen, glänzend in der Sonne. Im geschützten Tal des Tramuntana-Gebirges rund um das malerische Städtchen Sóller gediehen die Zitrusfrüchte prächtig und gaben ihm den Namen »Goldenes Tal«.

»Ich glaube, ich brauche ein Orangeneis.« Sie bog von der Umgehungsstraße in den Ort ab.

»Es ist kaum zwölf Uhr«, murrte Héctor.

Johanna war irritiert. Héctor ließ sonst keine Gelegenheit für Leckereien aus, nie. Und das Eis im »Gelat Sóller« am Marktplatz war besonders gut, das beste der Insel, wie Johanna fand.

Der Junge ist wirklich völlig im Eimer, dachte sie mitleidig, er will noch nicht einmal mehr ein Eis. Was dachte sich Gemma bloß?

Sie parkte kopfschüttelnd am Straßenrand, ging in die Eisdiele und kam mit zwei großen Eisbechern zurück. Héctor nahm seine Portion widerstrebend an, löffelte aber mit Hingabe.

Johanna hatte ihr Eis im Nu gegessen und wollte losfahren, trat dann aber abrupt auf die Bremse, um keinen Unfall zu bauen. An ihr tuckerte die hölzerne Tranvía de Sóller vorbei, das »Orangen-Express« genannte historische Straßenbähnchen, das seit 1913 die Stadt und den Hafenort Port de Sóller miteinander verband.

Als Observationszentrale hatte Johanna ein Ferienappartement gemietet, es lag direkt an der Carrer de la Marina, der Hafenstraße. Eine Wohnung in der zweiten Etage mit zwei Schlafzimmern, einem Wohnzimmer und einem Balkon mit herrlicher Aussicht auf die Bucht und den Hafen.

Die Vermieterin musterte sie misstrauisch, als sie eincheckten – eine ältere Deutsche mit Gepäck für ein halbes Jahr und ein wesentlich jüngerer, etwas verwahrlost aussehender Mallorquiner. »Keine wilden Partys!«, mahnte die Dame streng.

»Du könntest dich wirklich mal rasieren«, sagte Johanna vorwurfsvoll zu Héctor, nachdem die Vermieterin verschwunden war. Sie schickte sich an, ihre unzähligen Taschen voller Observationsmaterialien im Wohnzimmer auszupacken. »Bei allem Verständnis für Liebeskummer, aber du bekommst Gemma bestimmt nicht zurück, indem du nie mehr zum Friseur gehst.« Sie holte schwungvoll zwei Perücken aus einer ihrer Taschen und schüttelte sie aus. »Ich werde gleich mal den ersten Pirschgang machen. Die Perücke ist neu, Gemma kennt sie noch nicht.«

Sie verschwand mit Tüten in ihrem Schlafzimmer und kam kurze Zeit später im Undercoveroutfit heraus. Auf die Perücke mit der konservativen brünetten Kurzhaarfrisur hatte sie eine Schirmkappe gesetzt, dazu trug sie eine Allzweck-Gore-Tex-Jacke in Mausgrau, eine bequeme dunkelgraue Stoffhose und Wandersandalen mit hellen Socken. Unauffälliger ging es nicht. In diesem Look liefen etliche rüstige Damen über die Insel, die mit ihren Seniorengruppen zum Wandern hergekommen waren.

Den Gehstock hatte sie gegen zwei Nordic-Walking-Sticks getauscht.

»Ich bin auf Mission«, informierte sie Héctor. »Du observierst vom Balkon.« Damit schnappte sie sich den Schlüssel vom Appartementtisch und marschierte davon.

***

Héctor richtete sich auf dem Balkon ein. Mit Fernglas in der einen und Kaffeetasse in der anderen Hand beobachtete er Johanna, die forsch über die Hafenpromenade schritt, auf der Nase trug sie zusätzlich noch eine unmoderne Sonnenbrille mit blauen Gläsern.

Er ließ das Fernglas über die malerische Bucht schweifen, setzte es ab. Es war fast zwei Jahre her, seit er Gemma und später auch Johanna kennengelernt hatte. Auf Verbrecherjagd war er gewesen, hatte Entführer verfolgt, die ein kleines Mädchen in ihre Gewalt gebracht hatten. In der alten Bodega in Felanitx hatte er sie aufgespürt und überraschend Hilfe von Gemma erhalten, die den Gangstern als Detektivin ebenfalls auf der Spur gewesen war. Allerdings – und darüber hatten sie oft lachen müssen – hatte er sie bei ihrer ersten Begegnung zunächst festgenommen, als sie ihm in der Halle der Weinkellerei auf der Suche nach dem Kind praktisch vor die Füße gefallen war. Doch ihm war schnell klar geworden, dass sie zu den Guten gehörte. Danach hatten sie zusammen das Mädchen gerettet – und waren Freunde geworden. Sogar mehr als das. Er liebte Gemmas Wagemut, ihren klugen Kopf, selbst ihre kühle und analytische Art, das Dasein zu betrachten. Ein Leben ohne Gemma war für ihn nicht mehr vorstellbar.

Héctor schluckte schwer. Mit Gemma hatte er nicht nur eine Partnerin und Freundin gefunden, sondern er war auch mit ihrer Großmutter gut befreundet. Es war fast, als hätte er wieder eine eigene Großmutter.

Seine Oma war vor vielen Jahren von einem betrunkenen Autofahrer überfahren worden. Der Täter war zwar gefasst worden, hatte sich aber mit Hilfe von korrupten Beamten aus der Verantwortung stehlen können. Das war auch der Grund gewesen, warum der Gastronomen-Sohn Héctor Ballester nicht das von den Eltern für ihn vorgesehene Lokal in El Molinar übernommen hatte, sondern Polizist geworden war. Er wollte für mehr Gerechtigkeit auf der Welt sorgen, eine Gerechtigkeit, die seiner Großmutter nicht mehr zuteilwerden konnte.

Doch er machte sich auch Sorgen. Johanna war nicht das, was man sich üblicherweise unter einer netten, normalen Großmutter vorstellte. Noch nicht einmal das, was man sich unter einer normalen Ermittlerin vorstellte. Sie hatte ganz eindeutig eine äußerst turbulente Vergangenheit, die sie streng geheim hielt. Sie sprach fließend Russisch, kannte sich ein bisschen zu gut mit Kampf- und Observierungstechniken aus, hatte seltsame Sondereinsätze, wusste erschreckend viel über Geheimdienstaktivitäten im Mittelmeerraum und war, aus Polizistensicht, eine höchst verdächtige Person.

Dieser Ansicht war auch Héctors Chef, Jefe Superior de Policía José Robla Rubio. Die Policía Nacional, Johanna und Gemma hatten in einigen Fällen offiziell zusammengearbeitet. Per Gesetz hatten spanische Privatdetektive nicht nur eine sehr umfassende Ausbildung und Eignungsprüfung zu absolvieren, sondern auch deutlich mehr Kompetenzen als beispielsweise deutsche Privatschnüffler. So waren von Johanna und Gemma herangeschaffte Beweismittel oder Aussagen auch vor Gericht verwendbar. Außerdem waren sie offiziell als Dolmetscherinnen der Behörde gelistet, Johanna für Deutsch und Russisch, Gemma für Deutsch und Englisch.

Bei der Serienmörderjagd im Sommer waren sie Teil des offiziellen Ermittlerteams gewesen. Das hatte allerdings Héctors Chef auf den Plan gerufen. Robla hatte versucht, den Hintergrund der beiden externen Teammitglieder zu checken, und musste schließlich feststellen, dass sich in Johannas Akte in Deutschland ein Sperrvermerk befand. Damit war ihre Identität ein Geheimnis.

Déu meu, vielleicht hieß sie noch nicht einmal wirklich Johanna Miebach? Héctor hatte sich noch nicht getraut, der Sache tiefer auf den Grund zu gehen, weil er Angst davor hatte, was dabei zutage kommen könnte.

Wer ist sie?, fragte er sich, während er mit dem Fernglas die Promenade ins Visier nahm. Und wie viel wusste Gemma von den Geheimnissen ihrer Großmutter?

Er entdeckte Johanna auf der anderen Seite des Hafens bei den Charterbooten. Sie unterhielt sich mit einem der Hafenarbeiter.

Beide, Johanna und Gemma, sprachen fließend Spanisch und *mallorquí*, den katalanischen Dialekt der Insel. Gemma hatte die Sprache im Handumdrehen gelernt, hatte Johanna ihm erzählt. Dass sie heute bei ihrer Großmutter auf Mallorca und nicht mehr in Köln wohnte, funktionierte für alle Beteiligten hervorragend. Johannas Geschäfte liefen durch Gemmas kluges Vorgehen bestens, Gemma studierte außerdem Chemie an der Uni in Palma. Sie hatte das Studium angeblich hauptsächlich wegen ihrer Mutter aufgenommen, für die Johannas Ermittlertätigkeiten ein rotes Tuch waren.

Sein Handy klingelte.

»Ja?«, sagte er.

»Und?« Es war Johanna.

»Noch nichts zu sehen. Und bei dir?«

»Ich habe dem Hafenmitarbeiter das Foto von Gemma gezeigt. Er kennt sie.«

»Was?«, rief Héctor aufgeregt.

»Ja, er hat sie in den vergangenen Tagen öfter gesehen, mit einem etwas älteren Mann. Sie sind am Nachmittag oft in einem der Cafés am Hafen.«

Héctor hob erneut das Fernglas und spähte hindurch. Auf der anderen Seite der Marina sah er Johanna, wie sie auf der Mole umkehrte. »Was machst du jetzt?«

»Ich komme zurück und schaue mich auf dem Weg genau um, vielleicht sitzen sie ja irgendwo. Und ich gehe rasch fürs Abendessen einkaufen.«

Sie verstaute das Handy, und Héctor ließ das Fernglas über die Bucht schwenken. Weiße Boote, Autos am Hafen, Menschen in Cafés, keine Gemma. Auf einer Yacht sonnte sich eine Katze in der Sonne, an der Promenade scharte sich ein Schwarm Spatzen um ein Stück *bocadillo*.

Während Héctor noch versunken die Vögel beobachtete, hörte er die Tür der Ferienwohnung klappen, Johanna war wieder da.

»Wir können uns etwas kochen und von hier die Promenade observieren«, schlug sie vor und packte Aioli, Brot, Serranoschinken und Oliven auf das Küchenbord, dazu Gambas, Zwiebeln, Knoblauch, Paprika, Zucchini und Tomaten.

»Ah, machst du uns *sofrit* mit Gambas?«, fragte Héctor interessiert. Er musste über Johannas Erstaunen schmunzeln. »Spaß. Natürlich koche ich.«

Das hatte Tradition. Johanna oder Gemma kauften ein, Héctor bereitete die Mahlzeiten zu. Darin war er wesentlich besser als die Frauen, kochen hatte er in der Familienrestaurantküche seiner Großmutter gelernt. Wenn er eines ihrer traditionellen Rezepte nachkochte, fühlte er bis heute einen Stich. Sie fehlte ihm.

Während er Paprika und Tomaten für *sofrit*, das mallorquinische, in Olivenöl gedünstete Gemüse, schnitt, berichtete Johanna ausführlich von der hanebüchenen Geschichte ihrer Nachbarin Angelika.

»Sie glaubt, die Frau sei ermordet worden?« Héctor griff nach einer Zwiebel, schälte sie und schnitt sie in Würfel.

»Genau, ermordet und einbetoniert.«

»Das klingt aber sehr nach Kriminalroman.« Er hackte zwei Knoblauchzehen klein. »Hat sie denn ihren Verdacht schon bei uns, also der Polizei in Llucmajor, gemeldet?«

»Eben nicht. Sie hat ja nichts wirklich Verdächtiges gehört oder gesehen. Ein Paar streitet sich, danach fährt ein Mann ohne die Frau davon. Er kommt zurück, fährt wieder allein weg. Angelika geht nachgucken, die Frau ist auch weg. Punkt, Ende.« Johanna nahm ein Stückchen Paprika aus dem Schüsselchen und knabberte daran. »Sie hat ein komisches Gefühl, das ist alles. Und das ist nicht sehr viel.«

Héctor wischte sich die Hände an einem Küchentuch ab. »Zuerst müssten wir feststellen, ob in dem Umfeld des Mannes eine Frau vermisst wird. Pass auf, ich rufe rasch in der Jefatura an.«

Mit seinem Smartphone ging er ins Wohnzimmer.

»Marcos, *hola*, Héctor hier. Tu mir einen Gefallen, guck mal bitte in unsere Vermisstendatei. Ich gebe durch: Frau, Anfang bis Mitte dreißig, schlank, lange dunkle Locken. Soll ein bisschen wie Selena Gomez aussehen.« Er wartete ab, bis der Kollege in der Datei nachgesehen hatte, bedankte sich und ging schulterzuckend zurück in die Küche. »Fehlanzeige. Keine Vermisste gemeldet, auf die die Beschreibung auch nur annähernd passt.« Er nahm wieder das Messer in die Hand und hackte eine weitere Zehe Knoblauch. »Wir gehen nicht auf irgendjemandes Grundstück und graben einfach nach eventuellen Leichen, da bräuchten wir mehr Verdachtsmomente als eine phantasiebegabte Nachbarin. – Gib mir mal bitte eine Pfanne.«

Johanna öffnete Türen und Schubladen in der Küche, fand schließlich eine Eisenpfanne und reichte sie Héctor.

Er tat drei Esslöffel Olivenöl hinein und stellte den Gasherd an. »Auch wenn die Sache eher unglaubwürdig klingt – wir müssen bedenken, dass diese Art Verbrechen leider sehr häufig ist. Pass auf, ich lege nach meinem Urlaub eine Akte an und beauftrage hiermit offiziell dich, Vorermittlungen anzustellen.« Die besondere Stellung der Privatdetektive in Spanien erlaubte ein solches Vorgehen.

Johanna lächelte und nahm den Auftrag an. »Zuerst eine Akte anlegen, du bist so gewissenhaft«, lobte sie ihn scherzhaft. »Ich befürchte allerdings, dass in diesem Fall vermutlich nichts, aber auch gar nichts bei den Ermittlungen herauskommen wird.«

Doch Héctors Polizistennerv war getroffen. »Häusliche Gewalt gegen Frauen ist überall auf der Welt ein Problem, leider auch bei uns.« Er gab das Gemüse nach und nach in die Pfanne, reduzierte die Hitze und ließ das *sofrit* dünsten. »Es existiert zwar seit 2004 ein Frauenschutzgesetz, das zahlreiche Schutzmaßnahmen für die Betroffenen, Spezialeinheiten bei der Polizei und eigene Gerichte vorsieht, um die Fälle von Gewalt gegen Frauen aufzuarbeiten. Aber trotzdem werden Woche für Woche

Frauen ermordet. Von ihren Ehemännern, ihren Lebensgefährten, ihren Vätern oder Brüdern.«

Johanna goss sich ein Glas Wasser ein. »Ich weiß. Es ist gefährlich, eine Frau zu sein. Manchmal …«, sie seufzte, »manchmal ist dein größter Feind ein Familienmitglied.« Ihr Tonfall klang, als wäre das Thema für sie an diesem Abend beendet. Sie schnappte sich Teller aus dem Schrank und deckte den Tisch auf dem Balkon.

Héctor rührte nachdenklich im *sofrit*. Was hat sie denn damit gemeint?, fragte er sich.

4

Am nächsten Morgen ging die Wintersonne über dem Tramuntana-Gebirge auf und tauchte die Bucht von Sóller in ein goldenes Licht. Der Wetterbericht versprach einen warmen Dezembertag mit zwanzig Grad, kaum Wind und viel Sonnenschein.

Johanna trat auf den Balkon und atmete durch. Im Hafen schaukelten leise die Yachten, ein Fischerboot verließ die von grünen Hügeln geschützte Bucht. Es hätte alles so herrlich sein können.

Hier sollte ich unbedingt mal mit Gemma hinfahren, wenn alles enträtselt ist, dachte sie. Wenn es sich hoffentlich herausfinden ließ. Sie hatte keine Vorstellung davon, wer zum Teufel dieser Mann sein sollte, mit dem Gemma ohne einen Hauch von Erklärung auf und davon gegangen war.

Eben kam Héctor zur Tür des Appartements herein, er war beim Bäcker gewesen und hatte *ensaïmadas* und das beliebte *pa pagès moreno* eingekauft, ein salzloses dunkles Bauernbrot. Johanna hörte ihn in der Küche rumoren.

Schließlich trat er mit einem großen Tablett hinaus zu ihr auf den Balkon. Beide setzten sich an den weißen Holztisch.

Héctor sprach das aus, was sie gerade gedacht hatte: »Es könnte so schön sein.«

Johanna rückte ihren Stuhl zurecht, um sich über das Frühstück herzumachen. »Du kannst Gedanken lesen, was?«

Sie nahm sich etwas von den gerösteten Brotschnitten, halbierte eine Zehe Knoblauch und eine aromatische Ramallet-Tomate und rieb die Scheibe zuerst mit Knoblauch, dann mit je einer halben Tomate ein, bis der Saft gut ins Brot eingesickert war. Vorsichtig gab sie Olivenöl und Salz darüber, zum Schluss belegte sie die Köstlichkeit noch mit einigen Scheiben Mahón-Käse.

»Du machst *pa amb oli*, als hättest du nie etwas anderes getan«, lobte Héctor. »Sogar in der korrekten Reihenfolge. Viele Touristen schütten erst Olivenöl über die Brotscheibe, dadurch nimmt sie aber Knoblauch und Tomate nicht mehr so gut auf.«

»Hör mal, ich lebe seit zwanzig Jahren hier«, protestierte Johanna. »Das wäre ja was, wenn ich nicht eine mallorquinische Brotzeit richtig zubereiten könnte.«

Genussvoll biss sie hinein, Öl und Tomatensaft rannen ihr Kinn hinunter, es war hervorragend. *Pa amb oli* war eine ihrer Lieblingsspezialitäten auf der Insel.

Héctor hatte in der Zwischenzeit einen Gutteil der *ensaïmada* vertilgt und wischte sich Schweinefett und Puderzucker von den Fingern.

Immerhin hat er Appetit, dachte Johanna erfreut, während sie ihn beobachtete. Seitdem sie Héctor kannte, versuchte er, etwas abzunehmen, scheiterte aber ständig an den gehaltvollen Eintöpfen und Aufläufen der Insel, vor allem aber an Gebäck wie *ensaïmadas* und Mandelkuchen.

Sie nahm ihr Fernglas auf, um die Hafenpromenade nach Gemma abzusuchen, während Héctor das Geschirr nach drinnen brachte, spülte und wegräumte.

Ein normaler, ruhiger Montagmorgen im Dezember. Lieferwagen fuhren vor, brachten Lebensmittel und Getränke zu den Restaurants und Cafés am Hafen. Ein Streifenwagen der Policía Local sah nach dem Rechten, Ladenbesitzer fegten den Gehsteig, Touristen schlenderten an den Yachten vorbei und fotografierten sich gegenseitig. Ein kleiner gelber *correos*, ein Postwagen, hielt vor der Banca March.

Die Observation konnte Tage dauern, dachte Johanna. Falls Gemma überhaupt noch in der Gegend war.

Héctor kam mit dem Smartphone in der Hand heraus. »Ich weiß schon wieder, was du denkst«, sagte er. »Du denkst, dass wir nur Zeit vertrödeln. Aber wir können die Suche eingrenzen.« Er hielt ihr sein Handy entgegen, das einen Stadtplan von Port de Sóller zeigte. »Es gibt am Hafen nur zwei Cafés, die *café con leche* mit Hafermilch machen«, sagte er triumphierend.

Johanna stutzte, dann begriff sie. Sie erinnerte sich an eine Diskussion mit Gemma im Sommer, bei der es um Fleisch, Kuhmilch und den schlechten Einfluss dieser Lebensmittel auf das Klima gegangen war. »Sie ist umgestiegen?«, fragte sie.

»Und zwar konsequent. Wenn sie irgendwo Kaffee trinkt,

dann entweder hier oder hier. Ich habe rumtelefoniert. Hafermilch haben nur diese beiden Cafés.« Er tippte zweimal auf die Karte.

Das zweite Lokal befand sich direkt in Sichtweite des Appartements, stellte Johanna fest.

Was sollten sie tun, wenn sie Gemma gefunden hatten? Hinstürmen und sie zur Rede stellen? Verdeckt observieren, um zu sehen, wohin sie ging? Sie musste zugeben, dass sie sich darüber bislang keine Gedanken gemacht hatte. Wenn es ihre Enkelin betraf, verließen Johanna manchmal die analytischen Fähigkeiten, da dominierte das Herz.

Héctor hatte das Fernglas an die Augen gehoben, er keuchte auf. »Das gibt es nicht! Da ist sie!«, flüsterte er.

Johanna zog ebenfalls erneut ihren Feldstecher hervor und spähte in die Richtung, in die Héctor wies.

Da war Gemma. Die blonde junge Frau war nicht zu verwechseln. In ihren üblichen ausgebeulten Cargohosen und einem übergroßen Hoodie kam sie die Promenade entlanggeschlendert, steuerte die Tische des Lokals an, das die Hafermilch im Angebot hatte. Héctor hatte mit seinen Ermittlungen recht behalten.

»Da, sie trifft sich mit jemandem. Bestimmt mit *ihm*!«, zischte er.

Gemma trat tatsächlich an einen der Tische und setzte sich zu einem Gast, einem Mann mit rotem T-Shirt. In diesem Moment fuhr ein Lieferwagen vor und verdeckte die Szenerie.

Héctor lehnte sich vor, er musste sich am Balkongeländer abstützen, um nicht das Gleichgewicht zu verlieren. »Wir müssen da runter, so sehen wir nichts«, beschwerte er sich.

Johanna handelte sofort. Sie stand auf, zog sich die Perücke über den Kopf und drückte Héctor einen Strohhut in die Hand. »Setz den auf. Und dazu nimmst du den hellen Jeansanzug.«

»Ich trag doch keinen Jeansanzug! Johanna, bitte!«

»Sie soll dich doch nicht gleich erkennen.«

Murrend schlüpfte Héctor in eine unmoderne Jeans mit passender Jacke und schob die dunklen Locken unter den Strohhut. »Ich komme mir maximal verkleidet vor. Unvorteilhaft verkleidet«, maulte er, erhielt aber keine Antwort.

Sie verließen überstürzt das Appartement. Héctor hastete in solchem Tempo die Treppe hinab, dass Johanna liebe Mühe hatte, hinterherzukommen. Auf der Straße verlangsamte er seinen Schritt, und sie schlenderten so unauffällig wie möglich die Promenade entlang. In reichlicher Entfernung setzten sie sich auf eine Bank am Hafen. Eine Zwergpalme in einem Kübel und ein Oleander gaben ihnen Sichtschutz.

Der Fremde saß mit dem Rücken zu ihnen. Ein großer Mann, kahl, schlank.

»Habe ich doch gleich gesagt, der ist auf jeden Fall doppelt so alt wie Gemma«, murmelte Héctor wütend, als er durch das Fernglas blickte. »*Maleït.* Verdammt, was soll das alles?«

Johanna zückte ihr kleines Fernglas, ohne Héctors zornige Wortfetzen zu kommentieren, und rückte näher an den Oleander heran. Gemma würde sie zwar auf diese Distanz auf keinen Fall sehen können, aber sicher war sicher.

Neben dem Tisch der beiden hielt erneut ein Lieferwagen und hupte. Der kahlköpfige Mann blickte sich irritiert um und wandte sein Gesicht für einen kurzen Moment Johanna zu.

Sie stieß einen leisen Schrei aus. »Nein, das kann nicht sein! Nein!«

»Was ist los?«, fragte Héctor beunruhigt. »Kennst du den Kerl etwa?«

Johanna war blass geworden. »Oh ja. Ich kenne den Mann. Das ist Konstantin Friedrichs.« Sie schluckte. »Gemmas Vater.«

»Ihr Vater? Was soll das heißen? Ich denke, der ist vermisst? Schon vor ihrer Geburt verschwunden? Seit Jahren verschollen?«

»Glaub mir, das ist er. Und als ich ihn das letzte Mal gesehen habe, stand er hier auf Mallorca vor einem Gericht und wurde verurteilt. Er war im Gefängnis. Ich vermute, er hat seine Strafe nun abgesessen.«

Héctor ließ fassungslos das Fernglas sinken. »Und weswegen wurde er verurteilt?«

Johanna zitterte, sie verschränkte die Arme, als wäre ihr kalt. »Wegen Mordes.«

5

»Es ist nicht ihr neuer Freund!« Héctor wirkte, als wäre ihm ein riesiger Stein vom Herzen gefallen.

»Ich dachte, ich würde ihn nie wiedersehen«, flüsterte Johanna. Ihre Gedanken rasten.

»Aber was soll das heißen, er wurde wegen Mordes verurteilt? Was ist da passiert? Wann war das?«

»Es ist mehr als zwanzig Jahre her, da warst du noch ein Kind«, sagte Johanna. »Ich sage es nicht gern, aber ich bin dafür verantwortlich, dass sich Marion und er kennengelernt haben.«

Héctor stutzte. »Du?«

»Ja. Ich war Ende der neunziger Jahre auf … mit etwas anderem beschäftigt.« Sie errötete leicht. »Wollte eine Weile auf Mallorca wohnen. Als meine Tochter mich besuchen kam, hatte ich zu tun, hatte keine Zeit. Sie lief allein herum und lernte Konstantin kennen, verliebte sich und wurde schwanger. Heute wünschte ich mir, ich hätte mir einen anderen Ort ausgesucht, hätte mir mehr Zeit für sie genommen. Aber das konnte ich ja nicht ahnen.«

Héctor spähte zu Gemma und Konstantin hinüber. »Sie bestellen gerade, ich behalte sie im Auge. Was konntest du nicht ahnen?«

»Dass der Kerl, in den Marion sich verliebt hat, unter Mordverdacht geraten und verurteilt werden würde. Marion ist mit Gemma anschließend zurück nach Deutschland. Wir haben fürchterlich gestritten. Na ja, wie das manchmal so ist in Familien.« Sie hob hilflos die Arme. »Dann lernte sie diesen dämlichen Anwalt kennen, heiratete ihn und setzte ihn Gemma als Stiefvater vor. Mich hat es nicht gewundert, dass sie mit Bertram nicht zurechtkam, fürchterlicher Typ. Und ich bin auf Mallorca geblieben.«

»Und was war mit dieser ominösen anderen Beschäftigung, der du auf Mallorca nachgegangen bist?«, fragte Héctor.

»Hatte damit nichts zu tun.« Johanna stand auf, um deutlich

zu machen, dass sie das Thema nicht zu vertiefen gedachte. Sie hatte sich von ihrem ersten Schock erholt, Wut stieg in ihr auf. »Und jetzt kommt dieser Mann einfach so hierher und nimmt mir Gemma weg!«

»Du willst uns doch nicht etwa aufkippen lassen?«, fragte Héctor hektisch. »Runter mit dir! Sie sehen uns doch.«

Johanna hielt inne. Ja, was genau wollte sie?

»Wir brauchen Antworten«, sagte sie schließlich. »Keine Spekulationen, warum Gemma mit ihm hier ist.« Sie setzte sich folgsam und hob im Schutz der Zwergpalme wieder ihr Fernglas an die Augen. Gemma rührte gerade in ihrer Kaffeetasse, die der Kellner unterdessen gebracht haben musste.

Das macht sie immer so, dachte Johanna liebevoll. Sie würde sich das wunderbare Enkelkind nicht wegnehmen lassen.

Gespannt beobachtete sie, wie Konstantin und Gemma aufstanden. Er bezahlte, Gemma tippte auf ihrem Smartphone herum. Auf einmal schreckte sie auf und drehte den Kopf in ihre Richtung. Johanna machte sich hinter dem Oleander ganz klein.

»Verdammt, sie weiß, dass wir hier sind. Runter, Héctor! Wie konnte das nur passieren?«, zischte sie und wühlte in ihrer Handtasche.

»Was machst du da?«, fragte Héctor verwirrt. »Sie kann uns vom Café aus unmöglich mit bloßem Auge erkennen. Wir sind viel zu weit weg.«

»GPS, mein Lieber. Sie muss mir einen Sender untergeschoben haben, vermutlich schon vor Monaten.«

Héctor machte ein ratloses Gesicht. »Ihr beide, ihr wisst schon, dass ihr mit euren Agentinnenallüren ziemlich unheimlich auf andere wirkt?«

Johanna beachtete ihn gar nicht. Sie hatte den kompletten Inhalt ihrer Handtasche auf die Mole gekippt und tastete das Innenfutter nach dem GPS-Sender ab. Als sie nichts fand, untersuchte sie ihre Siebensachen einzeln. Schließlich hielt sie ihren Schlüsselbund in den Händen. Das dicke Silberherz, das Gemma ihr zum Geburtstag geschenkt hatte, ließ sich tatsächlich öffnen und offenbarte einen Minisender.

»Ich hätte es ahnen müssen! Sie ist einfach schlau«, sagte sie ärgerlich. »Ich wollte sie überwachen, stattdessen überwacht sie mich.«

Sie sahen hinüber zu dem Café. Konstantin und Gemma hatten sich in Bewegung gesetzt und entfernten sich in verschiedene Richtungen. Sie ging in nördlicher, er in südlicher Richtung davon.

»Wir trennen uns. Fußobservation. Übernimm du Konstantin, ich folge Gemma«, ordnete Johanna an. Sie nahm ihr Smartphone, stopfte die restlichen Sachen zurück in die Handtasche und warf sie Héctor zu. »Nimm du das Ding, sie hat darin vielleicht noch mehr Sender versteckt.«

Bevor er etwas erwidern konnte, schnappte Johanna ihren Gehstock und schritt davon.

Gemma ging die Strandpromenade entlang, beschleunigte und bog rechts in den Camí des Cingle ab.

Auch Johanna wurde schneller. Sie erinnerte sich an den Parkplatz, der rechts neben dem Sträßchen lag. Hoffentlich wollte Gemma nicht zum Auto und wegfahren, dann hätte sie keine Chance. Ihr Seat befand sich in einiger Entfernung am Camí de sa Figuera, dorthin bräuchte sie mehr als zehn Minuten.

Solche Aktionen sind früher auch einfacher gewesen, dachte sie, während sie den Gehstock schwang.

Sie bog um die Ecke, Gemma war weg. Die Straße führte geradeaus den Hügel hinauf, selbst eine sportliche Frau wie Gemma konnte nicht so schnell gerannt sein – also war sie entweder mit einem Wagen weggefahren, in eines der Häuser gegangen, oder sie war auf dem Parkplatz.

Vorsichtig näherte sich Johanna der Mauer, die die Einstellfläche umgab. Durch das Tor war keine Gemma zu sehen. Als Johanna sich ein Herz fasste und auf den Parkplatz schlich, vernahm sie ein lautes Räuspern. Sie fuhr zusammen.

»Ist das dein Ernst? Fußobservation in deinem Alter, Oma? Und auch noch in Verkleidung?«, sagte eine missbilligende Stimme. Gemma lauerte mit dem Smartphone in der Hand da; sie sah verärgert aus. »Bevor du fragst: Ja, da sind noch mehr GPS-Sender. Zum Beispiel in deinem Gehstock.«

Johanna zog den Griff des Stocks ab und holte einen Minisender hervor. »Sehr schlau von dir. Dann weißt du ja, wo ich in den letzten drei Monaten gewesen bin. Und wo warst du in den vergangenen zwei Wochen?«, fragte sie fordernd.

Sie standen sich gegenüber wie bei einem Westernduell. Plötzlich fühlte sich Johanna schwach und zittrig, sie musste sich an der Mauer abstützen.

Gemma stürzte zu ihr. »Oma, was ist? Geht es dir nicht gut?« Mit beherztem Griff zog sie Johanna zu einem wackeligen Holzstuhl, der vermutlich dem Parkplatzwächter gehörte.

Johanna ließ sich schnaufend nieder. »Es geht schon«, sagte sie mit brüchiger Stimme. »War nur etwas viel. Ich habe mich so erschreckt, als ich vorhin Konstantin erkannt habe.«

Gemma streichelte die Hand ihrer Großmutter. »Es tut mir leid, dass ich dich nicht vorgewarnt habe. Ich wusste ja nicht, dass ihr mir hinterherspüren würdet.« Sie hielt Johannas Hand ganz fest. »Vorhin habe ich tatsächlich das erste Mal seit Tagen in die GPS-Daten geguckt. Woher wusstet ihr, dass ihr in Port de Sóller suchen müsst?«

»Héctor und ich sind auch nicht auf den Kopf gefallen. Außerdem wurden uns diese Fotos zugespielt.« Sie hielt Gemma ihr Smartphone hin.

Überrascht blätterte Gemma in den Bildern. »Ach je, hat Héctor etwa gedacht, ich hätte einen anderen? Den Quatsch mit dem Umarmen lässt Konstantin mittlerweile, ich habe ihm beibringen müssen, dass ich das nicht mag, Vater hin oder her.« Sie gab Johanna das Smartphone zurück, die sich sehr beherrschen musste, um nicht mit den Augen zu rollen.

Das war typisch für Gemma, dachte Johanna. Für sie war es so klar und logisch, dass sie Héctor nicht fremdgehen würde, dass sie überhaupt nicht auf die Idee kam, jemand anderes könnte dies annehmen, zum Beispiel Héctor selbst. Gemma war nicht gänzlich unsensibel, aber sie hatte manchmal Schwierigkeiten, sich in die Gefühlswelt anderer hineinzuversetzen. Es ging immer nur um Logik.

Johanna steckte ihr Smartphone weg und sah, dass Gemma ins Grübeln gekommen war.

»Aber ich habe euch doch geschrieben, dass ich zu tun habe.« Gemma wollte sich nun offenbar rechtfertigen. »Und ich war auch etwas sauer. Könnte damit zusammenhängen, dass mein Vater aufgetaucht ist, der ja angeblich verschollen ist«, bemerkte sie sarkastisch. »Wenn man jahrelang komplett belogen wird, ist es wohl erlaubt, ein paar Tage unterzutauchen, oder?«

Dem war wenig entgegenzusetzen, fand Johanna. Doch bevor sie etwas erklären konnte, winkte Gemma ab.

»Konstantin hat es mir schon erzählt. Mama und du und er, ihr habt damals verabredet, mir so ein Märchen aufzutischen. Um mich zu schützen. Ich musste das trotzdem erst verdauen.«

In Johanna regte sich Wut. »Warum ist er überhaupt hier und nicht im Gefängnis?«

»Er hat seine Strafe abgesessen. Das stimmt auch, hab's nachgeprüft, hab extra in Madrid angerufen. Und er ist hier, weil ihm im Knast die Erleuchtung gekommen ist, dass Familie das Wichtigste ist.«

Gemma klang nicht, als hätte sie diese Aussage maßlos beeindruckt. Es gab allerdings selten Dinge, die sie beeindruckten, wusste Johanna. »Wie hat er dich gefunden?« Für sie waren hier einfach zu viele Fragen offen.

Gemma berichtete, Konstantin habe behauptet, ihr Foto in einer Zeitung gesehen zu haben, die ihm der Gefängnispfarrer geschenkt hatte. Also habe er sich nach seiner Entlassung auf den Weg nach Mallorca gemacht, um sie zu suchen.

»Ich glaube, er hat mich ein paar Tage beobachtet, bevor er sich zu erkennen gab. Er wusste ziemlich viel über meinen Tagesablauf, sowohl auf der Finca als auch im Laden.«

Angesprochen habe er sie schließlich, als sie allein im Geschäft gewesen sei. Zur Bestätigung, dass er ihr Vater war, habe er ihr ein paar alte Fotos hingehalten, die ihn gemeinsam mit ihr als Baby und einer wesentlich jüngeren Marion zeigten.

»Ich habe mit Mama telefoniert, um mich zu vergewissern. Sie hat alles bestätigt und musste mir versprechen, dir nichts zu sagen.«

Johanna missbilligte die ganze Geschichte zunehmend, enthielt sich aber eines Kommentars.

»Dann habe ich mich entschlossen, ihn tatsächlich kennenlernen zu wollen. Ist ja schließlich mein Vater, davon hat man nicht so viele, ich schon gar nicht.«

Es hatte Gemma nicht behagt, ihn mit zur gemeinsamen Finca zu nehmen, denn sie hatte vermeiden wollen, dass er auf Johanna und Héctor traf. Dafür gab sie die Gemma-untypischste Begründung von allen: Bauchgefühl. Johanna konnte nur noch staunen.

»Héctor hätte mich sofort irregemacht mit Bedenken und Befürchtungen. Und du auch, zusätzlich zu den ganzen Lügen. Ich wollte nicht, dass du weißt, wo ich bin und was ich mache. Deshalb habe ich auch die Handy-Ortung ausgeschaltet.«

Also hatte sie ihren Bekannten Diego gefragt, ob sie die Ferienwohnung seiner Familie in Port de Sóller für ein paar Tage haben könnte. Um für Johanna eine falsche Fährte zu legen, hatte sie am Flughafen Geld abgehoben und war mit Konstantin an die Nordwestküste gefahren.

Johanna kannte Diego und seine Schwester Lina. Die ganze Geschichte gefiel ihr nicht. »Du weißt, warum wir dich von Konstantin ferngehalten haben. Er ist die letzten zwanzig Jahre ja nicht auf Kreuzfahrt gewesen. Und er war nicht wegen Falschparkens im Knast, sondern wegen Mordes.«

Gemma holte tief Luft. »Ich weiß. Und er sagt, er war es nicht.«

Das fand Johanna abstrus. Sowohl die Behauptung als auch Gemmas Naivität. So kannte sie ihre Enkelin nicht. Gemma glaubte niemals etwas, nur weil irgendwer Behauptungen aufstellte.

»Kaufst du ihm das ab?«, fragte sie vorsichtig.

»Oma. Ich bin nicht blöd. Aber erstens bin ich seine Tochter und zweitens Detektivin. Also werde ich das herausfinden. Du willst doch nicht behaupten, dass es uninteressant ist, ob man das Kind eines Mörders ist oder nicht? Komm, wir sprechen das jetzt zusammen durch. Wenn ihr mir schon hinterherspioniert, könnt ihr auch mithelfen.«

Gemma drehte sich auf dem Absatz um und ging zurück zum Hafen. Johanna stand schwerfällig von dem Holzstuhl auf und schlich hinter ihr her. Hoffentlich geht diese Sache gut aus, dachte sie besorgt.

Sie entdeckten Héctor an der Mole, wo er so unauffällig wie möglich herumlungerte und tat, als studierte er höchst interessiert die ausliegenden Speisekarten der umliegenden Restaurants. Er schien unglücklich in seinem Jeansanzug und mit Johannas Handtasche am Arm. In einem dieser Restaurants saß Konstantin und aß einen Salat mit Meeresfrüchten.

Als Héctor Gemma erblickte, lief er auf sie zu, blieb dann aber verunsichert stehen.

Gemma warf sich ihm in die Arme. Es sprach für sie, dass sie sein Outfit und die Damentasche mit keiner Silbe kommentierte. »Es tut mir leid, dass ich dir Sorgen bereitet habe. Es ging aber nicht anders«, begann sie.

Johanna fand es an der Zeit, das Heft wieder in die Hand zu nehmen. »Es wäre gut, wenn ihr zwei euch mal aussprechen würdet. Ich will in Ruhe ein Wörtchen mit Konstantin reden«, sagte sie sehr bestimmt.

Héctor gab ihr die Tasche zurück, fasste Gemmas Hand und zog sie mit sich.

Konstantin war inzwischen aufgestanden. Langsam ging Johanna auf ihn zu.

»Lange nicht gesehen«, sagte er leise. Seine Stimme klang rau, als hätte er sie in den vielen Jahren im Gefängnis kaum benutzt. Er sah immer noch gut aus, aber seine Augen wirkten müde. Grüne Augen, genau wie Gemmas.

»Lange nicht gesehen«, echote Johanna. Sie wartete nicht darauf, dass er ihr einen Platz anbot, sondern setzte sich einfach.

Konstantin tat es ihr gleich, nahm die letzte Gabel seines Meeresfrüchtesalats und lehnte sich zurück. »Und nun?«

»Jetzt verrätst du mir, was du hier machst.«

Mit einer präzisen Bewegung, die Johanna an Gemma erinnerte, griff Konstantin nach seinem Wasserglas und trank einen Schluck. »Du möchtest doch bestimmt ein Getränk?« Er winkte den Kellner heran.

Keine zwei Minuten später stand eine kalte Cola vor Johanna.

»Die hast du damals schon gern gemocht. Mit zwei Eiswürfeln.«

Johanna verzog keine Miene. Dass sich Konstantin an ihre früheren Vorlieben erinnerte, sollte sie wohl für ihn einnehmen. Sie hatte ihm nie getraut. Was aber – und das musste sie zugeben – auch daran lag, dass er ihre Tochter geschwängert hatte und dann verhaftet worden war. Solche Ereignisse konnten Meinungen über Menschen durchaus beeinflussen.

»Was machst du hier?«, fragte sie noch einmal.

»Meine Tochter kennenlernen.«

»Und deine angebliche Unschuld beweisen?«

»Wenn das nach so vielen Jahren noch möglich ist, dann auch das.«

»Du hast Gemma aufgestachelt«, sagte Johanna gefährlich leise. »Sie will herausfinden, was damals passiert ist.«

»Das war ihre Idee, nicht meine«, sagte Konstantin ausweichend.

»Und was *ist* damals passiert? Deiner Ansicht nach?«, fragte Johanna scharf.

In diesem Moment erschienen Gemma und Héctor wieder vor ihnen.

»Genau das sollten wir gemeinsam besprechen«, beschied Gemma. »Wir fahren alle zur Finca. Familienrat.«

Johanna hätte ihre Befragung zwar gern fortgesetzt, fügte sich aber. Dafür würde sie noch Zeit haben. Sie hatte die Befürchtung, dass sie Konstantin so schnell nicht mehr loswerden würde.

Die Rechnung überließ sie Gemma und Konstantin und ging gemeinsam mit Héctor zurück zum Ferienappartement. Sie packte ihre Sachen zusammen, während Héctor noch einmal loslief und das Auto holte. Als der Seat vor der Tür stand, klopfte Johanna bei der misstrauischen Vermieterin und gab ihr die Schlüssel zurück.

»Sie haben bis zum Ende der Woche gebucht, das Geld kann ich nicht erstatten, wenn Sie früher abreisen«, sagte die Dame streng.

»Das macht nichts, unsere Mission ist erfüllt«, antwortete Johanna freundlich und lud den Wagen voll.

Diesmal setzte sie sich auf den Beifahrersitz und überließ Héctor den Rückweg nach Llucmajor. Sie grübelte. Wer hätte gedacht, dass ihr Trip nach Port de Sóller ein solches Ende nehmen würde? Wie hätte sie ahnen können, dass Konstantin Friedrichs noch einmal in ihr Leben treten würde? Was sollte sie tun?

Schließlich brach Héctor das Schweigen. »So, mal Klartext. Gemma hat eben auch kaum etwas gesagt. Was hat Konstantin eigentlich auf Mallorca gemacht, und wie ist es überhaupt zu dem Mord gekommen?« Er bog am Flughafen ab auf die Landstraße in Richtung Llucmajor. »Ich kann mich zwar dunkel erinnern, dass wir auf der Polizeischule uralte Fälle durchgenommen haben, aber bei mir klingelt da nichts.«

»Wenn du in die Zeitungen von damals guckst, wirst du sehen, dass die Hauptschlagworte ›alter Millionär‹, ›hübsche Witwe‹ und ›verschwundenes Gold‹ lauteten«, sagte Johanna sarkastisch.

Sie hatte lange nicht mehr an diese Zeit gedacht. Konstantin hatte für Horst Hallter, einen Kölner Chemie-Fabrikanten, gearbeitet. Die Firma stellte Waschmittel und Putzmittel her, recht erfolgreich. Hallter war viele Millionen schwer gewesen. Er hatte zwar auch eine Villa im Kölner Hahnwald besessen, doch die Familie bewohnte damals die meiste Zeit des Jahres das elegante Anwesen in Valldemossa auf Mallorca. Dort hatte Hallter mit seiner zweiten Frau Tatjana und ihrer gemeinsamen kleinen Tochter Oxana gelebt, hinzu kamen die erwachsenen Kinder aus erster Ehe, Holger und Hanne Hallter, und Holgers Ehefrau Patrizia. Hallters erste Frau war früh an Krebs gestorben.

Auch die Festangestellten hatten dort gewohnt: ein Gärtner, eine Haushälterin und Konstantin, der als eine Mischung aus Leibwächter, Fahrer und Assistent angestellt gewesen war. Einige Leute aus dem Ort hatten als Putz-, Küchen- und Gärtnergehilfen in dem Haus gearbeitet. Selbst als Gemma schon auf der Welt gewesen war, war Konstantin nur an seinen freien Tagen zu Besuch gekommen, und Johanna hatte damals schon gewusst, dass das niemals gut gehen würde.

Nachdem die Hallter-Familie gemeinsam Weihnachten gefeiert hatte, trafen sie Vorbereitungen für die Silvesterfeier, die

Hallter ausrichten wollte. Doch dazu war es nicht gekommen. Am Silvestermorgen hatte der alte Millionär tot im Pool gelegen. Dem ersten Anschein nach war er ertrunken, alles hatte nach einem Unfall ausgesehen.

Hallter war schon vierundsiebzig gewesen. Den damaligen Berichten zufolge war er vor seinem Tod etwas seltsam geworden, hatte viel vergessen. Es hieß, er habe häufig sein Blutdruckmittel überdosiert, weil er sich nicht mehr daran erinnerte, dass er es schon eingenommen hatte, habe oft dösig gewirkt und Kreislaufprobleme gehabt. Einbrecher konnten es nicht gewesen sein, lautete die Ansicht des Chefermittlers der Polizei. Das Gelände war gesichert wie eine Burg, dazu von allen Seiten videoüberwacht. Kein Außenstehender hätte in das von Mauern umgebene Anwesen eindringen können – so hatte es zumindest ausgesehen. Der Täter oder die Täter mussten schon im Areal gewesen sein.

In den Fokus des Verdachts waren schließlich die Familie und die Angestellten geraten. Die Ermittlungen ergaben, dass Leibwächter Konstantin Friedrichs angeblich eine Affäre mit der jungen Ehefrau des toten Millionärs gehabt hatte. Sie stritten es ab, doch die Gerüchte hielten sich. Hallter hatte zuvor herumerzählt, er habe einen sehr großen Teil seines Vermögens zu Gold gemacht, da er im Alter angefangen hatte, den Banken zu misstrauen. Über die Höhe der Summe war viel spekuliert worden. Dieses Gold war nicht mehr auffindbar gewesen, tauchte auch nie wieder auf, und die meisten Leute glaubten heute, es sei eine Lüge gewesen. Viele dachten, er habe ein Geschäft in den Sand gesetzt oder sei einem Betrug aufgesessen und habe so den Verlust der Millionen erklären wollen, die von den Konten verschwunden waren.

Konstantin war nach Ansicht der Polizei der Hauptverdächtige gewesen. Der Strick zog sich endgültig zu, als die Kriminaltechnik ein Medikament in Hallters Blut ermittelte, das er nach Aussagen seiner Familie, seiner Ärzte und des Hauspersonals nie eingenommen hatte: Tropfen mit dem Wirkstoff Diazepam in hoher Dosis, flüssiges Valium. Die leere Flasche war in Konstantins Zimmer entdeckt worden, versteckt hinter einer losen

Fliese in seinem Bad. Dazu war eines seiner Shirts aufgetaucht, feucht, verknüllt und mit Hallters Blut befleckt.

Damit, so schien es, war der Fall gelöst. Nach Ansicht der Polizei hatte Konstantin seinem Chef erst eine tödliche Dosis Valium gegeben und ihn anschließend im Pool unter Wasser gedrückt, um es nach einem Unfall aussehen zu lassen.

Konstantin war aufgrund der Beweise verurteilt worden und musste in den Knast. Mit seiner Freundin Marion hatte er vereinbart, dass sie ihn vergessen und ein neues Leben beginnen sollte. Niemals sollte das Kind erfahren, dass sein Vater als verurteilter Mörder im Gefängnis sitzt.

So war es auch gekommen. Marion war mit dem Baby zurück nach Deutschland gegangen, hatte einen langweiligen Anwalt kennengelernt und ihn geheiratet.

Als Gemma alt genug gewesen war, hatte Marion ihr von einem flüchtigen Sommerflirt berichtet – mit einem Mann, der vor der Geburt abgehauen sei. Diese Geschichte hatten sie, Johanna und Marion, all die Jahre aufrechterhalten.

»Und jetzt hat Konstantin die Strafe abgesessen. Kreuzt einfach so auf, und Gemma ist klar geworden, dass wir sie angelogen haben«, schloss Johanna kleinlaut. »Kein Wunder, dass sie erst einmal abgetaucht ist.«

»Ihr habt es ja nur gut gemeint«, sagte Héctor.

»Gut gemeint ist leider oft das Gegenteil von gut«, erwiderte Johanna. Sie hatte es ja geahnt. Irgendwann musste sie sich der Vergangenheit stellen. Es hatte schon angefangen.

6

Als Héctor mit Schwung in die gekieste Einfahrt der Finca abbog, war das Tor offen, das Haus hell erleuchtet.

Gemma hatte die Autobahn genommen und war mit Konstantin schon daheim. Sie hatten die Heizungen hochgedreht und Tee gekocht. Abends und nachts war es empfindlich kühl; eine feuchte Kälte, die durch Mark und Bein ging, durch Mauern und Gebälk.

Héctor fröstelte. Sie hatten im Schulunterricht George Sands Reiseliteraturklassiker »Ein Winter auf Mallorca« durchgenommen, in dem die Schriftstellerin ihren Aufenthalt mit Frédéric Chopin in Valldemossa beschrieb. Es hatte der Autorin offenkundig nicht gut gefallen. Mallorca, so fand Héctor, kam etwas zu schlecht weg in dem Buch.

Vor allem hatte sich George Sand über die eisigen Temperaturen beschwert, aber dafür hatte Héctor Verständnis. Obwohl es tagsüber oft gemäßigt, sogar angenehm frühlingshaft war, kühlte es nachts ab. Wer keine vernünftige Heizung hatte, fror im Winter erbärmlich. Seit einiger Zeit waren viele der alten Stadthäuser in Llucmajor endlich am Stadtgas angeschlossen und hatten dadurch immens an Wert gewonnen. Früher hatten die Llucmajorer mit kleinen Elektroöfen geheizt, denen die Stromleitungen nicht standhielten. Es sprangen dauernd die Sicherungen heraus.

Héctor stellte erfreut fest, dass die Heizung in der Finca tadellos ihren Dienst versah. Es war der erste Winter, den Johanna und Gemma in dem Haus aus Bruchstein verbrachten. Das Wohnzimmer war warm und gemütlich. Obwohl beide Frauen nicht allzu häuslich waren, muteten die Räume wohnlich und anheimelnd an. Neben Gemmas altem Cordsessel stand eine moderne, schicke Couch in stilvollem Anthrazit. Der hölzerne Esstisch wurde selten genutzt, da sie, sooft es ging, draußen auf der Terrasse aßen. Die Regale und Borde im Wohnzimmer waren gefüllt mit Büchern, dicken Packen von

Zeitungen und Zeitschriften, handgeschnitzten Figürchen aus Olivenholz.

Héctor fiel zum ersten Mal auf, dass es keine Fotos gab, die älter als sieben Jahre waren – der Zeitpunkt, an dem Gemma zu Johanna nach Mallorca gezogen war. Keine Bilder aus dem Familienalbum, nichts. Es schien, als gäbe es gar keine Vergangenheit für Großmutter und Enkelin. Als hätte deren Leben erst begonnen, als sie das »Team« geworden waren, als das sie sich bezeichneten.

Sie setzten sich zu viert ins Wohnzimmer und rührten still in ihren Teetassen.

»Und was jetzt?«, fragte Héctor.

»Ich will unbedingt herausfinden, was damals passiert ist. Ich bin schließlich Detektivin«, sagte Gemma. »Konstantin hat gesagt, dass er nicht der Mörder war. Und er behauptet, es gebe Beweise, die wir tatsächlich heute noch finden könnten. Das wäre unser Startpunkt.«

Konstantin, aha, immerhin nennt sie ihn nicht Papa, dachte Héctor. Der Polizist in ihm war hellwach. Der misstrauische Polizist. Verurteilte Mörder waren beileibe nichts, was er auf die leichte Schulter nahm. »Und warum sollten wir davon ausgehen, dass etwas anderes geschehen ist als das, was meine Kollegen ermittelt haben?« Er war ein freundlicher Mensch, aber mit einer Vorliebe für Klartext.

»Meine Theorie lautet, dass die Hallters mir den Mord angehängt haben«, sagte Konstantin bissig. »Und die Polizei hat geschludert, weil die Familie reich ist und auch viele Connections hat.« Er sah Héctor durchdringend an. »Außerdem hat die spanische Polizei aus verschiedenen Gründen den Ruf, bei Ermittlungen manchmal nicht so zuverlässig zu sein. Sorry, aber diplomatischer kann ich es nicht formulieren. Ich hoffe, ich verärgere dich damit nicht.«

Natürlich war Héctor verärgert. Er selbst war einer der größten Kritiker der Missstände bei der spanischen Polizei und wusste genau, was alles in seiner Behörde schieflief. Dennoch ging es ihm gegen die Berufsehre, wenn irgendwelche Amateure sich über den Ruf der Polizei ausließen. »Ja, verurteilte Verbrecher kritisieren häufiger mal unsere Arbeit, das kenne ich schon«, kommentierte er sarkastisch.

»Sie haben einige Zeugenaussagen unter den Tisch fallen lassen, sagt Konstantin«, schob Gemma eilig ein, offenbar wollte sie die Situation beruhigen.

Doch Konstantin war zornrot geworden. »Richtig«, schnappte er. »Fakt ist, ich hatte nie eine Affäre mit Tatjana Hallter. Das war eine glatte Lüge. Es gab dazu andere Aussagen, die sind nicht gehört worden. Dann die Flasche mit dem tödlichen Medikament. Hatte ich in meinem Leben noch nicht gesehen, die hat mir vermutlich jemand untergeschoben. Angeblich wurde auch eine Person aus der Familie in meinem Zimmer gesehen. Diese Aussage wurde vertuscht. Mein T-Shirt mit Hallters Blut. Das lag schon lange in der Wäschekammer, das muss irgendwer genommen und gegen mich verwendet haben. Holger Hallter war pleite, das wusste jeder. Er hatte tausend Gründe, den Alten umzulegen, ich keinen einzigen. Bitte, was brauchst du noch?« Er spie die Worte regelrecht aus. »Dazu diese Geschichten von dem Gold, das ich beiseitegeschafft haben soll. Wie hätte das denn gehen sollen? Wo hätte ich denn haufenweise Gold verstecken sollen, vielleicht in der Hosentasche?«

»Angeblich, vermutlich, vielleicht«, fasste Héctor unbeeindruckt zusammen. »Du weißt genau, du brauchst einen hieb- und stichfesten neuen Sachbeweis für deine Unschuld, ein lupenreines Alibi. Keine offizielle Stelle der Welt wird diesen Fall wieder aufrollen.«

Gemma machte eine besänftigende Geste. »Deshalb möchte ich ja tätig werden, ich bin keine offizielle Stelle. Ich könnte nachforschen, ob es für diese Themen valide Anhaltspunkte gibt.«

»Nach all der Zeit?«, fragte Johanna zweifelnd. »Es ist doch schon fast zwanzig Jahre her. Die Erinnerung der Leute schwindet.«

Héctor beobachtete, dass sie ihr argwöhnisches Gesicht aufgesetzt hatte. Sie schien sich unwohl zu fühlen. Und der Grund dafür, daran gab es keinen Zweifel, lag bei Konstantin Friedrichs. Sie mochte ihn nicht.

»Wie willst du die Familie und die Angestellten überzeugen, alle Aussagen ein weiteres Mal zu machen?«, fragte Johanna. »Warum sollten sie mit dir sprechen wollen?«

»Undercover. Ich dachte, ich schleuse mich in die Familie ein. Als Hausmädchen, Gartengehilfin oder so etwas.«

»Moment, das ist viel zu gefährlich!«, rief Héctor.

»Auf gar keinen Fall!«, assistierte Johanna.

»Mir wird klar, was du meinst«, sagte Konstantin zu Gemma. »Sie hat mir erzählt, dass ihr sie ständig behandelt wie ein kleines Mädchen. Dabei hat sie, wenn ich das korrekt verstanden habe, schon ein paar Mörder überführt, oder?«

»Ja, und sie ist nur ein paarmal fast draufgegangen«, bemerkte Héctor ironisch. »Und einmal hat es beinahe ihre beste Freundin erwischt. Sorry, wenn wir da nicht so begeistert reagieren.«

Gemma biss sich auf die Lippen. »Das mit Bárbara tut mir heute noch leid«, sagte sie leise.

Um einen Serienmörder zu schnappen, der junge Touristinnen ermordet hatte, hatte sich Gemma im Sommer als Lockvogel präsentieren wollen. Ihre Freundin Bárbara war ihr heimlich gefolgt und dadurch ebenfalls in Gefahr geraten.

»Ich habe schon recherchiert.« Gemma nahm den Faden wieder auf. »Die Familie Hallter ist derzeit auf der Insel, die gleiche Combo wie vor zwanzig Jahren. Sie verbringen die Weihnachtszeit hier. Sogar die Haushälterin und der Gärtner sind noch da.«

»Und wie willst du da hineinkommen?«, fragte Héctor streng. »Millionärsfamilien bieten schließlich kein Airbnb im Poolhaus an. Und die nehmen auch nicht jeden Erstbesten, der an der Tür klingelt und einen Job als Haushaltshilfe sucht.«

Gemma zeigte auf Johanna. »Das ist schon eingetütet. Oma, wir treffen uns morgen mit Rick Riera. Ich habe ihm gesagt, du möchtest ihn um den Gefallen bitten, mich bei den Hallters einzuschleusen. Er kennt die Familie, sagt er, und er wollte sich heute schon umhören.«

Riera war ein alter Freund der Familie, der prominenteste und hochpreisigste Juwelier Palmas. Er war mit allen betuchten Familien der Insel per Du. Und er verdankte Johanna »sein

Leben und seinen guten Ruf«, wie er nicht müde wurde zu beteuern. Nach einem spektakulären Einbruch in sein Juweliergeschäft war er in den Fokus der Fahnder geraten, die ihm Versicherungsbetrug unterstellen wollten; es war um mehrere Millionen Euro gegangen. Johanna hatte ihm damals aus seiner misslichen Lage geholfen und ihn »vor dem Kerker gerettet«. Das hatte er ihr nie vergessen und war jederzeit dazu bereit, alles in seiner Macht Stehende zu tun, um ihr bei ihren Ermittlungen in der Upperclass Mallorcas zu helfen. Allerdings nicht, ohne sich jedes Mal bei ihr zu beklagen, dass sie ihn noch ruinieren werde mit ihren abenteuerlichen Vorgehensweisen.

Es ist in der Tat davon auszugehen, dass der stets ausgezeichnet informierte Juwelier weiß, auf welchem Weg man an die Hallters herankommen kann, dachte Héctor.

Riera hatte Johanna schon manches Mal unter der Hand solche Informationen gegeben. Und wenn sie selbst als feine Dame undercover recherchierte, staffierte er sie regelmäßig mit Perlen, Diamanten und einem Rolls-Royce mit Chauffeur aus, damit sie stilecht auftreten konnte.

»Du ziehst Riera mit hinein? Und gleich morgen? Können wir nicht erst einmal in Ruhe die Fakten zusammentragen, bevor du losläufst?« Johanna machte keinen Hehl aus ihren Zweifeln.

Héctor sprang ihr bei. »Gemma, Liebes, ernsthaft. Lass mich das machen. Ich fahre ins Präsidium und gucke mir die alten Akten an. Vielleicht finde ich einen Beweis, dass damals tatsächlich geschlampt wurde, wie Konstantin behauptet. Dann könnte ich den Fall sogar ganz offiziell wieder aufrollen.«

Daran glaubte er allerdings selbst nicht. Für die Polizei war die Sache abgeschlossen, es war jemand vor Gericht gestellt und verurteilt worden. Um da ein Wiederaufnahmeverfahren zu erreichen, würden sie einiges an Beweisen für Konstantins Unschuld auf den Tisch legen müssen. Und mit den vagen Anhaltspunkten, die der bislang präsentiert hatte, würde die Staatsanwaltschaft sie nur auslachen. Eines war klar: Sie konnten nur inoffiziell ermitteln oder gar nicht.

Gemma schüttelte den Kopf. »Wenn wir den wahren Täter

finden und ihn der Polizei übergeben wollen, müssen wir uns mehr als beeilen.«

Da hat sie leider recht, dachte Héctor. Der Fall war fast zwanzig Jahre her, Johanna hatte ihm berichtet, dass der Mord am Silvestermorgen geschehen war, nun war Anfang Dezember.

»Warum müssen wir uns denn beeilen?«, fragte Johanna in seinen Gedankengang hinein.

»Weil Mord in Spanien nach zwanzig Jahren verjährt«, antwortete Héctor. »Wenn es einen anderen Täter gab und der vor Gericht gestellt werden soll, läuft die Frist am 31. Dezember ab. Wir haben also noch genau siebenundzwanzig Tage Zeit.«

7

Wenn es um die höhere Gesellschaft auf Mallorca ging, war Rick Riera der Mann der Wahl. Er kannte alle, wirklich alle. Das musste Johanna zugeben. Riera hatte sie und Gemma zum Frühstück in die Sky Bar im »Hostal Cuba«, einem Vier-Sterne-Boutique-Hotel in Palma, eingeladen.

Johanna schlenderte in ihr Ankleidezimmer und wählte einen schicken hellgrauen Leinenanzug mit weißen Nadelstreifen, ein weißes T-Shirt und flache weiße Sportschuhe. Heute gab es keinen Undercovereinsatz, sie würde als sie selbst auftreten.

Gemma stand auf der Terrasse und wartete. Wohlwollend bemerkte Johanna, dass sie heute eine halbwegs vernünftig sitzende Jeans trug, dazu ein nur kaum verknittertes Shirt und ein schwarzes Jackett. Für Gemmas Verhältnisse war sie fast elegant gekleidet. Vielleicht würde Johanna ihr eines Tages sogar beibringen können, was ein Bügeleisen war.

Sie stiegen in den Wagen, und kaum dreißig Minuten später kurvte Johanna im Fiat 500 rund um das »Hostal Cuba« an der Ecke Carrer de Sant Magí und Avinguda de l'Argentina im weihnachtlich geschmückten Santa Catalina, dem angesagten bunten Stadtteil Palmas. Nachdem sie auch bei der dritten Runde keinen Parkplatz gefunden hatte, fuhr sie schließlich in die Tiefgarage unter dem Parc de Sa Feixina.

Nach einem kurzen Weg durch den Park betraten sie das historische Gebäude des »Hostal Cuba« und liefen nach rechts zu den Aufzügen.

Ein junger Hotelpage begrüßte sie mit professioneller Höflichkeit. »Señora Johanna mit Begleitung? Señor Riera erwartet Sie.« Er ließ Johanna und Gemma die Kabine betreten, folgte ihnen und drückte den obersten Knopf. »Unsere Sky Bar hat noch zu, aber für Señor Riera machen wir natürlich eine Ausnahme.«

Das wunderte Johanna nicht. Für Señor Riera machten viele Leute eine Ausnahme.

Oben angekommen, freute sie sich wie jedes Mal auf die Aussicht über Palma. Von der Dachterrasse mit dem eleganten Türmchen in der dritten Etage blickte man auf den Hafen mit den weißen Yachten und auf die alte Befestigungsanlage Bastió de Sant Pere, dahinter leuchtete die Kathedrale La Seu in der Dezembersonne. Schöner ließ es sich in Palma kaum sitzen und einen Cocktail trinken – oder eben ein spätes Frühstück einnehmen.

Riera wartete an einem der Tische auf die Frauen. Er hatte zwei Heizstrahler und Decken kommen lassen, es war vormittags noch etwas kühl. Der Tag versprach milde Temperaturen von fast neunzehn Grad.

Die drei begrüßten sich herzlich. Wie immer trug Riera einen blendend weißen Anzug, Johanna hatte ihn praktisch noch nie in anderer Kleidung gesehen. Er begründete sein Outfit damit, dass er jeden Tag viele Entscheidungen treffen müsse, da wolle er nicht auch noch darüber nachdenken, was er morgens anziehe.

Sie bestellten *americanos* und blätterten in der Speisekarte, um sich ein Frühstück zusammenzustellen.

»Na, ein spannender neuer Fall, die Damen?«, fragte Riera charmant. »Gemma hat mir schon berichtet, dass ich sie bei den deutschen Chemie-Millionären einschleusen soll.«

Johanna ärgerte sich ein bisschen, dass Gemma so mit der Tür ins Haus gefallen war. »Was weißt du über die Familie? Erzähl uns einfach alles, was dir einfällt.«

Riera nahm seine Brille ab und rieb sich die Augen. Ihn störte die Direktheit offenkundig nicht. »*Bien*, die Hallters, lasst mich überlegen.«

Der Kellner kam und stellte die Kaffeetassen auf den Tisch. Riera tat Milch und Zucker in seinen *americano*.

»Der alte Hallter ist ermordet worden, ist bestimmt schon zehn, fünfzehn Jahre her.«

»Zwanzig«, korrigierte Gemma. Sie suchte den Tisch ab. »Haben Sie auch Hafermilch?«, fragte sie den Kellner.

»Natürlich, Señora. Hole ich sofort.«

Riera schmunzelte, kommentierte Gemmas Sonderwunsch aber nicht.

»Wie die Zeit vergeht, unfassbar. Gut, zwanzig Jahre. Es wurde viel geklatscht über den Mord«, sagte er stattdessen.

Das fand Johanna hochinteressant. »Was genau wurde da geklatscht?«

»Alle fragten sich, wer es gewesen ist. Wer der Mörder war. Sie haben einen jungen Angestellten verknackt, aber man munkelte, dass die ganze Familie Grund gehabt habe, den Alten abzumurksen. Ja, da wurde viel geredet.«

Der Kellner erschien mit einem Tablett, auf dem ein Brotkorb mit Croissants, *bocadillos* und *pan moreno* stand, dazu Butter, Rührei, Schinken, Käse, Marmelade. Geschickt platzierte er die ganze Frühstückspracht auf dem Tisch. »Benötigen Sie noch etwas?«

Riera verneinte.

»Welche Gründe soll die Familie gehabt haben, Hallter tot sehen zu wollen?«, fragte Johanna, während auch sie Zucker in ihren *americano* löffelte.

»Ich weiß es nicht mehr genau. Es hieß, er sei ein *tipo asqueroso*, ein Fiesling, gewesen. Hat die Familie terrorisiert. Das haben zumindest viele behauptet.«

Nachdem er das Frühstücksangebot begutachtet hatte, nahm Riera sich ein Croissant, riss ein Stückchen davon ab und tunkte es in seinen Kaffee. Er betrachtete Gemma und Johanna, die sich *bocadillos* aufschnitten, sie mit Butter bestrichen und Rührei auf ihre Teller schaufelten.

»Ihr Deutschen esst morgens diese Mengen«, stellte er sachlich fest. »Brot und Wurst und Käse und Eier. Ich bekomme vormittags maximal ein Stück Gebäck hinunter.«

Johanna, die um sieben Uhr schon ihr erstes Frühstück zu sich genommen hatte und damit beim zweiten war, ignorierte den Einwurf.

Sinnierend kaute Riera sein frugales Croissant. »Es hieß, Hallters Frau habe eine Affäre mit diesem Angestellten gehabt, der später verurteilt wurde. Wie hieß sie noch, Swetlana …«

»Tatjana«, korrigierte Gemma nuschelnd, die den Mund voller Rührei hatte.

»Stimmt. Tatjana. Die war zu der Zeit ein ziemlich heißer Feger, sieht heute noch gut aus. Horst Hallter war viel älter als seine zweite Frau, und dann war da so ein junger Kerl im Haus.

Da kommen schnell solche Gerüchte auf. Manche behaupteten sogar, das Kind, Olga oder so, sei von dem Angestellten und nicht von Hallter.«

Jetzt hatte Gemma sich verschluckt, sie hustete und rang nach Luft.

»Geht es wieder?«, fragte Riera besorgt.

Gemma nahm einen Schluck Kaffee und atmete durch. »Oxana«, krächzte sie.

»Na, du bist ja gut informiert. Genau, Oxana. Aber das sind alles Gerüchte.« Riera stopfte sich den Rest Croissant in den Mund.

Johanna hatte aufgehört zu essen. »Ich glaube nicht, dass etwas an den Gerüchten dran ist«, sagte sie fest. »Soweit ich weiß, ist der Angestellte erst auf die Insel gekommen, als das Kind schon auf der Welt war.«

»Ihr wisst mehr als ich. Wie kann ich überhaupt helfen?«, fragte Riera.

»Du hast eben gesagt, Hallter galt als Fiesling. Was genau meintest du damit?«, fragte Johanna.

»Ich weiß es nicht mehr, das ist so lange her. Er soll ein ziemlicher Patriarch gewesen sein.«

Genau so etwas hatte Johanna sich gedacht. Es gab lauter vage Erinnerungen, wenig Konkretes. Die ganze Ermittlung wird so laufen, befürchtete sie. »Weißt du noch, wer diese Gerüchte über Tatjana und den Angestellten in Umlauf gebracht hat?«

»Ich meine, das war jemand vom Personal, hat allerhand Sachen rumgetratscht, auch in Zeitungsinterviews. Du wirst garantiert im Archiv fündig, wenn du die alten Artikel raussuchst. Kann mich an die Beyers erinnern, ein reiches Ehepaar aus Köln, die waren befreundet mit der Familie und oft zu Besuch. Die haben auch ziemlich viele Interviews gegeben und allerhand Klatsch verbreitet.«

Johanna hatte ein ledernes Notizbuch aus der Tasche gezogen und schrieb mit. Ihr kam noch ein Gedanke. »Weißt du etwas über die Finanzen oder über das Testament? Wer hat profitiert von Hallters Tod?«

Rieras Mundwinkel zuckten. »Der alte Hallter hatte tatsächlich seine zweite Ehefrau Tatjana als Vorerbin für alles vorgesehen, die Kinder waren die Nacherben.«

Dieses Erbrechtvokabular war Johanna ziemlich fremd. »Und das heißt genau?«

»Dass die Kinder erst ihr Erbe bekommen, wenn Tatjana tot ist. Der Witz war ja, dass sie genauso alt ist wie die Kinder aus erster Ehe. Die Nacherben bekommen also erst ihren Anteil, wenn sie uralt sind, falls Tatjana sie nicht sogar überlebt.« Er hob die Hände. »Selten so ein Testament gesehen. Vielleicht mochte er seine Kinder aus erster Ehe nicht.«

»Hätten die Kinder nicht ihren Pflichtteil fordern können?«, fragte Gemma.

»So gut kenne ich mich da auch nicht aus. Sie haben es auf jeden Fall nicht gemacht, soweit ich weiß.«

»Wovon leben die Hallter-Kinder heute?«, fragte Johanna neugierig.

»Sie haben alle Anteile am Familienunternehmen, die sie nicht veräußern dürfen. Für die Leitung des Unternehmens hatte Hallter eine Nachfolge festgelegt, in der allerdings kein Familienmitglied vorkam. Das hat er seiner Brut wohl nicht zugetraut. Oxana hat als Einzige eine Option, die Firma zu übernehmen, das hat aber irgendwelche Bedingungen. Sie muss einen bestimmten Abschluss oder eine spezielle Ausbildung haben. Das weiß ich nicht genauer. Über das Mädchen wird auch viel geredet. Soll ein bisschen plemplem sein.« Er tippte mit dem Zeigefinger an den Kopf.

»Was hört man denn so, springt da viel raus bei den Familienanteilen?« Johanna schob sich die letzte Gabel Rührei in den Mund.

»Wohl nicht. Es heißt, das Unternehmen sei in finanziellen Schwierigkeiten«, sagte Riera. »Sie haben den Ökozug verpasst, das Marketing soll altbacken sein, was weiß ich. Auf jeden Fall mussten sie schon Leute entlassen, es sieht nicht gut aus. Wenn ich die Gerüchte richtig deute, sind die Kinder aus erster Ehe finanziell abhängig vom Wohl und Wehe der zweiten Ehefrau, also von Tatjana.« Plötzlich lachte er auf. »Das fällt mir jetzt erst wieder ein. Genau. Damals gab es auch eine ordentliche

Aufregung, weil bei der Testamentseröffnung herauskam, dass deutlich weniger Vermögen da war, als alle geglaubt hatten.« Er nahm noch einen Schluck von seinem *americano* und kicherte.

Johanna goss ihm Kaffee nach und schob die Zuckerdose in seine Richtung. »Wo war das Geld denn hin?«

»Der Alte hatte vorher davon gefaselt, dass er den Banken nicht mehr traue und sein Vermögen zu Gold machen wolle. Aber dieses Gold hat nie jemand gesehen.« Riera klatschte in die Hände. »Weg. Und keiner weiß, ob es den ominösen Goldschatz tatsächlich gibt oder ob Hallter nur nicht zugeben wollte, dass er irgendeinen Deal in den Sand gesetzt hatte und deshalb ein dicker Batzen des Vermögens nicht mehr auf den Konten war. Aber als auffiel, dass das Geld weg war, da war er tot, und keiner konnte ihn mehr fragen.«

Ein verschwundener Goldschatz, dachte Johanna. Das ist immerhin poetisch. »Wie viel soll er ›zu Gold‹ gemacht haben?« Sie deutete mit den Fingern Gänsefüßchen an.

»So wie sich alle aufgeführt haben, muss es eine Menge gewesen sein. Ich habe von Summen zwischen fünfzehn und zwanzig Millionen Dollar gehört. Keine Ahnung, ob das stimmt.«

Eine mehr als stattliche Summe, befand Johanna skeptisch. Sie überschlug die Zahlen rasch im Kopf. Heute wäre das Schätzchen noch viel mehr wert, aber mit dem damaligen Goldpreis gerechnet wären es um die zweitausend Kilogramm Gold gewesen. Es wäre schon logistisch fast unmöglich, solche Mengen zu verstecken, da hatte Konstantin vollkommen recht. Wo, bitte, sollte man damit hin?

»Die Familie ist derzeit in Valldemossa? Ist so viel Familienharmonie nicht seltsam, wenn sie das Testament als unfair empfunden haben? Oder ist das eine Ausnahme?«, fragte sie.

»Tja, sie wohnen tatsächlich die meiste Zeit des Jahres zusammen, früher häufig in Valldemossa, heute sind sie auch oft in Köln. Das war ja eben das Seltsame. Alle haben gedacht, nach dem Tod des Alten bricht die Familie auseinander. Auch ich habe angenommen, dass vor allem die Kinder aus erster Ehe und die zweite Frau getrennte Wege gehen würden. Aber die sind beisammengeblieben. Sogar die alten Angestellten sind noch da, die Haushälterin und der Gärtner zumindest. Es ist schon komisch.«

»Wenn ich vor Ort ermitteln will, was wäre dein Tipp?«, fragte Gemma ungeduldig dazwischen. »Ich habe ja am Telefon geschildert, dass ich eine Möglichkeit suche, irgendwie ins Haus zu kommen. Als Poolgirl, als Hausangestellte. Hast du eine Idee?«

»Ich war nicht untätig seit gestern. Ich habe Tatjana Hallter angerufen, um sie zu einem Charity-Event einzuladen, und wir sind ein bisschen ins Plaudern gekommen«, berichtete Riera schelmisch. »Und da sagt sie mir, dass die liebe Oxana nicht die beste Studentin zu sein scheint. Sie braucht dringend jemanden, der ihr bei ihrer Bachelorarbeit in Chemie hilft. Also habe ich dich empfohlen. Habe gesagt, du bist eine Intelligenzbestie und könntest das mit links. Außerdem habe ich erzählt, dass du das absolute Chemie-Ass bist, die Beste deines Jahrgangs an der Uni Palma, was hoffentlich stimmt.« Er hielt inne und öffnete triumphierend die Arme. »Und was ist passiert? Vorhin hat die Haushälterin angerufen, die scheint auch eine Art Sekretärin zu sein, und hat gesagt, dass sie dich vom Fleck weg engagieren.«

Gemma sprang auf. »Das hast du schon in die Wege geleitet? Du bist ja der Allergrößte!«

»Ich weiß«, antwortete Riera unbescheiden. »Ich habe auch erwähnt, dass du nicht billig bist und vor Ort sein musst. Du bekommst ein Zimmer für die nächsten Wochen. Die haben eine nette kleine Hütte in Valldemossa. Wird dir gefallen.«

»Ich kann bei der Familie wohnen?«, rief Gemma. »Das ist ja perfekt.«

Johanna gefiel Rieras Effizienz nicht sonderlich. »Mir wäre wohler, du würdest dir außerhalb des Anwesens ein Zimmer nehmen.«

Aber Gemma winkte ab. »Nein, auf keinen Fall. So bin ich im inneren Kreis. Wie lange bin ich engagiert?«

»Du musst am zweiten Januar abreisen, habe ich gesagt. Also ungefähr einen Monat. Meinst du, die Zeit reicht?«

»Die Zeit muss reichen. Wenn wir den Fall bis dahin nicht geklärt haben, ist es ohnehin zu spät.«

8

Die Jefatura Superior de Policía de Baleares lag im Herzen von Palma an der Carrer de Simó Ballester. Die Namensgleichheit brachte Inspector Héctor Ballesters Bekanntenkreis stets zu der Annahme, die Ballesters seien ein altes Polizeibeamtengeschlecht. Man mutmaßte meist, Simó Ballester sei ein früherer Polizeipräsident gewesen, nach dem die Straße, an der das Präsidium lag, benannt worden war.

Das stimmte nicht. Der gute Simó Ballester hatte im 15. Jahrhundert einen Bauernaufstand gegen die Obrigkeit angeführt und war später hingerichtet worden. Héctor Ballester hingegen war der Spross einer Gastronomenfamilie und eigentlich dazu ausersehen, das etablierte Tapas-Restaurant »Vermell« am Hafen in El Molinar zu führen, während sein Bruder Hugo das edlere »Esperanza« in Algaida leiten sollte. Doch Héctor hatte die komplette Nachfolgeplanung der Ballesters durcheinandergebracht, indem er einfach Polizist geworden war. Die Cousine, die das »Vermell« übernommen hatte, hatte signalisiert, diese ganze Gastronomie sei ihr zu stressig. Bald sollte der Familienrat dazu tagen. Héctor ahnte schon, was er sich an Vorwürfen würde anhören müssen.

Er hielt vor dem Präsidium auf einem der mit gelber Farbe und der Aufschrift »POLICÍA« gekennzeichneten Parkplätze. Mit schnellen Schritten nahm er die Treppe zum Haupteingang, durchquerte die Eingangshalle und schlüpfte ins Treppenhaus. Es war besser, wenn er sich möglichst unsichtbar machte, schließlich hatte er Urlaub und sollte gar nicht hier sein. Während Gemma und Johanna sich mit Riera trafen, wollte er sich durch die damaligen Ermittlungsakten wühlen.

Sein Weg führte hinunter in den Archivkeller. Im Untergeschoss waren die Waffen-, Geräte- und Asservatenkammern und der Serverraum untergebracht und – ganz am Ende eines dunklen, schmalen Ganges – die Kriminalaktenhaltung mit dem Herrn der Akten, Hugo Ferrer.

In Kriminalromanen und -serien waren die Sachbearbeiter und Archivare oft geschasste Kripobeamte, die man nach reichlichen Verfehlungen im Aktenkeller versauern ließ. Die Kriminalaktenhaltung des Polizeipräsidiums von Palma lag zwar klischeehaft im Keller, doch Hugo Ferrer war aus freien Stücken dort, wusste Héctor.

Ferrer war als Schutzmann in Valencia vor zehn Jahren in einen Banküberfall geraten. Als die Räuber das Feuer auf die Polizei eröffnet hatten, hatte er sich schützend über ein achtjähriges Mädchen geworfen, das zufällig am Tatort auf dem Gehweg gestanden und auf den Bus gewartet hatte. Ferrer hatte die Kugeln mit seinem Körper abgefangen. Er war damit zum Helden geworden.

Als er nach vielen Wochen aus dem Krankenhaus gekommen war, mit nur noch einer Niere und einem steifen Knie, hatte ihn der Polizeipräsident von Valencia ehrenhaft in die Frührente entlassen wollen. Doch Ferrer hatte einen Herzenswunsch gehabt: sich ganz allein um einen Raum voller Akten kümmern zu dürfen. Irgendwo in Spanien, egal wo.

Der Polizeichef hatte schnell festgestellt, dass das Präsidium in Palma eine Sachbearbeiterstelle für Kriminalaktenhaltung ausgeschrieben hatte. Ferrer bekam den Job. Letztlich verstand niemand, warum er nicht einfach seine Frührente genoss, es fragte aber auch niemand nach.

Niemand, bis auf Héctor. Der war vor einigen Jahren hinunter ins Archiv gestiegen und hatte genau das wissen wollen. Ferrer hatte ihm erklärt, dass er gern allein sei, nicht für die Ehe tauge und auch nicht für Hobbys, bei denen er mit Menschen zu tun habe. »Ich will dennoch einen Platz haben, wo ich hingehöre. Wo ich gebraucht werde.«

»Und deshalb sitzt du gern hier unten im Archiv?«, hatte Héctor gefragt.

»Es ist ja alles digital heute«, hatte Ferrer geantwortet. »Bei mir lagern vor allem die alten Fälle und die Duplikate. Es kommt nicht oft jemand, um noch Papierakten einzusehen. Aber ich habe eine Aufgabe, ich gehe morgens zur Arbeit und komme abends heim und kann sagen, ich bin Polizist.«

Héctor hatte diese Erklärung sehr nachvollziehbar gefunden und ging alle paar Wochen hinunter, um ihn zu besuchen.

Im Keller angekommen, durchquerte er Gänge und Lagerräume und gelangte schließlich zur Kriminalaktenhaltung. Ein *bocadillo* mit Schinken ragte aus seiner Umhängetasche. Er holte es heraus und nahm einen großen Bissen, mit der linken Hand öffnete er die Tür zum Archiv.

Hugo Ferrer hockte, groß und hager, blass und mit ergrautem Haarkranz, im Dämmerlicht der altersschwachen Schreibtischlampe. Hinter ihm tat sich ein langer dunkler Raum voller Regale und Akten auf.

»*Hola, Hugo*«, nuschelte Héctor kauend.

Ferrer stand auf und betrachtete Héctor missbilligend. »Das Ding isst du nicht hier drin«, schnappte er, erwiderte Héctors Gruß aber halbwegs freundlich. Er tat gern so, als bewachte er hochsensible, wertvolle Dokumente, nicht verstaubte Ordner, die kaum noch jemand interessierten.

Héctor steckte sein Schinkenbrötchen schnell in die Tasche. »*Claro.* Sag mal, Hugo ...« Er brach ab. Wie bekam er am geschicktesten aus Ferrer heraus, wie er an die alten Akten kam, ohne namentlich registriert zu werden? Er wollte vermeiden, dass sein nerviger Vorgesetzter Jefe Superior de Policía José Robla Rubio erfuhr, was er da im Urlaub tat. Er beschloss, einfach direkt zu fragen. »Sag mal, wenn ich die Unterlagen zu einem fast zwanzig Jahre alten Fall einsehen möchte, was genau mache ich dann?«

Ferrer kniff die Augen zusammen. »Ist der Vorgang abgeschlossen?«

»Hm, ja, zumindest ist jemand verurteilt worden.«

»Tja. Am besten machst du da gar nichts. Nach zwanzig Jahren ist bei uns alles verjährt, sogar Mord.« Ferrer setzte sich an seinen Schreibtisch. »Im Ernst, da gibt es zwei Wege. Entweder du stellst einen Antrag auf Akteneinsicht bei deinem Vorgesetzten, da diese Schriftstücke ja etwas mit einem deiner aktuellen Fälle zu tun haben müssen. Wenn nicht, wird das vermutlich schwierig, es kann ja nicht jeder kommen und in alten Fällen herumrühren.«

»Oder?«, fragte Héctor, der langsam ungeduldig wurde.

»Oder du hast ein besonders gutes Verhältnis zu dem diensthabenden Sachbearbeiter, der zufällig genau jene Akten auf seinen Schreibtisch legt und anschließend eventuell eine Kaffeepause machen wird.«

Héctor fand das Vorgehen sympathisch. »Die zweite Option könnte voraussichtlich sehr hilfreich sein. Und was ist, wenn jemand die Unterlagen für eine oder zwei Wochen ausleihen möchte?«

Ferrer wiegte den Kopf. »Nun, das ist nur möglich, wenn dieser jemand unterzeichnet, die Akten mitgenommen zu haben. Und da gibt es keine zweite Option.«

Héctor verstand. »Dazu müsste man ja erst wissen, ob es sich überhaupt lohnt, den Kram auszuleihen«, formulierte er vage.

»Ja, lass uns mal vom Konjunktiv wegkommen, wir drehen uns im Kreis. Also, was brauchst du?«

»Alles zum Fall Horst Hallter, Mord in Valldemossa, zwanzig Jahre her.«

Ferrer ging zu dem monströsen Register und öffnete eine der Schubladen.

»Ah, du hast noch einen Zettelkatalog.« Héctor erinnerte sich dunkel daran, dass er auch während seiner Ausbildung an der Polizeiakademie in Ávila viel mit einem solchen System gearbeitet hatte, um seine Klausuren zu bestehen.

»Für die älteren Unterlagen, ja. Wir haben nicht alles digitalisiert, den alten Kram will eh kaum jemand noch mal sehen.« Ferrer blätterte, schließlich zog er eine Karteikarte heraus und betrachtete sie ratlos.

»Was ist?«, fragte Héctor. »Ist dein Kasten durcheinander? Findest du nichts?«

»Doch, doch.« Ferrer wirkte verwirrt. »Die Ordner sind hier verstaubt, jahrelang. Doch vor einem halben Jahr sind sie ausgeliehen worden. Daran kann ich mich nicht erinnern, meine Vertretung hat das veranlasst. Das sehe ich an der Unterschrift, da war ich wohl im Urlaub. Und seitdem hat sie der Kollege, der sie ausgeliehen hat, nicht zurückgebracht.«

Höchst erstaunlich, fand Héctor. »Und wer hat die Akten?«

»José Robla Rubio. Dein Chef.«

9

Johanna hatte Unkraut gejätet und einen Schwung Blätter aus dem Pool gefischt. Ihr tat der Rücken weh, schlechte Laune hatte sie auch. Héctor und Gemma waren ohne sie auf und davon, um zu ermitteln, und das gefiel ihr gar nicht. Héctor suchte die alten Polizeiakten, Gemma bereitete sich auf ihren Einsatz bei den Hallters vor und war nach Palma gefahren, um »technisches Equipment« zu kaufen, was auch immer sie damit meinte. Konstantin hatte angekündigt, in den Archiven der mallorquinischen Zeitungen nach alten Artikeln zum damaligen Fall zu suchen, und war auch verschwunden.

Sie fühlte sich alt. Schließlich riss sie sich zusammen und setzte sich in den Wagen. Mittags musste sie Bárbara ablösen, die die Frühschicht im Laden übernommen hatte. Sie hatten sich seit Johannas Rückkehr noch nicht gesehen, da erst der Fall der verschwundenen Gemma zu klären gewesen war.

Nach der Fahrt zwischen Feldern hindurch und vorbei an Obstplantagen erreichte sie den Ortseingang von Llucmajor. Ihr ging jedes Mal das Herz auf, wenn sie die mächtige Iglesia San Miguel schon von Weitem über dem Ort thronen sah. Viele dachten tatsächlich, die Kirche stünde auf einer Erhebung, so deutlich dominierte sie die Silhouette der Stadt.

Johanna parkte gegenüber dem Supermarkt »Mercadona« und ging zu Fuß durch das vorweihnachtliche Llucmajor. Die breite Fußgängerzone erstrahlte in glitzernden Lichtern, die Läden waren festlich geschmückt. Alle paar Meter blieb sie stehen, um die schönen historischen Weihnachtskrippen zu bewundern, die die Einwohner in ihren Eingangshallen aufgestellt hatten und die *belén* genannt wurden, »Bethlehem«. Im Sommer waren die hölzernen Tore der Häuser bis oben verrammelt, um Hitze und vor allem den Staub abzuhalten, doch zur Weihnachtszeit standen sie manchmal offen. Fast jedes Stadthaus hatte eine solche geflieste *entrada*. Früher waren dort die Kutschen untergebracht gewesen, deshalb waren die Räume so groß und hoch. Heute war es ziemliche Platzverschwendung, fand Johanna, niemand hielt sich darin auf.

Die Gonzalez hatten seit Jahren die schönste *belén*. Ihre Krippe war an die drei Meter lang und zwei Meter breit und zeigte ein ganzes mallorquinisches Dorf. Es gab Steinhäuser, einen kleinen Markt mit winzigem Obst und Gemüse, aus Holz geschnitzt und handbemalt. Windmühlen standen an einem Minigebirge aus Pappmaschee, das wohl das Tramuntana-Gebirge darstellen sollte. Ein Bachlauf war zu sehen, an dem weibliche Holzfigürchen winzige Wäsche wuschen. Inmitten der detailverliebten Szenerie fehlte natürlich auch die Heilige Familie im berühmten Stall von Bethlehem nicht, aber der heimliche Star dieser Krippen war eine ganz andere Figur.

Johanna ließ die Augen über die Szenerie schweifen, bis sie fand, was sie gesucht hatte – den *caganer*, das »kleine Scheißerchen«. Diese Holzfigur saß quietschvergnügt mit heruntergelassenen Hosen mitten in der Krippe und verrichtete ihr großes Geschäft. Auf jedem Weihnachtsmarkt gab es die *caganers* zu kaufen. Früher hatten die Figuren die Tracht katalanischer Bauern getragen, doch seit Jahren war es in Mode, ihnen das Aussehen von Prominenten zu geben. Johanna hatte schon Angela Merkel als »Scheißerchen« entdeckt, genauso wie die englische Queen und den Papst. Der *caganer* der Gonzalez war in diesem Jahr Cristiano Ronaldo, der mit blankem Po mitten auf dem Marktplatz hockte.

Das »Gecko Galdent« hatte Bárbara festlich hergerichtet, mit goldenen Sternen aus Glanzfolie, die das Jahr über in einem Abstellraum auf ihren Einsatz warteten. Sie umarmte Johanna, als diese zur Tür hereinkam.

»*Déu*, schön, dass du wieder da bist«, sagte sie. »Ich dachte schon, du kommst nicht wieder.«

»Es gab da einen familiären Zwischenfall«, sagte Johanna entschuldigend. Doch bevor sie mehr erzählen konnte, betrat Bárbaras Mutter den Laden.

»Habt ihr schwere Schäden?«, fragte Maria Gonzalez sofort.

Johanna war klar, was sie meinte – die Flutkatastrophe. Am schlimmsten hatte es das Örtchen Sant Llorenç des Cardassar östlich von Manacor getroffen, mit vielen Toten und zerstörten Häusern. Ganz Mallorca trauerte mit der kleinen Gemeinde, zur Weihnachtszeit wurde überall Geld für die Opfer gesammelt.

»Nein, zum Glück nicht«, erwiderte Johanna. »Nur den Johannisbrotbaum hat es ein bisschen erwischt, aber der wird wieder.«

Bárbara zeigte auf die Sammelbüchse neben der Kasse. »Ich hoffe, es ist dir recht, Johanna?«, fragte sie.

»Natürlich.« Sie hatte schon in ihrer Post gesehen, dass die Händler von Llucmajor eine nachweihnachtliche Spendengala planten. Es verstand sich von selbst, dass auch sie daran teilnahmen.

»Maria, geht es dir wieder gut?«, fragte sie. Bárbaras Mutter hatte im Sommer eine Brustkrebserkrankung durchgestanden.

»Es sieht ganz danach aus. Schau, sogar die Haare wachsen richtig nach.« Maria wies auf ihren kurzen Schopf.

Johanna nahm sie fest in den Arm. Sie kannte Maria seit mehr als zwanzig Jahren, seitdem sie nach Mallorca gezogen war. Sie waren Freundinnen geworden, ebenso wie Johannas Enkelin Gemma und Marias Tochter Bárbara. Maria und Bárbara gehörten zu einer alteingesessenen mallorquinischen Familie und hatten Johanna so manche hiesige kulturelle Eigenheit und Tradition nähergebracht, von köstlichen einheimischen Rezepten ganz zu schweigen.

Ihr kam ein Gedanke. »Sagt mal, ihr kennt doch das Grundstück bei mir gegenüber, das vom alten Lopez. Habt ihr auch etwas von dem Erbstreit mitbekommen?«

»*Claro*«, sagte Maria. »Das war ein Theater! Er hatte drei Kinder, zwei Söhne, eine Tochter. Das Haus und das Grundstück hat er aber allein seinem Enkel hinterlassen, dem Sohn der Tochter. Es ist ein ziemlich weitläufiges Gelände, und das Haus ist groß, vier Schlafzimmer, zwei Bäder, gute Bausubstanz. Dazu nah am Ort. Musste nur mal ordentlich modernisiert und renoviert werden.«

Johanna befürchtete, dass das für ihre Finca auch galt. Sie hatte das Haus vor einigen Monaten gekauft und bald festgestellt, dass so ein Besitz ganz schön anstrengend war. Ständig gab es etwas zu reparieren, zu streichen und zu erneuern.

»Die Söhne sind stinksauer«, sagte Maria. »Hast du gesehen, wie die Immobilienpreise explodiert sind? Das Ding ist mehr als eine halbe Million wert.«

»Gibt es denn beim Erben in Spanien keinen Pflichtanteil?«, fragte Johanna. Mittlerweile kenne ich mich im Erbrecht aus, dachte sie. Ich stelle schon die richtigen Fragen.

»Doch, den gibt es. Der alte Lopez hat es irgendwie so gedreht, dass die Söhne Vermögen erhalten, außerdem hat er das Haus vor seinem Tod ziemlich niedrig schätzen lassen, damit es bei der Testamentseröffnung so aussieht, als hätten die Söhne einen Schnitt gemacht. Sie müssten also das Ganze anfechten, und du weißt doch, wie das ist.«

Johanna wusste es. Die spanischen Gerichte waren überlastet, Verfahren dauerten ewig. Vermutlich würden beide Seiten umfangreiche Gutachten und Gegengutachten einreichen, Unsummen für Anwälte und Sachverständige ausgeben und selbst nach zehn Jahren keine Klarheit haben. Dazu wäre natürlich die Familie für alle Zeiten zerstritten, wenn man gegeneinander vor Gericht zöge. Und dies war etwas, was eine echte *família mallorquina* auf keinen Fall zulassen würde.

»Was ist mit den anderen Enkeln?«, fragte Johanna.

»Es gibt nur Felipe, den Sohn der Tochter. Felipe Taverner, Taverner Lopez, um genau zu sein. So heißt er. Der älteste Lopez-Sohn wohnt mit seinem Ehemann in Madrid und hat keine Ambitionen, Vater zu werden. Der jüngere Sohn hat nie geheiratet, er ist irgendein Manager und sehr eingebunden, heißt es immer.«

»Felipe Taverner«, wiederholte Johanna. »Hatte der alte Lopez den Jungen sehr ins Herz geschlossen?«

Maria musste lachen. »Kann man so sagen. Opa und Enkel waren sich sehr ähnlich. Solche *volcans*, echte Vulkane.« Sie machte eine rasche Bewegung mit den Händen. »Sie explodieren schnell. Sehr launisch.«

»Was meinst du, wird Felipe allein einziehen? Hat er eine Freundin?«

Bárbara mischte sich ein. »Es hieß mal, er hätte eine chilenische Verlobte, hat sogar eine Zeit lang drüben in Chile in Santiago gewohnt. Aber das ist wohl aus, sagt Esteban.« Bárbaras Bruder Esteban arbeitete bei der Stadtverwaltung.

Kurz rechnete Johanna nach. Esteban und Felipe mussten fast gleich alt sein, was Maria bestätigte.

»Sie waren zusammen im Fußballverein, früher. Esteban hat ihn wiedergesehen, als Felipe den Antrag für den Umbau des Hauses im Rathaus gestellt hat. Da hat er ihm verraten, er habe sich von Violeta, also der Chilenin, getrennt und wolle wieder auf Mallorca wohnen. Ob er eine Neue hat, weiß ich nicht.«

»Was ist er von Beruf?«, fragte Johanna.

»Irgendwas mit IT«, sagte Bárbara. »Er arbeitet im Parc Bit bei einem Start-up.«

Der Parc Bit war vor einigen Jahren als Silicon Valley Mallorcas im Norden von Palma aus dem Boden gestampft worden, Johanna erinnerte sich an die Bilder von der Einweihung. Vor allem an die offenen, modernen Büros mit den unvermeidlichen Tischkickern, die weltweit zum Statussymbol aller Start-ups geworden waren.

»IT-Mann, Hausbesitzer und eventuell Single, der scheint ja ein guter Fang zu sein«, sagte Johanna. Sie musterte dabei Bárbara, von der sie wusste, dass sie auch Single war.

Doch Bárbara widersprach. »Lieber nicht. Estebans Freundin Isabel war mal zu Schulzeiten mit ihm zusammen. Sie hat erzählt, sie habe Angst vor ihm gehabt. Weil er ständig so ausgeflippt ist, wenn er wütend war. Einmal hat er sie sogar geschlagen und gewürgt. Da hat sie sich von ihm getrennt.«

Johanna horchte auf. Gut, dass sie offiziell den Auftrag hatte, diesem Felipe mal etwas genauer auf die Finger zu schauen.

Teil 2

Familien

Das Haus des Windes, die Villa, die uns Señor Gómez vermietet hatte, wurde unbewohnbar. Die Mauern waren so dünn, dass der Kalk, mit dem die Wände beworfen waren, sich wie ein Schwamm vollsog.

George Sand, »Ein Winter auf Mallorca«

10

Es war Nachmittag, als Gemma zu ihrer Undercovermission aufbrach. Sie hatte sich den Fiat 500 ausgeborgt und lenkte ihn in Richtung Palma. Von der Ringautobahn bog sie auf die Ma-1110 in Richtung Valldemossa ab. Rechts waren hinter den Bäumen die hohen Zäune, Flutlichtanlagen und Wachtürme des Centro Penitenciario de Mallorca zu erahnen. In diesem Gefängnis hatte ihr Vater vor knapp zwanzig Jahren gesessen und auf seine Gerichtsverhandlung gewartet. Danach, so hatte er gesagt, sei er nach Madrid verlegt worden. Den Grund dafür habe er nie erfahren.

Es war ein sonniger Tag. Gemma fummelte die Sonnenbrille aus der Tasche auf dem Beifahrersitz und setzte sie auf. Ihre Gedanken tanzten im Kreis. Tat sie das Richtige? Es war ein Schreck für sie gewesen, als vor fast drei Wochen dieser fremde Mann im Laden in Llucmajor vor ihr gestanden und behauptet hatte, ihr Vater zu sein. Ja, ein Schreck, dabei machte sie für sich geltend, reichlich unerschrocken zu sein.

Sie war weit davon entfernt gewesen, ihm sofort zu glauben, dass er ihr Vater war, sondern hatte ihre Mutter angerufen. Die schockierte Marion hatte zugeben müssen, dass sie sie all die Jahre belogen hatte. Ihr Vater war nicht verschollen gewesen. Marion und Johanna hatten gewusst, wer er war, und vor allem, *wo* er war. Im Knast.

Gemma bremste am Kreisverkehr bei Son Espanyol kurz ab und gab wieder Gas. Sie war wütend. Es gab so viele Fragen. Über Johannas Vergangenheit, den unbekannten Großvater, über den ebenfalls niemand sprach. Dass Johanna und Marion den Vater vor ihr geheim gehalten hatten, als sie noch ein Kind gewesen war, war ja verständlich. Aber sie war schon lange kein Kind mehr. Es wäre fair, nein, es wäre die Pflicht der Familie gewesen, ihr die Wahrheit zu sagen.

Sagte denn Konstantin die Wahrheit? Er hatte sie einige Tage beobachtet, bevor er in den Laden gekommen war, das hatte er ihr gestanden. »Ich wollte warten, bis deine Großmutter da ist, damit sie gleich bestätigen kann, wer ich bin«, hatte er erklärt. Aber als Johanna nicht auftauchte, habe er die Geduld verloren und sei aus der Deckung gekommen.

Ja, das war ein Schock gewesen. Plötzlich einen Vater zu haben. Und dann zu erfahren, dass dieser Vater wegen Mordes im Gefängnis gesessen hatte. Und anschließend zu hören, dass er angeblich unschuldig sei. Glaubte sie ihm?

Sie hatte nach kurzer Überlegung den Laden in Bárbaras Obhut gegeben und war mit Konstantin in das Ferienappartement von Diegos Familie in Port de Sóller gefahren. Dort hatte sie mit Konstantin Spaziergänge gemacht, lange Gespräche geführt über die Zeit vor zwanzig Jahren, über die Anschuldigungen gegen ihn, das Gerichtsverfahren. Akribisch hatte Konstantin ihr dargelegt, wie die Polizei ihn mit Gewalt als Schuldigen hatte hinstellen wollen.

Die Behörden hätten wahnsinnig unter Druck gestanden, weil kurz zuvor ein prominenter deutscher Unternehmer ermordet worden war und die Ermittlungen ins Leere gelaufen waren.

Gemma wusste, worauf Konstantin angespielt hatte. Der Besitzer des »Bierkönigs« war erschossen in seiner Finca gefunden worden, neben den Leichen seines Sohnes und einer Angestellten. Die Mörder konnten nie ermittelt werden. Auch aus diesem Grund habe sich die Polizei sofort auf Konstantin als Schuldigen versteift und alle entlastenden Aussagen einfach außer Acht gelassen. Sagte er.

Dass so etwas vorkam, war Gemma klar. Sie erinnerte sich sogar an einen Fall in Deutschland vor nicht allzu langer Zeit. Ein junger Mann war wegen Mordes an einem kleinen Mädchen verurteilt worden, obwohl eine Zeugin ihm ein Alibi gegeben hatte. Der Chefermittler hatte sich von Anfang an dermaßen auf den jungen Mann als Täter eingeschossen, dass diese Aussage erst viel später bei einem Wiederaufnahmeverfahren gehört worden war, das unter öffentlichem Druck zustande kam.

Es ist also durchaus möglich, dass er unschuldig ist, dachte Gemma. Und genau das wollte sie nun herausfinden.

Das Verhältnis zwischen Konstantin und Johanna war wohl

von Anfang an nicht einfach gewesen. »Deine Großmutter hat mich nicht gemocht«, hatte er ihr berichtet und grimmig gelächelt.

Mag *ich* ihn?, fragte sich Gemma. Ihr war klar, warum sie so überstürzt zu dieser Ermittlung aufgebrochen war. Sie musste es wissen. War er schuldig oder unschuldig? Sie war sich nicht klar darüber, ob sie noch mit ihm zu tun haben wollte, wenn sich seine Schuld herausstellte. Vater hin oder her.

Sie überholte einen langsamen Transporter. Auf der linken Seite lag die Universität von Palma. Das neue Semester hatte Ende September begonnen. Alle gingen davon aus, dass sie nur pro forma studierte, um ihre Mutter ruhigzustellen, die ihre Tätigkeit als Privatdetektivin nicht guthieß. Doch so war es nicht. Sie war gerade ins sechste Semester gekommen, bald stand ihre eigene Bachelorarbeit an. Sie plante, danach den Masterstudiengang Chemical Science and Technology zu belegen und sich auf Forensische Chemie zu spezialisieren. Ganz tief in ihrem Inneren hatte eine Idee Gestalt angenommen, seitdem sie im Sommer die hochintelligente, kühle Adrian Ortega kennengelernt hatte, die Profilerin von der Policía Nacional in Madrid mit dem ungewöhnlichen Vornamen. Obwohl sie mit ihrem Leben als Privatdetektivin, Ladenmitbesitzerin und Studentin derzeit voll ausgelastet war, stellte sie sich oft vor, wie es wäre, später einmal bei der Polizei zu arbeiten. Als Profilerin in der Naturwissenschaftlichen Forensik.

Gemma gab Gas. Bald hatte sie Palma hinter sich gelassen, der Fiat flog den Weg hinauf ins Tramuntana-Gebirge, vorbei an Obstplantagen und Olivenhainen. Genau wie Héctor hatte auch sie »Ein Winter auf Mallorca« in der Schule gelesen und musste in Gedanken daran schmunzeln. Die reservierten Mallorquiner, die Fremde nicht leichtfertig ins Herz schlossen, waren bei George Sand nicht gut weggekommen.

Gemma mochte diese Zurückhaltung. Die Mallorquiner mochten Gemma. Diese gegenseitige Liebe hatte viel dazu beigetragen, dass sie hier schnell heimisch geworden war. Johanna hatte damals das Eigenbrötlerische in ihr erkannt, genau wie ihre hohe Intelligenz. Sie hatte sie in den ersten Wochen auf der

Insel in Ruhe gelassen, als sie tagein, tagaus mit dem Laptop in der abgedunkelten Wohnung gesessen hatte. Johanna war damals eine geniale Idee gekommen: Sie hatte die komplette »Star Trek«-Serie auf DVD gekauft, auf Spanisch und Katalanisch. In einem Rutsch hatte Gemma die Serie weggeguckt und danach sowohl Spanisch als auch Katalanisch fließend gesprochen. Sie wusste, dass ihre Großmutter sie verdächtigte, auch Klingonisch gelernt zu haben.

»*Qapla'*«, flüsterte sie ihren Schlachtruf, als sie um die letzte Kurve bog.

Links lag der Bergort Valldemossa mit seiner mächtigen Kartause, der Pfarrkirche Sant Bartomeu und den alten Stadthäusern eng an den Hang geschmiegt. Beinahe hätte sie die Abfahrt verpasst. Zu den Hallters ging es kurz vor Valldemossa links in eine Seitenstraße. Sie bremste scharf und bog ab. Eine schmale Straße wand sich am Fuß des Ortes entlang und anschließend ein Stück bergauf. Gemma schnappte nach Luft, als ihr Navigationsgerät schließlich vermeldete, sie sei am Ziel.

Die »nette kleine Hütte«, von der Juwelier Riera gesprochen hatte, war eher eine Burg. Das ehemalige Landgut befand sich auf einer Anhöhe. Der Fels am Fuß des Berges ging über in eine Steinmauer, die rings um das Gelände führte. Wer hinaufwollte, brauchte schon eine überlange Feuerwehrleiter.

Gemma stand vor dem hohen Eisentor, das in Fels und Mauer eingelassen war, stieg aus und klingelte. Sie bemerkte, wie eine Überwachungskamera drei Meter über ihrem Kopf schwenkte und sie in Augenschein nahm. Das Tor öffnete sich geräuschlos.

Gemma hüpfte in den Wagen und lenkte ihn in die Einfahrt, der Weg verlief in engen Kurven den Berg hinauf. Ihr wurde klar, dass das Gelände deutlich größer war, als es von der Straße aus gewirkt hatte. Sie bog um die letzte Kurve und kam am Hauptgebäude an. Davor befand sich ein größerer Platz mit Garagen. Durch ein geöffnetes Tor waren ein schicker roter Sportwagen, ein schwarzer Porsche Cayenne und ein Mini zu sehen.

Das Hauptgebäude lag nochmals erhöht und war über eine Treppe zu erreichen. Rechts zwischen Hecken entdeckte Gemma einen beeindruckenden Pool, links einen Garten mit alten Olivenbäumen, Oleandern und Bougainvilleen. Die drei oder vier niedrigen Gebäude im Hintergrund waren früher sicher die Gesindehäuser gewesen, dachte sie schmunzelnd. Das war tatsächlich etwas, das den Namen »Anwesen« verdient hatte.

Gemma sprang aus dem Wagen. Über die Treppe kam ihr eine gut aussehende Dame Mitte sechzig entgegen, die sie herzlich anlachte. Die Frau hielt sich sehr gerade, war überschlank und hatte das lange graue Haar in einem eleganten Knoten im Nacken zusammengebunden.

»*Hola, Gemma.* Ich bin Susanna Llobet!«, rief sie schon von Weitem.

Das war also die Haushälterin. Gemma staunte. Sie musste zugeben, dass sie sich Susanna Llobet anders vorgestellt hatte. Die Dame trug einen hellen Hosenanzug aus einem weichen, bequemen Material, dazu eine weiße Seidenbluse und eine schmale Goldkette. Sie war dezent geschminkt. Wie sie Gemma entgegenschritt, die Hand zum Gruß erhoben, hätte sie auch die Hausherrin sein können.

»Hola, Señora Llobet«, antwortete Gemma.

»Susanna reicht«, sagte die Frau. »Señor Riera hat dich schon angekündigt, du hilfst Oxana bei ihrer Uniarbeit, stimmt's? Ich zeige dir erst einmal dein Zimmer, dann komm bitte zum Abendessen. Alle freuen sich, dich kennenzulernen.«

Rasch holte Gemma ihren Trolley und ihre Umhängetasche mit dem Laptop aus dem Wagen und folgte Susanna. Sie gingen nicht die Treppe zum Haupthaus hinauf, sondern rechts am Pool vorbei. Dahinter befand sich das geräumige Poolhaus mit zwei Eingängen. Eine Tür stand offen und gab den Blick auf ein großzügiges Zimmer mit eigenem Bad frei.

»Das ist dein Reich«, sagte Susanna und ließ Gemma eintreten. Sie wies auf eine Zimmerecke. »Du isst zwar mit uns, aber du hast auch einen eigenen Kühlschrank, eine Kochplatte und einen Wasserkocher.«

»Wohnt jemand nebenan?«, fragte Gemma. Sie hatte gesehen, wie sich die Gardine bewegt hatte.

»Niemand. Das Zimmer nutzt Oxana manchmal als Freizeitraum«, sagte Susanna distanziert, als missbilligte sie dies. »Pack erst einmal deine Sachen aus und mach dich frisch. Ich hole dich in einer Stunde ab.« Damit verschwand sie und ließ Gemma allein.

Gemma öffnete den Kühlschrank und stellte erfreut fest, dass drei Cola light, zwei Flaschen Wasser und eine Fanta Limón darin waren.

Ungewohnt ordentlich packte sie ihre Kleidung in den Schrank, legte den Kulturbeutel ins Bad und schob den leeren Trolley unter das Bett. An die Arbeit, dachte sie und griff nach ihrem Smartphone, um die Liste der Anwesenden zu checken, die sie gleich kennenlernen sollte. Die Menschen, die auch damals auf dem Anwesen gewohnt hatten, als der Mord geschehen war. Und die damit allesamt zu den Verdächtigen gehörten. Sie hatte das Alter der Leute vor zwanzig Jahren und heute dazugeschrieben, um sich ein klareres Bild zu machen.

Horst Hallter, Mordopfer (74/†)
Tatjana Hallter, Hallters zweite Ehefrau (33/53)
Oxana Hallter, Tochter aus zweiter Ehe (7/27)
Holger Hallter, Sohn aus erster Ehe (35/55)
Patrizia Hallter-Gronau, Frau von Holger (32/52)
Hanne Hallter, Tochter aus erster Ehe (33/53)
Susanna Llobet, Haushälterin und Sekretärin (45/65)
Colau Isern, Gärtner und Hausmeister (52/72)
Personal aus dem Ort, verschiedene, Namen zu ermitteln

Sie nahm sich eine Cola und las die Liste wieder und wieder durch. Oxana kann ich streichen, dachte sie. Ein siebenjähriges Mädchen kann schlechterdings Verdächtige sein.

Das tat sie und trat vor die Tür, um die Umgebung ein wenig zu inspizieren. Direkt vor dem Poolhaus standen zwei Stühle und ein runder Tisch. Sie trank einen Schluck Cola, stellte die Flasche auf den Tisch und schlenderte zum Pool.

Immerhin, dachte sie. Keine fünf Minuten hier, und schon kann ich mir den Tatort ansehen.

Sie erinnerte sich an die Skizze, die Konstantin angefertigt hatte. Es war ein stattliches Becken, um die fünfundzwanzig mal zehn Meter. Am Nordende befanden sich auf beiden Seiten Treppen, die ins Wasser führten, außerdem gab es am Südende zwei Leitern. Die Leiche war an der von hier aus gesehen linken Treppe gefunden worden.

Nachdenklich umrundete Gemma den Pool und betrachtete die Steintreppe, auf der Streifen von rutschfesten Gummimatten lagen. Im vorderen Bereich war der Pool ungefähr einen Meter fünfzig tief, weiter hinten fast zwei Meter, schätzte sie. Sie kniete am Rand nieder und fasste mit der Hand ins Wasser. Zweiundzwanzig Grad oder mehr, der Pool wurde beheizt.

»Ey! Was machst du da?«, rief eine Stimme direkt hinter ihr.

Gemma erschrak so, dass sie fast ins Wasser gestürzt wäre. Sie musste sich abstützen, rappelte sich auf und drehte sich um. Vor ihr stand eine stark geschminkte junge Frau in hautengen Jeans und einem hauchdünnen Glitzertop.

Das wird Oxana sein, vermutete sie. So billig aufgebrezelt hatte sie sich eine Millionärstochter allerdings nicht vorgestellt.

»Hey, ich bin Gemma«, sagte sie. »Ich helfe dir mit deiner Bachelorarbeit. Chemie ist ja auch schwer.« Sie hoffte, freundlich zu klingen. In Small Talk war sie eine totale Niete. Chemie fand sie persönlich gar nicht kompliziert, sie hatte im Studium ständig das Gefühl, von Goldfischen umgeben zu sein. Alle anderen brauchten entsetzlich lange, um Zusammenhänge zu begreifen, die sie in Sekunden erfasste.

Die junge Frau antwortete nicht. Sie machte einen raschen Schritt nach vorn, als wollte sie Gemma in den Pool stoßen. Gemma sprang überrascht zur Seite. Mit wütendem Gesicht marschierte Oxana davon.

Okay, dachte Gemma. Das war schon mal ein schlechter Start, ich bin gleich in ein unbekanntes Fettnäpfchen getreten. Hätte sie mich tatsächlich ins Wasser geschubst?

Sie ging zurück ins Poolhaus und wartete, bis Susanna sie abholte.

»Wir essen in fünfzehn Minuten, komm bitte ins Haupthaus. Einfach die Treppe links hoch und geradeaus durch den Flur. Sie wollen dich alle kennenlernen.« Mit einem strahlenden Lächeln verabschiedete sich Susanna und verschwand in Richtung Garten.

Gemma zog ein Jackett über ihr T-Shirt und lief die Treppe hinauf. Oben führte eine weite Flügeltür ins Innere des Haupthauses. Der lange Flur hatte einen cremefarbenen Steinfußboden, die Wände leuchteten in mediterranem Hellgelb und waren mit geschmackvollen Stichen und Pastellzeichnungen geschmückt, die Valldemossa und das Tramuntana zeigten.

Als Gemma auf die nur angelehnte Tür am Ende des Ganges zuging, hörte sie jemanden sprechen.

»Musste das sein? Warum holen wir ausgerechnet jetzt eine fremde Person ins Haus?«, zischte eine männliche Stimme; sie klang aggressiv.

Gemma verlangsamte ihren Schritt.

»Denk an die beiden Vorfälle vor drei Wochen. Ich weiß auch nicht, was Taddi sich gedacht hat«, sagte eine weibliche Stimme. »Sie hat uns nicht einmal gefragt.«

»Dabei wird das auch nicht helfen, so ein Superhirn zu engagieren. Als ob Oxi ein Chemiestudium abschließen könnte.« Wieder die männliche Stimme, diesmal verächtlich.

Taddi und Oxi, dachte Gemma. Manchmal sind Spitznamen verräterisch. Das hörte sich nicht so an, als ob die beiden, die hinter der Tür lästerten, viel von Tatjana und Oxana hielten. Sie fragte sich, welche Vorfälle gemeint sein konnten.

Die Stimmen wurden leiser, offenbar hatten sich der Mann und die Frau von der Tür entfernt.

Gemma ging vorsichtig näher heran, konnte aber nicht mehr verstehen, was gesprochen wurde.

Auf einmal rief der Mann: »Friedrichs?«

Es wurde interessant. Unterhielten sie sich etwa über ihren Vater?

Hinter sich nahm sie ein Geräusch wahr. Dort stand Susanna, sie trug einen frischen Strauß Rosen in der Hand.

»Oh«, sagte Gemma kleinlaut. »Ich weiß nicht genau, wo ich hinsoll. Die Türen sind alle zu.«

»Einfach geradeaus, wie ich sagte.« Susanna ging rasch auf Gemma zu und riss die Tür auf.

Dahinter öffnete sich ein weiter Raum mit breiter Fensterfront. Auf der rechten Seite entdeckte Gemma einen mächtigen Esstisch aus massivem Holz, der gedeckt war. Auf der linken Seite befand sich eine Sitzecke mit Kamin, daneben führte eine Flügeltür auf die Terrasse.

Der Mann und die Frau standen am Kamin und hielten Sherrygläser in den Händen. Sie fuhren erschrocken zusammen.

Die männliche Stimme gehörte zu einem braun gebrannten, drahtigen Mittfünfziger, der eine weiße Leinenhose und ein blauweiß gestreiftes Hemd trug, den dunkelblauen Pulli hatte er um die Schultern geschlungen, die blonden Haare nach hinten gegelt. Er mutete wie ein Model aus einer Privatbank-Broschüre an, Abteilung »dynamisch und vermögend im Alter«.

Das musste Holger Hallter sein.

Auch er rang sich eine gekünstelte Freundlichkeit ab. »Ah, die Studentin!« Geschmeidig stellte er sein Glas auf dem Kamin ab, schritt auf Gemma zu und schüttelte ihr die Hand, hielt sie fest, zog Gemma zu sich heran und plauderte weiter. »Riera hat so von dir geschwärmt, ist das Du okay? Du musst ja eine wahre Intelligenzbestie sein.«

Gemma war ein solches Verhalten nicht unbekannt. Vor allem Männer in höherer Position nutzten diese Geste des Festhaltens und Heranziehens gern als Machtdemonstration, oft gegenüber jungen Frauen. Johanna hatte ihr ein wirksames Gegenmittel beigebracht. Gemma versuchte nicht zu entkommen, sondern erwiderte den Druck auf Holger Hallters Hand, indem sie ihren Daumen kräftig in die weiche Stelle am Daumengelenk bohrte. Mit schmerzverzerrtem Gesicht ließ er sofort los, sein Lächeln erlosch. Mit einem Ruck kehrte er ihr den Rücken zu und ging zurück zu seinem Sherryglas.

»Herzlich willkommen«, sagte die Frau, die am Kamin stehen geblieben war. Sie hatte das Gerangel nicht mitbekommen – oder nicht mitbekommen wollen. Alles an ihr wirkte kraftlos und unentschlossen – das dünne ergrauende Blondhaar, der formlose salatgrüne Kaftan, die müde Stimme, die verlangsamte Sprechweise, die schwammigen Züge.

Das musste Hanne Hallter sein, die Schwester, entschied

Gemma. Der dynamische Holger hatte ganz bestimmt eine ebenso dynamische Ehefrau.

Die Annahme bestätigte sich sofort. Durch die Terrassentür trat eine dunkelhaarige Fünfzigjährige mit Pferdeschwanz und gestrafftem Gesicht, überschlank wie Susanna, in blütenweißer Jeans und einem strassbesetzten Shirt im gleichen Blau wie der Pulli ihres Mannes. Wieder ein strahlendes Lächeln.

»Schön, dass Sie da sind, ich bin Patrizia«, sagte die Frau energisch. »Dürfen wir Du sagen?«

Gemma gab sich Mühe, höflich zu bleiben. Allzu aufgesetzte Freundlichkeit fand sie immens anstrengend. »Vielen Dank für die nette Begrüßung«, sagte sie so enthusiastisch, wie es ihr möglich war. »Ich bin Gemma.«

Sie bemerkte, wie Hanne sie plötzlich anstarrte, und fühlte sich unbehaglich. Kannte Hanne sie von irgendwoher? Johanna und sie hatten bei ihren Ermittlungen stets Héctor den Ruhm und Zeitungsrummel überlassen, um selbst weiterhin undercover agieren zu können. Aber ab und an waren auch sie ins Visier der Pressefotografen geraten. Kippte sie schon in der ersten Sekunde als Ermittlerin auf? Oder sah sie Konstantin mit ihrer athletischen Statur und den grünen Augen so ähnlich, dass Hanne sie erkannt hatte? Gemma begann zu schwitzen.

In diesem Moment trat Oxana von der Terrasse herein. Sie zog ein missmutiges Gesicht und versuchte keine Sekunde lang, übermäßig nett zu sein.

»Hi«, sagte sie, mehr nicht. Ihre Familie schien sich nicht darüber zu wundern, dass die Begrüßung so knapp ausfiel, dennoch wollte Patrizia sich erkennbar beeilen, Oxanas distanziertes Verhalten auszubügeln.

»Wir freuen uns so, dass du Oxana bei ihrer Arbeit hilfst. Toll, dass du hier bist.«

Gemma spielte mit. »Supergern. Ist doch auch prima für mich, die Weihnachtszeit in so einem schönen Ambiente zu verbringen.« Vom Dauerlächeln taten ihr schon die Muskeln im Gesicht weh. Das halte ich aber nicht bis Januar durch, dachte sie grimmig.

Patrizia goss reichlich Sherry für alle ein. »Wäre ja auch toll, wenn Oxi tatsächlich mal ein Studium zu Ende bringen würde«, sagte sie scheinbar sorglos.

Scharf sog Holger die Luft ein. Susanna riss die Hand zum Mund, Hanne schoss ihrer Schwägerin einen vernichtenden Blick zu. Eine nervöse Spannung füllte den Raum, als erwarteten alle eine Explosion.

Ganz eindeutig hat »Oxi« ein Problem mit Impulskontrolle, dachte Gemma und beobachtete die junge Frau und die Familie. Was wird sie tun? Schreien? Jemanden stupsen? Wieder wortlos davonrennen?

Oxana tat nichts davon. »Du hast ja so recht«, antwortete sie trocken und nahm sich einen Sherry. »Dann könnte ich endlich einen richtigen Beruf ergreifen und selbst Geld verdienen – so wie ihr alle. Und mit meinem Abschluss könnte ich sogar die Firma leiten.« Diese Replik verwirrte die Familie offenkundig.

Holger fing sich als Erster. »Wo ist Taddi? Wir essen gleich.«

Seine Frau wollte die sarkastische Spitze wohl nicht auf sich sitzen lassen. »Das wäre zauberhaft, Oxana. Ja, leite die Firma! Dann könnten wir dich im Chefbüro besuchen kommen anstatt in der Irrenanstalt, wäre eine tolle Abwechslung.«

Das Sherryglas, das Oxana eben noch in der Hand gehalten hatte, flog knapp an Patrizias Gesicht vorbei und knallte an die Wand. Sherry und Scherben spritzten bis auf den Esstisch. Oxana machte Anstalten, sich auf ihre Schwägerin zu stürzen.

Gemma wurde es zu bunt. Kurzerhand schnappte sie sich Oxanas linken Arm, zog ihn mit einem Hebelgriff nach hinten und schleppte die sich wehrende Frau aus dem Esszimmer hinaus auf die Terrasse. Der Rest der Familie stand da wie versteinert.

Draußen ließ Gemma locker, behielt den Arm aber im Griff. »Kriegst du dich wieder ein?«, fragte sie ruhig.

Knurrend wand sich Oxana, entspannte sich aber etwas. »Ja, ist ja gut. Ich mach nix mehr.«

Gemma fragte sich, ob so eine ausgewachsene Impulskontrollstörung aussah. Die Siebenundzwanzigjährige verhielt sich wie eine Siebenjährige. Ihr war mittlerweile klar, dass Oxanas Verhalten nicht mehr als »Launenhaftigkeit« durchging. Sie hatte offensichtlich ernste psychische Probleme. Und ihre Familie nahm reichlich wenig Rücksicht darauf.

Beruhigend legte sie eine Hand auf ihren Arm. »Meinst du, wir können auch im Poolhaus essen? Da ist es ruhiger, und wir können uns besser kennenlernen.«

Oxana hatte Tränen in den Augen. »Ja, ich sage Susanna Bescheid.«

Die jungen Frauen holten ihre Teller in der Küche ab. Im Hintergrund rumorte jemand.

»Das ist Marisol, sie kocht hier«, erklärte Oxana und schaufelte sich duftende Lammkoteletts, Kartoffelgratin und Bohnen auf den Teller.

Gemma tat es ihr nach. Sie nahmen das Abendessen mit zum Poolhaus. Es war noch warm genug, um draußen zu sitzen.

Oxana stocherte mit der Gabel in den Bohnen. »Sorry.«

Sie meinte ihren Ausraster im Esszimmer, wusste Gemma. »Kein Thema.«

Nach dem Essen saß Oxana tief versunken auf dem Gartenstuhl und schien ihre Umgebung gar nicht mehr wahrzunehmen. Schließlich riss sie den Kopf hoch, als wachte sie auf. »Wollen wir uns angucken, was wir machen müssen? Für die Uni, meine ich?«

Irritiert stimmte Gemma zu. Dieses in kürzester Zeit abwechselnde Grübeln und Hochfahren machte sie etwas nervös.

Oxana verschwand im Poolhaus und kam mit dem Laptop zurück. »Es geht um meine Bachelorthesis. ›Optimierung der Prozessparameter bei der Verarbeitung von Nanopartikeln‹. Kannste was mit anfangen?«

»Klar«, sagte Gemma. Das Thema kam ihr nicht sonderlich anspruchsvoll vor.

»Wunderbar. Die Untersuchungen habe ich im Labor gemacht, aber ich langweile mich voll, wenn ich so lange Texte schreiben muss. Wäre echt toll, wenn du das machen könntest.«

Gemma war von vornherein klar gewesen, dass sie nicht »bei der Bachelorarbeit helfen«, sondern die Bachelorarbeit schreiben sollte. Aber das ist das geringste Problem, dachte sie.

»Weißt du, das war eine Voraussetzung im Testament«, sagte

Oxana. »Ich habe die Option, mal das Unternehmen zu leiten. Aber nur, wenn ich mindestens einen Bachelor in Chemie schaffe. Du siehst also, es muss sein.«

Das fand Gemma wiederum sehr interessant. Wie sie von Riera gehört hatte, hatte der alte Hallter seinen Kindern Holger und Hanne diese Option nicht gewährt.

»Hast du schon eine Gliederung?«, fragte sie, erwartete aber keine fundierte Antwort. Es war für sie schwer vorstellbar, dass die rabiate, psychisch labile junge Frau mit den hautengen Glitzerklamotten tatsächlich ernsthaft Chemie studierte.

Doch Oxana verschwand erneut im Poolhaus und kam mit einer Mappe zurück. Sie nahm einen Bogen mit Stichpunkten heraus.

»Hier, das Thema ist nicht so kompliziert. Wir gucken uns die Prozesse zur Verarbeitung von Nanopartikeln an, natürlich auch Parameter wie Partikel- und Agglomeratgröße und deren Geometrie, chemische Zusammensetzung, und dann, Moment …« Sie wühlte in der Mappe.

»Schon gut«, sagte Gemma beeindruckt. »Wenn du schon gegliedert hast, umso besser.«

So viel zum Thema Vorurteile, dachte sie. Oxana hatte wesentlich mehr Ahnung von ihrer Bachelorthesis, als sie erwartet hatte. Und sie hatte deutlich mehr auf dem Kasten, als ihre Familie ihr zutraute.

»Hast du vorher etwas anderes studiert?«, fragte Gemma. Mit siebenundzwanzig war Oxana fast ein bisschen zu alt, um eine Bachelorarbeit zu schreiben.

Oxana tat erst, als hätte sie die Frage nicht gehört. Schließlich antwortete sie. »Mir ging es ’ne Zeit lang nicht so gut. Du hast ja Patrizia gehört, ich war in ’ner Klinik, weißt du? Mittlerweile ist es okay.« Sie klappte Laptop und Mappe zu. »Lass uns gleich morgen früh anfangen. Passt dir neun Uhr?«

Oxana stand auf, setzte sich aber wieder.

»Ich sage es dir besser direkt, falls du es nicht weißt. Wir haben ein Familiengeheimnis. Es wird also vermutlich noch mehr *spooky* für dich.«

»Spooky?«

»Ja.«

»Und was ist das für ein Familiengeheimnis?«

Oxana zeigte auf den Pool. »Vor ziemlich genau zwanzig Jahren ist mein Vater hier ermordet worden.«

Gemma entschied, nicht die Ahnungslose zu spielen.

»Ich weiß. Hat mir Señor Riera schon erzählt.«

»Und du bist trotzdem hergekommen? Wow. Was hat er dir noch gesagt?«

Das Gespräch könnte interessant werden, dachte Gemma. »Och, dass es viel Gerede gab. Wer der Mörder war und so. Die ganze Family war unter Verdacht, hat Riera gesagt. Aber die Polizei hat einen Angestellten festgenommen, der schließlich verurteilt wurde.«

Oxana wirkte nachdenklich. »So, das hat er gesagt? Im Dorf quatschen sie heute noch darüber, wer es wirklich war. Manche behaupten sogar, ich wär's gewesen.« Sie klemmte sich den Laptop unter den Arm und griff nach der Mappe. »Die sagen, ich hätte aus Spaß die Medikamente vertauscht. Ich war als Kind nämlich echt schlimm, noch schlimmer als heute.« Sie lachte auf.

Gemma wunderte gar nichts mehr. »Und, warst du's?«, fragte sie sachlich.

Doch Oxana stand auf und verschwand ohne Antwort in der Dunkelheit.

11

»Wir haben ja gedacht, du hörst irgendwann auf, Polizei spielen zu wollen«, sagte Yolanda Ballester und knallte mit Töpfen und Pfannen in der heimischen Küche.

Héctor ärgerte sich wie jedes Mal, wenn seine Mutter mit diesem Thema anfing. »Wie kommst du darauf, dass ich Polizei *spiele*?«

Immerhin hatten ihn die Zeitungen erst vor wenigen Monaten den »Helden von Mallorca« genannt, weil er in einer spektakulären Aktion einen Serienmörder festgenommen hatte. Und er hatte es schon zum Inspector gebracht. Er hatte Untergebene, einen Dienstwagen und ein eigenes Büro. »Polizei spielen«, also bitte.

»Wir sind Restaurantleute. Wir haben zwei gute, beliebte Küchen. Du hast doch lange genug diesen Polizeikram gemacht, reicht es nicht bald mal?« Yolanda setzte sich zu ihrem Sohn an den Küchentisch. Sie war offenkundig mehr als gewillt, einen alten Familienstreit endlich zu ihren Gunsten zu wenden. »Deine Cousine will heiraten, sie ist schwanger. Sie will das ›Vermell‹ nicht mehr leiten, es ist ihr zu viel Arbeit. Kein Wunder, wenn du mich fragst. Sie ist gar keine echte Ballester, ihre Mutter ist Andalusierin!« Das sagte sie mit leisem Vorwurf.

»Mama!«, mahnte Héctor.

Yolanda winkte ab. »Wir Ballesters kochen. Das ist es, was wir tun«, sagte sie streng und wies auf ein altes Familienfoto, das Héctors Vater Pedro Ballester Ruiz mit Kochlöffel in einer von Ruß geschwärzten Küche zeigte.

Die Familie stammte ursprünglich aus Manacor, hatte sich aber vor fünf Generationen in Algaida niedergelassen. Es war nun dreiunddreißig Jahre her, dass Pedro die kluge Nachbarstochter Yolanda geheiratet und sie heimgeführt hatte ins Eckhaus nebenan.

Das hatte interessante Verwicklungen mit sich gebracht: Yolanda hieß ebenfalls Ballester mit Nachnamen, Ballester Matas, um genau zu sein. Die Ballesters hatten vor der Hochzeit nachgeforscht und festgestellt, dass sie zwar verwandt waren, aber nur sehr, sehr weit entfernt. Da in Spanien alle Bürgerinnen und Bürger zwei Nachnamen hatten – jeweils den ersten Nachnamen des Vaters und den ersten Nachnamen der Mutter –, hießen die Sprösslinge der Familie, Héctor und sein älterer Bruder Hugo, natürlich Ballester Ballester.

Das wäre noch vor einigen Jahrzehnten ein Unding gewesen. Im Spanien früherer Zeiten hatte es diese identischen Doppelnamen nur bei Kindern aus unehelichen Beziehungen gegeben – sie erhielten zweimal den ersten Nachnamen der Mutter. Das war dazu gedacht gewesen, die kleinen, vaterlosen Bastarde gleich namentlich zu kennzeichnen. Menschen, deren Vater und Mutter zufällig den gleichen ersten Nachnamen hatten, wie es bei den Ballesters der Fall war, hatten deshalb oft ihre Namen geändert, damit ihre Kinder nicht gesellschaftlich geächtet wurden. Mittlerweile war das Verfahren geändert worden. Uneheliche Kinder erhielten heute die beiden Nachnamen der Mutter und fielen damit nicht mehr auf. Und nur noch ältere Mallorquiner horchten auf, wenn Héctor seinen vollen Nachnamen nannte, was selten genug vorkam.

Er betrachtete das Bild. Sein Vater sah ihm ähnlich. Dunkle Locken, ein freundliches, hübsches Gesicht, ein bisschen pummelig um die Mitte. Héctor wusste, dass das Foto an dem Tag aufgenommen worden war, an dem er das Restaurant von den Großeltern übernommen hatte. Neben ihm stand seine zierliche Großmutter, sie hatte ihrem Sohn eine Hand auf den Arm gelegt.

Àvia, ich vermisse dich, dachte Héctor. Oma, du hättest verstanden, warum ich Polizist sein muss.

Er stach wehmütig mit der Gabel in die lockere, saftige Tortilla, die ihm Yolanda auf den Tisch gestellt hatte.

»Und wie siehst du denn aus?«, fragte sie erzürnt und fuhr ihm über die Haare. »Wann warst du das letzte Mal beim Friseur? Rasierst du dich überhaupt noch? Macht dich das Mädchen unglücklich?«

Sie meinte Gemma. Eigentlich mochte Yolanda die deutsche Freundin seines Sohnes, auch wenn sie fand, sie sei etwas zu intelligent, deutlich zu kühl und kopfgesteuert und insgesamt ein bisschen furchterregend.

»Nein, *mare*, alles gut, Mama.«

Héctor fragte sich, woher Mütter so etwas mit hellseherischer Fähigkeit wussten. Sie hatte ins Schwarze getroffen, er war tatsächlich irritiert und unglücklich, immer noch. Gemma hatte ihm zwar erklärt, dass sie abgetaucht war, weil ihr Vater plötzlich in ihr Leben getreten war – der Vater, von dem es geheißen hatte, er sei verschollen. Doch ihn ärgerte zunehmend, dass Gemma stets alles mit sich allein ausmachte. Er fühlte sich außen vor gelassen. Aber so war sie. Und er liebte sie von ganzem Herzen, mehr als sein Leben.

Was er von Konstantin Friedrichs halten sollte, war ihm unklar. Straftäter, die behaupteten, natürlich völlig unschuldig zu sein, kannte er zur Genüge. Allerdings wusste er auch, wie schlampig manche Ermittlungen, sogar Mordermittlungen, geführt wurden. Er konnte den Mann noch nicht einschätzen. Konstantin schien klug zu sein.

Wenn er so klug ist wie seine Tochter, dachte Héctor, hoffe ich für uns alle, dass er tatsächlich unschuldig ist. Ein Superhirn von Gemmas Kaliber als Krimineller wäre eine Katastrophe.

Seine Mutter beobachtete ihn besorgt. »Bist du krank? Fühlst du dich nicht gut? Warst du schon beim Arzt?« Sie stand auf und fasste an seine Stirn.

Langsam platzte ihm der Kragen. »Mama, es ist alles gut. Ich muss ins Präsidium.«

»Hast du nicht Urlaub? Warte, ich packe dir etwas ein.« Yolanda fing an, Vorratsdosen aus Plastik aus dem Schrank zu ziehen.

Eine Viertelstunde später saß er im Wagen, neben ihm auf dem Beifahrersitz Dosen mit *tortilla*, Kaninchenragout, *turrón* mit Mandeln aus dem Weihnachtssortiment, *arroz brut* und drei *cremadillos* gefüllt mit Vanillesoße. Die Lebensmittel gesellten sich zu einem Asservatenbeutel mit einem Wasserglas und einem zweiten Beutel mit winzigen Haaren. Héctor hatte am vorherigen Abend heimlich Konstantins Glas voller Fingerabdrücke eingesackt und den Rasierer im Bad ausgeschüttelt.

Es war garantiert nicht falsch, DNA-Spuren zu sichern. Ob er damit Konstantins Schuld oder Unschuld oder überhaupt etwas beweisen wollte, hätte er nicht einmal sagen können.

Er nahm die Ma-15 in Richtung Palma und war kurze Zeit später auf dem Autobahnring. Warum hat Robla die alte Akte vor Monaten ausgeliehen und nicht mehr zurückgebracht?, fragte sich Héctor, während er sich durch den Verkehr kämpfte. Und warum war er, Héctor, mit einem dermaßen aufbrausenden Ekelpaket von Chef geschlagen?

An der Jefatura angekommen, parkte er wieder auf der für die Polizei gekennzeichneten Fläche und fuhr mit dem Aufzug in die fünfte Etage. Er klopfte bei Robla an, aber niemand antwortete.

Isabel Dohens, die Kollegin aus dem Büro gegenüber, winkte ihm zu. »Robla ist zu Tisch«, informierte sie Héctor.

»Danke dir. Wo genau?« Er erwartete den Namen eines der gehobeneren Restaurants mit Mittagstisch in der Umgebung. Robla hielt etwas auf sich.

»In der Kantine«, sagte Dohens sachlich.

»Kantine?«

Das war eine Überraschung. Seines Wissens hatte Robla noch nie die Polizeikantine aufgesucht, die einen eher mittelmäßigen Ruf hatte. Er hatte sogar vermutet, Robla wisse gar nicht, dass das Präsidium eine Kantine hatte.

»Seine zwei Töchter heiraten, und er denkt, er müsse Geld sparen, weil die Hochzeiten so teuer werden. Seine Laune ist atemberaubend schlecht.«

Héctors Zuversicht sank. Im Normalzustand war Robla schon eine echte Zumutung, im Krisenzustand war er eine Apokalypse. Mürrisch stapfte Héctor zurück zum Lift und fuhr hinunter ins Erdgeschoss, durchquerte die Halle und stand schließlich in der Kantine. Dort bestellte er eine Tasse Kaffee am Tresen, bezahlte und suchte den Raum ab.

Hinten in der Ecke saß Robla allein am Tisch, er schaufelte *tumbet* und Fisch in sich hinein und tippte gleichzeitig gelegentlich auf das neben ihm liegende Smartphone. Dabei verströmte er die Aura eines beschäftigten Mannes, der während des Mittagessens wichtige Aufgaben erledigte und keinesfalls gestört werden durfte.

Freundlich lächelnd ging Héctor auf ihn zu. »*Hola*, darf ich mich zu dir setzen?«

»Was machst du denn hier?«, bellte Robla und stellte das Tippen ein. »Ich denke, du hast Urlaub. Und wie siehst du überhaupt aus?«

Es wird nervig, dachte Héctor. Er fand sich ziemlich verwegen mit den längeren Locken und dem Dreitagebart und hatte vor, das erst einmal so beizubehalten. Aber viele andere, die ihn gut kannten, reagierten eher verhalten auf seinen Look. Er war für sie der gutmütige Pummel mit der süßen Schnute. Das war auch der Grund, warum ihn viele – Kollegen und Kriminelle – häufig unterschätzten. Er wirkte so harmlos, das verband ihn mit der freundlichen Detektivin Johanna. Doch genau wie bei ihr irrten sich die Leute.

Héctor Ballester war geradlinig, mutig, unbestechlich und hartnäckig, ein Bluthund. Wenn er erst einmal eine Fährte aufgenommen hatte, verfolgte er sie unnachgiebig bis zum Schluss. Seine Unbestechlichkeit brachte ihm im Präsidium nicht nur Freunde, leider war die mallorquinische Polizei alles andere als immun, was das Thema anging. Im Frühjahr hatte er einen Mordfall allein mit der Hilfe eines angehenden Junginspectors lösen müssen, weil alle seine Kollegen wegen Korruptionsverdachts suspendiert worden waren. Nein, unbestechlich zu sein war keine Selbstverständlichkeit.

Er setzte sich, ohne Roblas Erlaubnis abzuwarten. »Tut mir leid, dass ich dich beim Essen störe, ich habe eine wichtige Frage«, begann er.

Robla grunzte und schob sich den Rest Seehecht in den Mund.

»Es geht um einen fast zwanzig Jahre alten Mordfall.«

»Verjährt«, nuschelte Robla kauend.

»Erst in drei Wochen«, korrigierte Héctor. »Es könnte, wie soll ich sagen, Ungereimtheiten gegeben haben. Ich wollte die alten Akten durcharbeiten, aber Ferrer aus dem Archiv sagt, dass du sie hast.« Jetzt war es heraus.

»Ich habe keine alten Akten. Weiß nicht, was der Quatsch soll.«

»Es geht um den Hallter-Fall.«

In Roblas Augen blitzte Ärger auf. »Ja, kann sein, dass ich die habe. Warum willst du die sehen?«

Da kam Héctor eine Erinnerung. Vor einigen Wochen hatte er sich mit seinem Untergebenen, dem verrückten Inspector alumno de primer año Arnau Àlvarez, über Robla unterhalten. Héctor hatte Scherze gemacht über die Gerüchte um Robla, er halte sich wesentlich häufiger auf dem Golfplatz als im Präsidium auf.

Arnau hatte in diesem Gespräch zwei neue Informationen für Héctor gehabt. Nummer eins: Arnau Àlvarez war der Neffe von Robla. Das hätte Héctor niemals gedacht, der Jefe Superior behandelte den armen Arnau besonders schlecht. Er tue das, damit ihm niemand Vetternwirtschaft vorwerfen könne, hatte Arnau kleinlaut berichtet. Und Information Nummer zwei: In Roblas Familie hieß es, der hochrangige Polizist ermittle heute noch in einem alten Fall. Immer wenn er behaupte, er gehe zum Golf, trage er stattdessen Informationen zu seinem Schicksalsfall zusammen, bei dem »der Falsche« verurteilt worden sei.

Es war Information Nummer zwei, die Héctor dazu gebracht hatte, seine Einstellung Robla gegenüber zu überdenken. Er hielt nicht viel von ihm, fand ihn selbstgerecht, nicht besonders intelligent und zu sehr auf den eigenen Vorteil bedacht. Doch jemand, den das Gewissen zu jahrelangen Ermittlungen trieb, konnte kaum vollends schlecht sein.

Er fühlte einen kalten Schauer. Der Hallter-Mord wird doch nicht etwa Roblas Schicksalsfall sein? Das wäre ein zu großer Zufall.

»Ich will die alten Akten einsehen, weil ich denke, dass vielleicht der Falsche verurteilt wurde«, sagte er nicht ganz wahrheitsgemäß. Diese Vermutung hatte eventuell Gemma, vielleicht sogar Johanna, er selbst wagte keine Prognose zur Schuld oder Unschuld von Konstantin Friedrichs.

Robla lehnte sich zurück, er wirkte nun hellwach. Dann wischte er sich mit der Serviette den Mund ab und erhob sich. »Komm mit«, sagte er knapp.

Minuten später standen sie in Roblas Büro.

Robla schloss einen Schrank auf und nahm mehrere Ordner heraus. »Hier, die alten Hallter-Akten. Sieh selbst. Lies alles durch!« Er knallte die Ordner auf den Tisch. »Ich muss in die DAO-Sitzung, bin in einer Stunde zurück.«

DAO war der Oberchef der Policía Nacional in Palma, der Director Adjunto Operativo. Den Posten bekleidete derzeit der umstrittene Laurentino Simón. Er sei komplett unfähig – das war noch das Netteste, was seine Untergebenen über ihn zu sagen hatten. Doch Unfähigkeit, so dachte Héctor, ist in der Beamtenschaft keinerlei Hindernis für eine lange, erfolgreiche Karriere.

Er wollte sich gerade an den Tisch setzen, da klappte langsam die Tür des Schranks auf, den Robla aufgeschlossen hatte. Dahinter entdeckte er lange Reihen weiterer Akten, alle offensichtlich älteren Datums.

Hat der Jefe das halbe Archiv hier?, fragte sich Héctor. Er überprüfte, ob Robla nicht etwa zurückkam, ging zum Schrank und zog drei der Ordner hervor. Es waren ganz unterschiedliche Fälle, alle mindestens zehn Jahre alt. Was tat Robla mit diesen ganzen verstaubten Unterlagen?

Héctor öffnete die erste Akte, die zweite und die dritte. Totschlag, schwere Körperverletzung, Vergewaltigung. Er nahm zwei weitere Ordner aus dem Schrank. Noch ein Totschlag, ein Mord. Die einzige Konstante bei diesem Sammelsurium war der Name des leitenden Ermittlungsbeamten, und der lautete: Laurentino Simón.

Aha, dachte Héctor enttäuscht. Von wegen, er ermittelt aus Diensteifer, aus Gewissensgründen in alten Fällen. Ihm war glasklar, was Robla vorhatte. Er wollte den unbeliebten Laurentino Simón mit Schludrigkeiten in früheren Ermittlungen konfrontieren und ihn aus dem Amt drängen. Robla wollte DAO werden.

Kopfschüttelnd stopfte Héctor die Ordner wieder in den Schrank, setzte sich an den Tisch und schlug die Akte auf, die mit der Bezeichnung »Hallter, Horst I« gekennzeichnet war. Die war allerdings vom damaligen Ermittlungsleiter Simón so nachlässig und lückenhaft geführt, dass auch Héctor sofort für dessen Entlassung aus dem Polizeidienst gestimmt hätte.

Abgeheftete Schmierzettel, die niemand sauber abgetippt hatte, in der Übersicht aufgeführte Zeugenaussagen, die aber an angegebener Stelle nicht vorhanden waren. Robla hatte die Mappe auch schon bearbeitet und selbst Zettel eingefügt, auf denen er diese Lücken jeweils mit einem roten »Fehlt!« gekennzeichnet hatte.

Den Unterlagen war zu entnehmen, dass die Polizei den Mord zunächst als Unfall deklariert hatte. Diesem ersten Bericht zufolge habe Hallter aus Versehen sein Blutdruckmedikament mehrfach eingenommen, sei beim Schwimmen ohnmächtig geworden und ertrunken. Dem Ermittlungsbeamten Simón schien das anfangs sehr plausibel gewesen zu sein. Erst nach einigen Tagen war eine gerichtliche Autopsie angeordnet worden. Héctor konnte sich lebhaft vorstellen, wie die Gerüchte damals immer lauter geworden waren, bis Simón sie nicht mehr hatte ignorieren können.

Dieses Vorgehen der Polizei war allerdings nicht ungewöhnlich. Bei alten Leuten wurde oft keine offizielle Leichenöffnung vorgenommen, wenn deren Tod niemandem verdächtig vorkam. Héctor hatte einmal gelesen, dass jeder zweite Mord in Spanien unentdeckt blieb, weil Ärzte und Polizei einfach von einem natürlichen Ableben oder einem durch Altersschwäche bedingten Unfall ausgingen.

Interessiert las Héctor den Namen des damaligen Forensikers: Bruno Vega. Der als schwierig, aber sehr akribisch bekannte Rechtsmediziner hatte die wahre Todesursache festgestellt – Atemstillstand nach massiver Überdosierung mit Diazepam, auch bekannt als Valium. Das Blutdruckmedikament war hingegen nur in üblicher Konzentration im Blut nachzuweisen gewesen. Außerdem hatte Vega Druckstellen an Beinen, Hals und Rücken dokumentiert, als ob jemand den alten Hallter zusätzlich gewaltsam unter Wasser gedrückt hätte. Es gab weiterhin minimale Kampfspuren, die darauf hinwiesen, dass der Mann in fast bewusstlosem Zustand zumindest versucht hatte, sich zu wehren. Ein Schienbein wies Schrammen auf. Später wurden, so ergaben die Aufzeichnungen in der Akte, Blutspuren am Poolrand gefunden.

Das Bild des mutmaßlichen Tathergangs hatte Vega so gezeichnet: Hallter nahm oder bekam eine Überdosis Valium, wenige Minuten vor seiner üblichen Poolzeit um sieben Uhr. Er musste schon vor dem Pool zusammengebrochen sein, wurde dann vermutlich in das Becken gezerrt, wobei er sich das Schienbein aufschrammte. Im Pool wurde er von mindestens einer, eher aber von zwei Personen niedergedrückt. Es setzte sofort ein Atemstillstand ein, der jedoch vermutlich mit der Überdosierung des Medikaments einherging. Damit drang etwas, aber nicht viel Wasser in die Lunge ein.

Sind ein oder zwei Täter wahrscheinlicher?, fragte sich Héctor. Er blätterte, fand aber keine Informationen. Es hatte niemand nachgehakt. Elende Schlamperei, dachte er und griff zu seinem Smartphone.

»Instituto de Medicina Legal y Ciencias Forenses de las Illes Balears«, meldete sich eine junge männliche Stimme am anderen Ende der Leitung.

»Héctor Ballester, Policía Nacional. Ich möchte mit Bruno sprechen.«

Im Hintergrund vernahm er Rascheln, jemand zischte: *»No.«*

Der junge Mann kam zurück ans Telefon. »Ähm, Señor Vega ist nicht da.«

Vega war bekannt dafür, dass er es hasste, zu telefonieren. Üblicherweise ließ er sich verleugnen und zog es vor, dass die Ermittlungsbeamten persönlich bei ihm aufkreuzten, um sich die Ergebnisse zu holen.

»Sag ihm, er soll ans Telefon kommen. Sofort!«, bellte Héctor in sein Handy.

Wieder war ein Rascheln zu hören, schließlich war Bruno Vega am Apparat. *»Sí«*, sagte er knapp.

»Bruno, ich kann nicht jedes Mal durch die halbe Stadt laufen, wenn ich nur eine Information möchte«, sagte Héctor verärgert. »Zum Punkt: Kannst du dich an den Mordfall Hallter erinnern? Vor zwanzig Jahren. Im Pool ertränkt, randvoll mit Valium.«

Vega sagte keinen Ton, aber es waren Schritte zu hören.

»Bruno?«, fragte Héctor ungeduldig.

»Ja doch!«, brüllte Vega. »Ich gehe soeben zum Aktenschrank. Denkst du, ich weiß jedes Detail von hundert Jahre alten Fällen?«

Genau das dachte Héctor tatsächlich. Vega war nicht nur für Telefonphobie und Akribie bekannt, sondern auch für ein immens gutes Gedächtnis.

Etwas polterte. »So, da habe ich den Fall. Moment.«

Rascheln, blättern.

»Ich müsste wissen, ob deiner Ansicht nach bei diesem Mord eher ein oder zwei Täter am Werk waren«, sagte Héctor.

Bruno Vega klang verärgert. »Ach, diese Frage fällt euch zwanzig Jahre später ein? Ihr seid ja von der ganz schnellen Truppe.«

»Was meinst du?«

»Damit meine ich, dass ich mich ziemlich gut erinnern kann, wie erstaunt ich war, dass mich das nie jemand gefragt hat.«

»Und warum hast du es nicht einfach gesagt?«

»Ich habe meine Einschätzung geschrieben und wurde zu einer Befragung geholt, ohne dass diese Frage gestellt wurde.« Vega schnaufte.

Héctor verdrehte die Augen. Hatte er aus gekränkter Eitelkeit eine solche Information für sich behalten?

»Ich bin davon ausgegangen, dass die Beweise die Schuld des Mannes deutlich gezeigt hatten und dass demnach kein zweiter Täter in Frage kam«, erklärte Vega. »Ich hatte ja auch nur eine Annahme und keinen klaren Sachbeweis.«

»Das heißt?«

»Das heißt, dass die Druckstellen an der Leiche so lokalisiert waren, dass man davon ausgehen konnte, dass zwei Personen den Mann im Wasser festgehalten haben. Aber es kann natürlich sein, dass eine der Druckstellen vorher zustande gekommen ist, Bein an der Bettkante angeschlagen, was weiß ich. Nicht ganz wahrscheinlich wegen Beschaffenheit und Größe der Druckstelle, aber möglich ist ja alles.«

»Okay, danke dir, Bruno. Gibt es noch mehr, an das du dich zu dem Fall erinnerst?«

»Nein, außer dass der Ermittlungsleiter der größte Idiot war, den ich jemals kennengelernt habe. Und das will bei der Polizei in Palma etwas heißen.«

Héctor bemühte sich, nicht beleidigt zu sein. Er bedankte sich brav ein zweites Mal und legte auf.

Als Robla zurückkehrte, hockte er noch über den Akten.

»Und, schon ein Bild gemacht?«

Héctor nickte. »Da ist ziemlich schlampig gearbeitet worden.«

Energisch nahm Robla eine Akte und tippte mit dem Zeigefinger auf seine Zettel, auf denen er das Wort »Fehlt!« notiert hatte. »Hier. Es gab ein Telefonat am Mordmorgen, der angebliche Täter hat zur Tatzeit mit einem Bekannten telefoniert. Ein Beamter hat sich damals von diesem Bekannten bestätigen lassen, dass das Gespräch stattgefunden hat. Doch zur Gerichtsverhandlung konnte der Bekannte nicht geladen werden, weil er zu dem Zeitpunkt tot war.«

Héctor sah Robla überrascht an.

»Jaja«, machte der abwehrend. »Keine verdächtige Sache, der Mann hatte einen Autounfall. Doch auch diese eine kurze Zeugenaussage ist komplett verschüttgegangen, befand sich zur Verhandlung nicht in der Akte, und der Beamte, der die Aussage hätte bestätigen können, war im Urlaub. Da gibt es natürlich einige Unsicherheiten, was den genauen Todeszeitpunkt angeht, aber das war schon eine Art Alibi.« Er wies auf die nächste Lücke in den Unterlagen. »Oder hier, die Zeugenaussage der Haushälterin Susanna Llobet, die den Angeklagten sehr verdächtig gemacht hat. Sie meinte, er habe ein Verhältnis mit Tatjana Hallter gehabt, der Ehefrau des Opfers. Dazu gab es eine Gegenaussage von der Köchin.« Robla pochte krachend auf seinen Zettel. »Fehlt!«

»Es existierte eine Gegenaussage?«, fragte Héctor verwirrt.

»Allerdings. Die Köchin soll das bestritten haben. Sie behauptete, der Verdächtige habe eine Affäre mit Patrizia Hallter gehabt, nicht mit Tatjana.« Er setzte sich zurück und verschränkte die Arme.

Während Héctor stichpunktartig mitschrieb, stieg Ärger in

ihm auf. Eine derartige Schlampigkeit in einer Mordermittlung machte ihn unfassbar wütend.

»Damit wäre das Motiv, Hallter zu ermorden, um Tatjana Hallter selbst zu heiraten, nicht mehr haltbar.« Robla zeigte auf die Lücke. »Aber auch diese Aussage, futsch. Ich weiß davon nur, weil ich einen Kollegen aus dem damaligen Team ausfindig machen konnte, der ist schon in Rente.« Er sah sehr selbstzufrieden aus. »Das wird ihm das Genick brechen.«

Héctor glaubte zu wissen, wer mit »ihm« gemeint war. Der ungeliebte Oberchef Simón. »Was ist mit den Beweisen, wegen derer der Angestellte verurteilt wurde?«

»Tja, die sind tatsächlich in der Akte.« Robla fischte einen der Ordner hervor, Héctor öffnete ihn.

»Siehst du, hier? Es wurde eine leere Flasche Diazepam im Bad des Mannes gefunden, hinter einer losen Fliese. Er hat behauptet, nichts davon zu wissen.«

»Fingerabdrücke?«

»Keine feststellbar, alles verwischt. Außerdem wurde bei der Hausdurchsuchung sein Shirt mit dem Blut des Opfers gefunden.« Robla klopfte auf einen weiteren Ordner. »Auch das soll versteckt gewesen sein, in … Warte mal.« Er blätterte. »Ach ja. Es lag unter einem Busch.«

»Verstecke im Zimmer und unter einem Busch? Ein Profi war da aber nicht am Werk. Wer ist denn so dämlich?«, fragte Héctor sarkastisch. Für ihn roch das tatsächlich danach, dass diese Indizien Konstantin absichtlich belasten sollten.

»Mag sein, dennoch sind das Beweise. Allerdings ist es natürlich ein Skandal, wenn wichtige Zeugenaussagen in der Akte fehlen. Simón wird sich verantworten müssen.«

»Seit wann weißt du das alles?«, fragte Héctor.

»Etwa seit einem halben Jahr. Ich habe eine Zeit gebraucht, um die Informationen zu sammeln.«

»Und du hast das nicht weitergegeben? Damit man den Fall vielleicht wieder aufrollt und der Verurteilte rehabilitiert wird?«

»Das reicht höchstens, um Simón ans Zeug zu flicken. Du glaubst doch selbst nicht, dass aufgrund von zwei, drei Lücken in einer uralten Akte alle noch mal losrennen und bei einem Mord nachermitteln, der praktisch schon verjährt ist.«

Wir sind schon losgerannt, dachte Héctor. Da bemerkte er, dass Robla anfing, eins und eins zusammenzuzählen.

»Und nun wirst du mir sagen, wie du auf diesen alten Fall aufmerksam geworden bist«, sagte Robla gefährlich leise.

Héctor entschied sich, ehrlich zu sein. »Der angebliche Täter von damals hat seine Strafe abgesessen, er hat mich um Hilfe gebeten und mich auf die verschwundenen Zeugenaussagen aufmerksam gemacht, und da …« Weiter kam er nicht.

»… und da wirst du offiziell nichts tun«, sagte Robla langsam. »Sonst bekommt Simón noch mit, was ich vorhabe. Aber inoffiziell …«, er hieb Héctor jovial auf die Schulter, »inoffiziell hast du meine volle Unterstützung. Das wäre sein Todesstoß, wenn wir damals tatsächlich den Falschen verknackt hätten.« Robla lehnte sich zurück.

Héctor verstand, dass die Audienz beendet war.

Mit den Akten unter dem Arm stiefelte er zum Wagen. Eine inoffizielle Ermittlung mit dem Segen seines Chefs, der damit seinen Widersacher im Präsidium stürzen wollte. Das konnte ja heiter werden.

12

»Komm raus, du Biest!« Ärgerlich zog Johanna an einem besonders hartnäckigen Exemplar von wildem Spargel. Sie war schon früh aufgestanden und hatte begonnen, den Garten wieder in Schuss zu bringen. Vor allem die Einfahrt und die Beete mussten dringend weiter von Unkraut befreit werden.

Auf der Terrasse rumorte Konstantin. Es passte ihr nicht sonderlich, dass er in Gemmas Zimmer gezogen war, solange sie in Valldemossa ermittelte. Aber es war nicht zu ändern – er war Gemmas Vater und Teil der Familie, fertig.

»Guten Morgen«, rief er, während er mit nackten Füßen auf den Kies trat. Rasch kam er auf sie zu.

Die spitzen Steine schienen ihm nichts auszumachen, fiel Johanna auf. Sie selbst ging nur in Gartenschuhen oder Schlappen über die Einfahrt.

»Guten Morgen. Hast du gut geschlafen?«, grüßte sie zurück.

»Wie ein Baby. Ihr habt es schön hier. Soll ich Kaffee machen?«

Johanna bejahte. »Ich komme gleich und helfe mit dem Frühstück.«

Wir gehen ja so nett miteinander um, dachte sie ironisch. Sie wollte ihn nicht hierhaben. Er war damals in ihr Leben geplatzt und hatte sie von ihrer Tochter entzweit. Das durfte nicht noch einmal passieren, nicht mit Gemma.

Schlecht gelaunt marschierte sie ins Haus. In der Küche hörte sie bereits den Kaffee durchlaufen, im Wohnzimmer stand Konstantin, der Kleidung aus seinem Köfferchen zog.

»Ich wasche das rasch durch.« Er hielt einen Beutel voller Schmutzwäsche im Arm und zog noch eine Jacke aus dem Koffer. Dabei purzelte etwas heraus und klapperte auf den Boden.

Johanna hob es auf, es war eine Kachel. Eine alte Kachel, wie sie früher in mallorquinischen Bauernhäusern zu finden gewesen waren. Hübsch gestaltet, mit einer gelben Sonne auf blauem Grund.

»Ach, die habe ich wohl irgendwo eingesteckt«, sagte Konstantin leichthin. Er nahm ihr die Kachel aus der Hand und legte sie auf den Esstisch. »Macht sich gut als Untersetzer.«

»Ich erledige das für dich.« Johanna griff nach der Schmutzwäsche und ging in den Arbeitsraum, in dem die Waschmaschine stand. Die Kachel hatte eine Erinnerung bei ihr geweckt. Eine der seltsamen und unangenehmen Eigenschaften Konstantins war damals gewesen, ständig sinnlose Dinge einzustecken und mitzunehmen. Einen billigen Plastiksalzstreuer im Restaurant, ein Stück Seil beim Bootsausflug, eine Kuchengabel im Café.

Er macht es immer noch, dachte sie grimmig.

Sie kehrte in die Küche zurück. Konstantin hantierte mit Pfannen und Eiern. Ja, er ähnelte Gemma. Die flinken, sicheren Bewegungen, das effektive Vorgehen. Er machte keinen überflüssigen Handgriff, genau wie sie. Intelligent war er auch, keine Frage. Sie mochte ihn nicht, aber das hatte nichts mit seiner Schuld oder Unschuld zu tun. Sie hatte ihn nie gemocht. Es half nichts, sie musste hinnehmen, dass er nun eben da war.

»Komm, ich helfe dir«, sagte sie, aber Konstantin winkte ab.

»Setz dich einfach hin, ich bin ja fast fertig.« Geschickt servierte er Eier und Toast, goss Kaffee in ihre Tassen und setzte sich.

»Im Gefängnis habe ich ziemlich lange in der Küche gearbeitet«, berichtete er. »Kochen kann ich, am besten in riesigen Mengen.«

Die Rühreier waren hervorragend. »Du hast die Eier vorher schaumig geschlagen?«, fragte Johanna. Héctor tat das auch immer, sie hingegen machte Rührei, indem sie einfach Eier in die Pfanne haute und umrührte.

»Genau, und ich gebe einen Schuss Sahne und frische Kräuter dazu«, erläuterte Konstantin fachkundig.

»Wie edel. Das lernt man im Gefängnis?«

»Tja, die Zeiten von Wasser und Brot sind vorbei. Resozialisierungsprogramme, weißt du? Man konnte alle möglichen Kurse belegen. Ich hatte einen Kochkurs, einen Computerkurs und so weiter. Trotz der zwanzig Jahre hinter Gittern bin ich nicht völlig hinterm Mond gewesen.«

Johanna verschlang das Rührei und butterte sich noch einen Toast für ein Marmeladenbrot.

»Und ihr seid Privatdetektivinnen?«, fragte Konstantin fast beiläufig.

»Ja. Und Ladenbesitzerinnen.« Johanna hatte nicht die mindeste Lust, sich mit ihm darüber zu unterhalten.

»Ist das nicht gefährlich, als Ermittlerin zu arbeiten? Ich weiß nicht, ob ich es gut finde, dass meine Tochter solche Aufgaben übernimmt. Sollte sie sich nicht besser auf ihr Studium konzentrieren?« Er ließ nicht locker.

»Es ist ein bisschen spät, an Gemmas Erziehung herumzukritisieren«, schnappte Johanna. »Die hättest du persönlich übernehmen können. Aber du musstest dich ja wegen Mordes verknacken lassen.« Das hatte gesessen. Johanna wunderte sich über sich selbst. Konstantin machte sie aggressiv.

Sie sah, wie er die Muskeln anspannte, aber äußerlich ruhig blieb. »Da hast du recht. Aber wenn du schon mit Steinen wirfst, denk daran, dass du im Glashaus sitzt. Wer hat denn seine Tochter jahrelang allein gelassen, auf Internate geschickt?«, fragte er. »Als ich Marion kennenlernte, warst du durchgehend mit deinen tollen supergeheimen Einsätzen beschäftigt. Für deine Tochter hattest du keine zehn Minuten Zeit.«

Johanna spürte, wie sie rot anlief. Er hatte ihren wundesten Punkt getroffen. Dass sie Marion so vernachlässigt hatte, bereute sie heute bitter. Es war nicht mehr zu ändern, umso mehr und lieber verbrachte sie Zeit mit Gemma.

»Hast du Gemma gesagt, was du früher gemacht hast? Oder ist das immer noch ein großes Mysterium für deine Familie?«

»Das geht niemanden etwas an«, sagte Johanna leise.

Kopfschüttelnd stand Konstantin auf. »Ich werde jetzt weiter im Zeitungsarchiv nach alten Artikeln fahnden, vielleicht finde ich etwas Brauchbares. Vielen Dank, Johanna, für das spannende Gespräch.«

Mit dieser sarkastischen Bemerkung ging er davon und stieg in den silbernen Seat, den Johanna ausgeborgt hatte. Sie hatten ausgemacht, dass Konstantin den Wagen fahren konnte, solange Xavier ihn nicht brauchte. Gemma war mit dem Fiat 500 davongebraust, für Johanna blieb der alte Pick-up übrig, den sie sonst nur als Lieferfahrzeug für den Laden nutzten.

Wütend sammelte Johanna das Frühstücksgeschirr zusammen und hieb die Tassen und Teller regelrecht in die Spülmaschine. Sie ärgerte sich über Konstantin, über sich – und darüber, dass kein Mensch der Welt die Vergangenheit ändern konnte.

Beim Agieren in der Küche stolperte sie fast über die Kiste Orangen, die sie am Vortag gepflückt hatte. Sie nahm die Früchte und kochte energisch zehn Gläser Marmelade daraus, um sich abzureagieren. Danach ging es ihr besser.

Es war Zeit, sich um ihre eigenen Angelegenheiten zu kümmern – sie hatte schließlich von Héctor den Auftrag bekommen, Angelikas vagen Verdächtigungen nachzugehen.

Beherzt schnappte sich Johanna ein Gläschen der fertigen Orangenmarmelade und überquerte das ungeteerte Sträßchen. Die Stadtverwaltung hatte vor gar nicht allzu langer Zeit bei den Anwohnern nachgefragt, ob man den Weg nicht auch teeren lassen wolle. Doch alle Nachbarn hatten abgewunken.

Ja, der Schotterpfad war voller Schlaglöcher und nach Regen matschig und rutschig. Doch war so auch garantiert, dass niemand, der nicht unbedingt musste, diesen Weg wählte. Nicht die Leute, die von der Ma-19A kamen und die Straße theoretisch als Abkürzung nach Llucmajor nutzen konnten. Und nicht die Radfahrer, die bei Mallorquinern und Residenten oftmals nicht den besten Ruf hatten, da sie meist in ganzen Pulks auftraten. Vor allem die Inselbewohner, die eilig zum Arbeitsplatz oder zum nächsten Kunden wollten, fluchten ausgiebig, wenn eine Gruppe Radfahrer auf einer engen Serpentinenstraße auftauchte und die Autofahrer zwang, den Weg ins Büro im Schritttempo zu absolvieren. Andere wiederum waren froh, dass nicht noch mehr Touristen in Mietwagenkolonnen über die Insel kurvten, und wiesen darauf hin, dass die Radfahrer, oftmals gut betucht, viel Geld für hochwertige Hotels und Restaurants ausgaben und ganz bestimmt nicht zu den noch unbeliebteren Sauftouristen zählten.

Angelika saß im Garten und übte Kunststückchen mit Günther.

»Sei tot!«, befahl sie dem Dackel und zeigte auf den gepflasterten Terrassenboden. Günther ließ sich mit einem Seufzer auf die rechte Seite fallen.

»Brav, Günther«, lobte Angelika und gab ihm ein Leckerli.

Sie begrüßte Johanna herzlich und nahm dankend die Orangenmarmelade an. »Und? Was genau ist passiert?«

Johanna winkte ab. »So schnell bin ich nicht. Aber immerhin weiß ich schon, dass dieser Felipe vermutlich nicht der sympathischste Zeitgenosse ist.«

»Ich meinte, was mit Gemma los war. Also was bei euch passiert ist.«

»Oh«, hauchte Johanna und überlegte rasch, ob sie mit der Wahrheit herausrücken sollte, allerdings war Angelika eine ziemliche Klatschbase. Doch sie vermutete, dass sie ohnehin schon ihren Familienzuwachs Konstantin erspäht hatte. Genau wie bei Johanna führte auch bei Angelika eine Treppe am Haus entlang auf eine Dachterrasse, die einen wunderbaren Überblick über den Galdent, Llucmajor – und die Grundstücke der Nachbarn gewährte.

»Gemmas leiblicher Vater ist zu Besuch. Sie haben viel Sightseeing auf der Insel gemacht. Deshalb war Gemma ein paar Tage unterwegs«, sagte Johanna in der Hoffnung, die Information würde der neugierigen Angelika genügen.

»So? Ich habe gehört, Gemmas Vater galt als verschollen.«

Es war klar. Angelika hatte ihre Nase überall.

»Du weißt doch, was so geredet wird.«

»Und wo steckt sie? Wieder beim Sightseeing?«

Es klang nur ein bisschen sarkastisch. Angelika bekam alles mit, ohne Frage.

Johanna nahm ein Leckerli und befahl dem Hund: »Sei tot!« Der beleibte Günther schmiss sich erneut mit Wonne zu Boden und rappelte sich anschließend umständlich hoch auf die kurzen Beinchen, um das Leckerli in Empfang zu nehmen.

»Der Jüngste ist Günther aber auch nicht mehr«, stellte Johanna fest, um endlich das Thema zu wechseln.

Angelika tätschelte das Tier. »Die Vorbesitzerin behauptete, er sei sieben, aber ich denke auch, dass er vielleicht schon zehn oder elf Jahre alt ist. Er ist übrigens sehr intelligent.«

Günther sah Angelika so treu an, dass er fast schielte. »Er versteht jedes Wort«, sagte sie verliebt.

Johanna musste schmunzeln. »Also, zurück zu dem Fall mit der verschwundenen Frau.«

»Du unternimmst etwas? Oh, das ist aufregend!« Angelika fasste Johannas Arm.

»Ich würde mich gern mal nebenan umgucken. Es scheint im Moment niemand da zu sein. Leihst du mir Günther?«

»Was hast du vor?« Angelika wurde misstrauisch.

»Ich brauche ihn als Alibi, falls doch jemand kommt. Ich nehme die Leine, lasse Günther durch das Loch im Zaun und tue so, als würde ich ihn suchen.«

»Und ich stelle mich mit dem Handy auf die Dachterrasse. Sobald Gefahr im Anmarsch ist, rufe ich dich an, und du kannst schnell zurück auf mein Grundstück.«

Da Günther etwas unwillig war, seinen Platz auf der von der Sonne durchwärmten Terrasse zu verlassen, musste Johanna auf Leckerli setzen. Mit Lockrufen und motivierenden Futtergaben bugsierte sie ihn schließlich durch den Zaun. Der verwilderte Garten dahinter duftete glücklicherweise so spannend nach allerhand Katzen, dass der Hund wie ein Pfeil ins hohe Gras schoss.

Mühsam schob sich Johanna mit ihrem Gehstock durch das Loch im Zaun. Sie schlich mit der Hundeleine in der Hand bis zum Haus und um die Ecke zur Terrasse.

Die Arbeiten waren gut vorangegangen, wie es aussah. Das Betonfundament, von dem Angelika gesprochen hatte, war bereits mit hübschen beigen Fliesen gekachelt.

Laut rief Johanna: *»¡Hola!«*, erhielt aber keine Antwort. Es war niemand da.

Sie betrat die Terrasse und spähte durch die gläserne Tür, die in ein Wohnzimmer führte. Vorsichtig drückte sie die Klinke herunter, doch die Tür war verschlossen. Günther kam herangewuselt und erhielt ein Leckerli, woraufhin er seine Erkundungstour glücklich fortsetzte.

Schnüffelnd kreuzte er die Terrasse und war mit einem Satz wieder im hohen Gras verschwunden. Dort kratzte und scharrte er kurz, hüpfte anschließend auf der Jagd nach einer Drossel davon.

Nachdenklich starrte Johanna auf die Stelle im Gras, an der Günther gekratzt hatte. Dort glitzerte etwas Goldenes. Sie stieg ebenfalls von der Terrasse in den Garten, bückte sich und pulte mit dem Zeigefinger in der Erde, bis sie das goldene Ding in der Hand hielt.

Es war ein Ehering.

In die Innenseite war etwas eingraviert: »Felipe Violeta 20.2.2016«.

Interessant, dachte Johanna, während sie sich, auf den Gehstock gestützt, wieder aufrichtete. Sehr interessant.

»¿Què fas acquí?«, donnerte plötzlich eine männliche Stimme hinter ihr auf *mallorquí*.

Johanna schrak zusammen und fuhr herum. Auf der Terrasse stand Felipe Taverner, der Enkel des alten Lopez.

»Ho sento«, sagte Johanna nach dem ersten Schreck, »aber der Hund.« Sie wies auf Günther, der laut bellend heranschoss, und zeigte auf die Hundeleine. »Er ist ausgerissen und zu Ihnen hineingelaufen.«

Das linke Augenlid des Mannes zuckte. »Und das gibt Ihnen das Recht, ohne Erlaubnis herumzuspazieren? Können Sie das Tier nicht einfach rufen?« Er zitterte vor Wut.

»Ach, er hört leider nicht so gut.«

Günther strafte ihre Worte Lügen, indem er so brav wie nie neben ihr hockte und mit Verlangen ihre Jackentasche fixierte, in der er die Leckerlis wusste.

»Was haben Sie da aufgehoben?«, fragte der Mann schließlich. »Sie haben sich gebückt. Was war das?«

Johanna streckte die Handfläche aus. »Es hat wohl jemand einen Ring verloren.« Doch weiter kam sie nicht.

Felipe trat mit einem einzigen großen Schritt auf sie zu und entriss ihr den Ring. »Ich rufe die Polizei«, sagte er drohend. »Sie dringen auf Privatgelände ein, heben Sachen auf, die Ihnen nicht gehören, was denken Sie sich?«

Johanna musste zugeben, dass er nicht ganz unrecht hatte. Vor allem, wenn sich der vage Verdacht der phantasiebegabten

Angelika als falsch herausstellen sollte. Doch noch war Felipes Unschuld nicht bewiesen.

Sie entschuldigte sich wortreich. »Ihre Frau wird sich freuen, dass ihr Ring wieder da ist«, sagte sie freundlich.

Felipe wurde kalkweiß vor Wut. »Soll ich mich noch bedanken für Ihre Unverschämtheiten? Sie verlassen jetzt mein Grundstück!«

Johanna schickte sich an, zum Tor zu gehen. Sie wollte sich ungern vor den Augen des Eigentümers durch das Loch im Zaun zwängen.

»Ich hoffe trotzdem, dass wir gute Nachbarn werden«, sagte sie im Gehen.

Er starrte ihr hinterher. Dann rief er ihr nach: »Wie sind Sie überhaupt hier hereingekommen?«

Bevor Johanna antworten konnte, ruckelte ein weißes BMW-Cabrio mit offenem Verdeck über die holprige Straße und hielt vor dem Grundstück. Eine junge Frau stieg aus und ging um den Wagen herum. Vom Beifahrersitz schnappte sie sich eine knallrote Balenciaga-Tasche, dann stöckelte sie auf hohen Hacken zum Tor und öffnete es.

»Hola«, sagte die junge Dame, winkte hinüber zu Felipe und Johanna, ging rasch zu ihm und gab ihm einen Kuss. »Sind Sie aus der Nachbarschaft?«, fragte sie Johanna.

»Die Nachbarin wollte gerade gehen«, sagte Felipe eisig; er hatte seine Frage offenbar vergessen oder wollte vor seiner Freundin nicht weiterstreiten.

Johanna nahm flugs den braven Günther an die Leine, nickte den beiden jungen Leuten zu und ging ein Stück die Straße hinauf zu Angelikas Grundstück.

Sichtlich nervös wartete Angelika hinter dem Zaun. »Warum gehst du nicht ans Handy? Ich habe sofort angerufen, als ich Felipes Auto gesehen habe, aber du bist einfach nicht drangegangen.«

Johanna zog ihr Smartphone aus der Tasche, der Klingelton war ausgeschaltet. Sie wurde tatsächlich immer schusseliger.

»Macht nichts. Aber ich befürchte, liebe Angelika, du hast dir da nur etwas eingebildet. Nebenan ist vor wenigen Minuten eine junge Frau angekommen. Dunkle Locken, schlank, rote Tasche. Wenn du mich fragst, ist das dein Mordopfer, und es sieht immens lebendig aus.«

Angelikas Züge entglitten. »Was?«, rief sie. Sie stapfte schnurstracks zum Haus und nahm die Treppe zur Dachterrasse.

Johanna folgte ihr, so schnell es ging. Als sie die Treppe endlich geschafft hatte, kniete Angelika schon an der Dachkante und spähte durch ihr Fernglas, das sie bereitgelegt hatte, »um die Vögel zu beobachten«, wie sie stets gelobte.

Die Frau war hinter dem Haus verschwunden. Nach einigen Minuten erschien sie wieder im Blickfeld und beugte sich in ihr Cabrio, um eine Tüte herauszunehmen. Dabei konnte Angelika ihr Gesicht kurz erkennen.

»Das ist sie nicht«, flüsterte sie. »Sie hat die gleiche Tasche, es ist aber nicht dieselbe Frau. Johanna, ich schwöre dir, das ist sie nicht.«

13

Nanopartikel. Nanopartikel. Nanopartikel. Langsam, aber sicher mochte Gemma das Wort nicht mehr sehen. Oxana hatte ernst gemacht mit ihrer Ankündigung, lange Texte langweilig zu finden. Sie hatte Gemma ihre Gliederung in den Schoß geworfen und war auf ihrer Seite des Poolhauses verschwunden. Aus dem Zimmer war gelegentlich Musik zu hören und lautes Lachen. Entweder drehte Oxana nun endgültig durch, oder sie telefonierte mit Freundinnen.

Es war kühler geworden, um die achtzehn Grad, die Sonne kam nur sporadisch hervor. Gemma hatte sich eine Jacke übergezogen und saß mit Laptop am Pooltisch. Sie hatte bereits mehrmals einen Rundgang durch den Garten und an der Poolanlage vorbei gemacht, um sich die Örtlichkeiten des damaligen Mordfalls fest einzuprägen. Links neben dem Pool lag eine kleine künstliche Grotte mit einer Marienstatue, die laut Susanna über hundertfünfzig Jahre alt sein sollte.

»Die Gutsbesitzer haben sie für ihren verstorbenen Sohn bauen lassen«, hatte Susanna ihr berichtet. »Es heißt, die Figur soll sogar eine heilende Wirkung haben.«

Vor der heiligen Maria stand ein altes Marmeladenglas, in dem ein Sträußchen frischer Feldblumen steckte.

»Das macht Colau«, hatte Susanna berichtet, »unser Gärtner.«

Gemma hatte den Mann bisher noch nicht kennengelernt, sie hatte den Eindruck, dass er ihr aus dem Weg ging.

Die Statue befand sich etwas erhöht auf einem Podest und war früher sicherlich sehr farbenfroh gewesen, doch Wind und Wetter hatten trotz der schützenden Höhle die Farben ausgeblichen. Die Figur hatte etwas Zartes, Zerbrechliches, fand Gemma.

Sie hatte heimlich Pool, Grotte und Garten, das Haupthaus, die Terrasse und den Olivenhain fotografiert. Konstantin hatte ihr den Auftrag dazu gegeben, er wollte wissen, wie alles heute aussah. Anschließend hatte sie stoisch weitergetippt.

Die zur Bachelorarbeit gehörigen Untersuchungen und Experimente hatte Oxana erstaunlich akribisch an ihrer Universität in Köln durchgeführt. Lange Tabellen mit Zahlen lagen der ausführlichen Gliederung bei. Gemma kam immer mehr zu der Ansicht, dass Oxana die Arbeit problemlos selbst hätte schreiben können. Es war eher ihre Familie, die ihr die Leistung nicht zutraute und ihr lieber eine Ghostwriterin an die Seite stellte.

Am Morgen hatte Gemma auch Tatjana kennengelernt, eine zarte brünette Frau mit traurigen Augen. Sie war beim Frühstück für einige Minuten ins Esszimmer geweht, um sich einen Tee zu nehmen, hatte Gemma zurückhaltend, aber freundlich begrüßt und war wieder in ihren Räumen verschwunden.

Oxana kam aus ihrem Poolzimmer und gesellte sich zu Gemma.

»Mama ist im Dezember kaum zu gebrauchen, weil *der Tag* wiederkehrt«, sagte sie sachlich. Offenbar wollte sie Tatjanas schweigsames Verhalten am Frühstückstisch erklären.

»Welcher Tag?«, fragte Gemma, obwohl sie es ahnte.

»Papas Todestag.« Oxana zuckte mit den Schultern. »Ich kann mich kaum noch an ihn erinnern. Er war auch nicht so oft daheim wegen der Firma. Aber meine Mutter kann ihn nicht vergessen.«

Gemma fand das bemerkenswert. Es wäre verständlich gewesen, wenn eine junge Frau wie Tatjana sich nach dem Tod ihres Gatten irgendwann einen neuen Mann gesucht hätte. Aber sie war Witwe, seit zwanzig Jahren, und hatte kein zweites Mal geheiratet.

»Sein Mörder müsste bald frei sein«, warf Oxana überraschend ein. »Holger hat so etwas erwähnt. Ich weiß gar nicht, was ich dazu denken soll. Ich fühle gar nichts, aber ich sollte, oder?« Damit verschwand sie in Richtung der Garagen. Unbehaglich setzte Gemma ihre Arbeit fort.

Gegen Mittag brachte Susanna ihr einen leichten Lunch an den Pool, Hühnchen mit Salat.

»Es sind alle unterwegs«, sagte sie. »Holger und Patrizia sind auf dem Weihnachtsmarkt in Palma, und Tatjana wollte Weihnachtsgeschenke kaufen. Hanne hat sich hingelegt. Wir essen erst heute Abend gemeinsam.«

Gemma bedankte sich und wollte das Gespräch fortführen, um noch etwas Interessantes aus Susanna herauszubekommen. Ihre Gedanken rasten. Plaudern war wahrlich nicht ihre Stärke.

»Eine traurige Zeit für die Familie, nicht wahr?«, sagte sie schließlich und fand das gleich anschließend völlig bescheuert.

»Die Weihnachtszeit?« Susanna klang irritiert.

»Nein, der Todestag von Oxanas Vater. Oxana hat mir davon erzählt.«

Susanna war ernst geworden. »Ach so, ja. Das ist natürlich schlimm für alle.« Sie schluckte, Tränen traten ihr in die Augen.

Gemma war erstaunt, dass diese Erwähnung eine tiefe Emotion in der Haushälterin auslöste. »Er soll ein netter Mann gewesen sein.« Sie hatte zwar genau das Gegenteil gehört, wollte Susanna aber zum Sprechen bringen.

Susanna verschränkte die Arme, als ob ihr kalt wäre, und starrte auf das Poolbecken. »Ich habe ihn gefunden. Es war schrecklich. Und ja, er war ein netter Mann. Obwohl viele Leute etwas anderes sagen. Leute, die ihn nicht gekannt oder nicht verstanden haben.« Sie wischte sich verstohlen über die Augen, schenkte Gemma noch ein aufgesetztes Lächeln und schritt eilig fort.

Es wird immer interessanter, dachte Gemma. Sie hätte schwören können, dass Susanna mehr für Horst Hallter empfunden hatte, als Haushälterinnen dies normalerweise taten. Oder sie hatte einen anderen Grund, so emotional auf das Gespräch zu reagieren.

Hungrig schlang sie das Hühnchen hinunter und schrieb noch vier Seiten an der Chemiearbeit. Dann beschloss sie, für heute genug gearbeitet zu haben.

Um sechzehn Uhr war sie mit Héctor und Konstantin in Valldemossa verabredet. Gemeinsam hatten sie abgemacht, möglichst wenig zu telefonieren und auf Textnachrichten ganz zu verzichten, wenn es um den Fall ging, damit Gemma nicht aufflog.

Sie beschloss, zu Fuß zu gehen, und suchte Susanna, um von ihr den Türcode zu erfragen. Sie fand sie im hinteren Teil des Gartens, in dem Blumenbeete angelegt waren. Susanna schnitt gerade einen Strauß Rosen.

»*Hola*, ich wollte schnell in den Ort. Gibst du mir bitte den Code für das Tor unten? Dann brauche ich nicht zu klingeln.«

Susanna legte die Rosen in ein Bastkörbchen und richtete sich auf. »Gern, aber bitte gib den Code nicht weiter oder lass ihn irgendwo herumliegen. Wir hatten im November zwei Einbruchsversuche.« Sie öffnete die Tür zu einem Gartenhäuschen aus Holz.

»Einbruchsversuche?«, fragte Gemma neugierig. »Das Anwesen ist doch geschützt wie Fort Knox.« Sie dachte an die hohen Mauern, die Überwachungskameras und die teure Alarmanlage, die sie bei ihrem Rundgang durch die Gärten entdeckt hatte.

»Deshalb blieb es ja beim Versuch. Zweimal wurde Alarm ausgelöst, aber hier kommt so schnell keiner rein.« Sie hob den Korb mit den Rosen auf. »Trotzdem war es erschreckend. Colau war allein hier und hatte richtig Angst.«

Gemma versprach, auf den Code aufzupassen, dann ging sie hinunter zum Tor. Langsam schlenderte sie das schmale Sträßchen entlang, das sich, eng begrenzt von Steinmauern, den Berg weiter hinauf zum beschaulichen Valldemossa schlängelte. Jemand hatte vor Kurzem versucht, hier einzubrechen. Ob das etwas bedeutete?

Sie ging an der Kurvenkante entlang, um nicht von einem entgegenkommenden Wagen erfasst zu werden. Die jungen Männer rasten manchmal viel zu schnell durch die engen Straßen.

Das Örtchen auf vierhundert Metern Höhe in der Serra de Tramuntana war äußerst beliebt bei Touristen. Im Sommer kamen ganze Karawanen von Ausflugsbussen aus den Urlauberorten angefahren, und die Fußgängerzone war so voll, dass man kaum treten konnte. Jetzt war es leerer, doch die kurze Hochsaison zwischen Weihnachten und Silvester würde deutlich mehr Gäste bringen.

Gemma war nicht oft in Valldemossa, musste aber zugeben, dass es pittoresk war. Das mediterrane Flair, der verträumte Charme der Altstadtgassen, die mächtige alte Kartause und die stattliche Pfarrkirche Sant Bartomeu mit ihrem imposanten Glockenturm – sie verstand gut, dass der Ort seine Besucher verzauberte.

Außerdem war Valldemossa die Geburtsstadt von Mallorcas berühmtester Heiliger Catalina Thomás, überall im Städtchen waren schön gestaltete Kacheln zu bewundern, die das Leben der Frau nacherzählten. Den Geschichten zufolge sollte sie sehr fromm gewesen sein und Visionen von Engeln und Teufeln gehabt haben. Ihre letzten Jahre habe sie »in Ekstase« verbracht. Für Gemma klang das alles nach einer ausgewachsenen Psychose.

Sie bog um die Ecke und erreichte die Plaça Ramon Llull. Einheimische und Touristen saßen einträchtig in den warmen Strahlen der Wintersonne und genossen *cortados*, *americanos* und *cafés con leche*. Zielstrebig ging sie in Richtung der legendären Kartause von Valldemossa, dem ehemaligen Kartäuserkloster. Obwohl Gemma Atheistin war, konnte sie nachempfinden, dass viele Mallorquiner mit der Säkularisierung des Klosters bis heute nicht einverstanden waren.

1835 waren die Mönche allesamt vertrieben und die neun Klosterzellen einzeln verkauft worden. So war es auch gekommen, dass ein berühmtes Liebespaar hier einige Zeit verbracht hatte. Der Komponist Frédéric Chopin und die Autorin George Sand hatten im Winter 1838 auf 1839 in der Kartause gelebt. Sie hatten die Zellen Nummer 2 und Nummer 4 bewohnt, die den unglücklichen Mönchen entrissen worden waren. Eigentlich hatte Chopin auf Mallorca seine Tuberkulosekrankheit auskurieren wollen, doch ein Winterurlaub in einer feuchtkalten Klosterzelle ohne gute Wärmequelle hatte sich als recht kontraproduktive Idee herausgestellt. Er war kränker und kränker geworden, sodass sie schneller abgereist waren als geplant.

Heute warb Valldemossa mit den berühmten Namen, außerdem waren Reliquien wie eine Haarsträhne Chopins und das unter erheblichen Mühen herbeigeschaffte Pleyel-Klavier zurückgelassen worden und nun in einem Museum zu bewundern.

Gemma ging über die Plaça Cartoixa und kaufte sich ein Ticket für die Kartause. Als Treffpunkt hatte sie mit Héctor und Konstantin die angrenzenden Gärten vereinbart, die Jardins Rei Joan Carles. Sie vermutete, dass keiner aus der Hallter-Familie an einem Wochentag ein so typisches Touristenziel besuchen würde.

Rasch schritt sie durch die hohen Hallen und trat hinaus in die Gärten. Neben einer schmucken Rabatte nahm sie auf einer Bank Platz. Wenige Minuten später kamen auch Héctor und Konstantin herangeschlendert.

Ob sie sich mögen?, fragte sich Gemma. Ihren Gesichtsausdrücken war nichts zu entnehmen, die beiden spielten ihre Rollen als interessierte Besucher, die sich die Grünanlagen der Kartause ansehen wollten.

Gemma stutzte auf einmal. Auch Johanna näherte sich, den Gehstock fest in der rechten Hand. Heute war sie wieder als Touristin verkleidet, trug einen braunen Rucksack mit einer Wasserflasche an der Seite, Wanderschuhe und eine Outdoorjacke in Blassblau. Sie setzte sich zu Gemma auf die Bank, zog einen Reiseführer aus der Tasche und vertiefte sich.

»Was machst du hier?«, flüsterte Gemma. »Ich dachte, du hast deinen eigenen Mordfall.«

»Ich will mich vergewissern, dass es dir gut geht. Dort hinten gibt es eine ruhige Ecke, da sind wir unter uns.« Johanna stand auf und schlenderte durch den Garten zu einem abgeschiedenen Platz mit Bänken.

Gemma, Héctor und Konstantin folgten ihr so unauffällig wie möglich. Hier konnte sie niemand sehen, der nicht gerade den von Rabatten gesäumten Weg entlanglief. Außer ihnen waren keine Besucher da.

»Und?«, fragte Héctor, nachdem er Gemma fest umarmt und geküsst hatte. »Wie sind sie so, die Hallters?«

Gemma berichtete von der verrückten Oxana, der traurigen Tatjana, dem schnieken Holger und seiner Frau und der tranigen Hanne.

»Vom Personal habe ich bisher nur die Haushälterin Susanna kennengelernt«, sagte sie. »Wenn ihr mich fragt, sind alle verdächtig wie nur was. Sogar Susanna.«

Routiniert fasste Héctor zusammen, was er bei Robla und durch die alten Akten erfahren hatte. »Wir müssen also die Zeugenaussagen überprüfen«, erklärte er. »Konstantins Alibi durch den Telefonanruf zum Beispiel. Da fragen wir einen der Beamten, die in Simóns Team waren. Ich finde heraus, wer in Frage kommt.« Er blätterte in seinem Notizbuch, das er bei schwierigen Fällen nutzte. Damit kam er besser zurecht als mit digitalen Notes im Smartphone, so wie Gemma es vorzog. »Und dann besuchen wir noch die Köchin, die der Haushälterin widersprochen hat, was die Frage der Affäre anging.« Kritisch fixierte er Konstantin. »Da sollten wir natürlich zuerst dich fragen. Hattest du mit einem Familienmitglied eine Affäre?«

Konstantin zog scharf die Luft ein. »Herrgott, ja. Hatte ich. Mit Patrizia. Deshalb habe ich ja auch Holger als Täter in Verdacht. Er hat die Geschichte vielleicht mitbekommen und wollte mir dann den Mord anhängen.« Er machte eine hilflose Handbewegung. »Sorry, das mit Patrizia hätte ich eher sagen sollen. Ganz ehrlich, deine Mutter und ich waren wohl nicht das, was man ein Traumpaar nennt. Ich war zumindest sicher kein Traumpartner. Ich wollte auch mit Patrizia Schluss machen und mit Marion neu anfangen, aber dazu ist es nicht mehr gekommen.«

»Ist doch heute eh egal«, sagte Gemma ungeduldig. »Wäre nur gut, wenn du alles ehrlich auf den Tisch packst. Warum hat Susanna behauptet, du hättest etwas mit Tatjana gehabt?«

»Keine Ahnung. Beim besten Willen nicht. Vielleicht hat sie mich mit Patrizia gesehen und sie einfach nur verwechselt? Patrizia und Tatjana sahen sich sehr ähnlich, gleich groß, sehr schlank, lange dunkle Haare.«

Gemma runzelte die Stirn. »Möglich.«

»Konstantin, was hast du denn in den Zeitungsarchiven gefunden?«, fragte Johanna.

Er zog ein Bündel Kopien aus der Tasche. »Tja, mehr habe ich nicht entdeckt. Vor zwanzig Jahren gab es ja noch nicht so viele Onlinenachrichten, die Artikel muss man mühsam aus jeder einzelnen Zeitungsausgabe zusammensuchen.« Umständlich breitete er die Papiere vor den anderen aus und zog die Kopie eines Artikels aus einer Boulevardzeitung heraus. »Lest selbst.«

Gemma, Johanna und Héctor beugten sich über die Kopie mit der fett gedruckten Schlagzeile.

EXKLUSIV – Chemieboss-Mord auf Mallorca: Schwere Anschuldigungen gegen spanische Polizei
Im Zuge der Ermittlungen um den ermordeten deutschen Millionär Horst Hallter († 74) erheben Freunde des Chemiebosses (»Hallter-Chem«) Vorwürfe gegen die spanischen Polizeibehörden. »Es ist ein Skandal, wie schlampig da ermittelt wird«, schimpft Gerhard B. (70) aus Köln. »Uns hat noch keiner offiziell befragt, dabei gehören wir zum engsten Umfeld«, sagt auch seine Frau Hannelore (67). Dem Paar gehört eine Immobilienfirma; es wohnt sowohl in Deutschland als auch auf Mallorca in unmittelbarer Nachbarschaft der Hallters. »Wir haben Weihnachten noch zusammen gefeiert«, betont Hannelore B. mit Tränen in den Augen.
Sie berichten von Vorfällen, die auch die Polizei interessieren dürften. »Ich war selbst vor Ort, als jemand aus der Familie Abführmittel in Drinks gemixt hat. Vielleicht ist aus einem dummen Spaß Ernst geworden?«, mutmaßt Hannelore B.
»Einige in der Familie sind pleite, könnten dringend Geld gebrauchen«, behauptet hingegen Gerhard B. im Hinblick auf das zu erwartende Erbe. Es sei ihm schleierhaft, warum die Polizei nicht in diese Richtung ermittle. Außerdem sei auch das Gold verschwunden, das Horst Hallter in seinem direkten Umfeld gebunkert haben soll. »Er hat uns mehrfach erzählt, dass er bald einen Teil seines Vermögens zu Gold machen wolle, weil er an die große Inflation glaube«, so der Immobilienmakler. Gerhard B. stellt die Frage: »Wo ist dieses Gold geblieben?«
In einem ist sich das Paar jedoch einig: »Das Anwesen ist top geschützt, der Täter muss aus dem Haus stammen. Die ganze Familie ist verdächtig. Doch anstatt zu ermitteln, hat die Polizei schon einen Sündenbock gefunden – den armen Angestellten. Aber dass der es war, glauben wir nicht.«

Nach der Lektüre blinzelte Héctor nervös. »Pass lieber auf, dass dir da nicht auch jemand Gift in den Cappuccino kippt«, sagte er. »Damit war bestimmt Oxana gemeint, oder? Die scheint ja ein ziemliches Früchtchen zu sein.«

Gemma schnaubte. »Ich glaube nicht, dass mir etwas passieren wird. Und Oxana ist weniger verrückt, als alle denken.« Sie sah auf die Uhr. »Leute, ich muss zurück. Es wird gleich dunkel.«

Schnell hob Konstantin die Hand. »Warte, hast du die Fotos gemacht, nach denen ich gefragt habe?«

»Natürlich, guck selbst.« Gemma zog ihr Smartphone hervor und scrollte durch das Fotoarchiv. »Hier ist das Poolhaus, da wohne ich. Daneben der Olivengarten, der Poolbereich, die Garagen und der Platz davor, die Freitreppe zum Haupthaus, der Oleandergarten, die Terrasse beim Haupthaus.«

Die drei betrachteten interessiert die Bilder.

»Ganz schön noble Sache«, sagte Héctor beeindruckt.

»Es hat sich gar nicht so viel verändert in den zwanzig Jahren«, stellte Konstantin fest. »Gibt es die Grotte mit der Statue noch?«

»Ach, Moment, die habe ich auch fotografiert.« Auf dem Smartphone erschienen die Bilder von der verblassten Maria in der künstlichen Höhle.

Konstantin wirkte seltsam berührt. »Tatsächlich, fast so wie früher.«

»Vor drei Wochen gab es in der Villa übrigens zwei Einbruchsversuche.« Fast hätte Gemma vergessen, was Susanna ihr berichtet hatte.

»Einbruch?« Héctor klang alarmiert.

»Ja, es wurde versucht, ins Areal zu kommen, aber vergeblich«, beruhigte ihn Gemma. »Das Anwesen ist praktisch uneinnehmbar wie eine Burg. Mir kann da nichts geschehen.«

Doch Héctor war nicht beruhigt. »Echte Profis sehen einem Anwesen gleich an, ob es möglich ist, da erfolgreich zu sein oder nicht. Deshalb frage ich mich ja, wer das war. Das können kaum normale Langfinger gewesen sein.«

Gemma wollte sichtlich das Thema auf sich beruhen lassen, sie steckte das Smartphone mit einer endgültigen Geste weg und wandte sich zum Gehen, doch Héctor hielt sie zurück.

»Hör mal, ich mache mir jetzt richtig Sorgen, dass dir etwas passiert. Bitte gib mir den Code für das Tor, damit ich im Notfall hineinkomme.«

»Ich halte das auch für eine gute Idee«, pflichtete Johanna ihm bei.

Kurz überlegte Gemma, zog dann die beiden beiseite und flüsterte ihnen die Nummer zu. Johanna notierte sich den Code in ihrem Notizbuch.

»Oma, früher konntest du dir ganze Zahlenkolonnen merken«, stellte Gemma fest. »Du traust dir wohl selbst nicht mehr?«

»Kind, ich bin vierundsiebzig. Ich kann mir noch nicht einmal meine eigene Telefonnummer merken.« Johanna drückte ihren Arm. »Du passt auf dich auf, ja?«, fragte sie bang.

Konstantin hatte die Szene stumm beobachtet und lachte freudlos auf. »Verstehe, ihr traut mir nicht.«

Während Héctor und Johanna verschlossene Gesichter machten, nickte Gemma. »Du hast es erfasst. Wir ermitteln ja gerade erst, Ergebnis ist noch offen.« Es gehörte nun einmal zu ihren hervorstechendsten Eigenschaften, nicht besonders diplomatisch zu sein.

Die anderen starrten sie an.

Sie nahm Johannas Hand. »Oma, ich passe auf mich auf, das verspreche ich dir. Ich muss jetzt los.«

Héctor fasste sich wieder und tippte mit dem Zeigefinger auf seinen Block. »Wir machen es so: Ich werde die Zeugen suchen, den Polizisten, die Köchin und die Beyers, falls die noch leben. Morgen sehen wir uns wieder, ich schicke euch den Ort per Messenger.«

»Wir sollten nicht zusammen gesehen werden. Ich gehe zuerst raus, dann Gemma, anschließend ihr zwei.« Johanna winkte und verschwand.

Gemma verabschiedete sich von Héctor und Konstantin, schlenderte nachdenklich durch die Gärten zurück zur Kartause und wich gerade noch dem bemützten Gärtner aus, der mit einer Schubkarre voller Gartengeräte über den Rabattenweg lief. Durch die Gänge der Kartause ging sie hinaus auf den baumbestandenen Platz.

Sie schrak zusammen. Keine fünf Meter von ihr entfernt erblickte sie Hanne Hallter, die ihre Handtasche auf dem Boden schleifen ließ und schwankte.

»Hanne, was ist mit dir?«, rief Gemma und eilte zu der Taumelnden.

Hannes Augen waren trüb und verschleiert. »Gemma? Bist du das? Ich habe dich weggehen sehen, bin dir nach. Aber dann hab ich dich verloren«, nuschelte sie. Sie wirkte nicht betrunken, aber eindeutig berauscht.

Valium, tippte Gemma. Scheint ja ein Dauerthema bei den Hallters zu sein.

Vorsichtig hakte sie Hanne unter, um sie zu stützen. »Ich halte dich fest. Wir setzen uns vorn auf die Bank.«

Gemma wusste, dass Konstantin in wenigen Sekunden aus der Tür der Kartause treten würde. Sie konnte nicht abschätzen, ob Hanne den ehemaligen Angestellten und verurteilten Mörder ihres Vaters wiedererkennen würde. Gut für die Ermittlungen wäre es auf keinen Fall.

Mit sanfter Gewalt zog sie sie weg. »Wir gehen heim.«

Doch Hanne versuchte, sich loszureißen. »Lass mich …«

In diesem Moment kam Konstantin durch die Tür, sah die beiden miteinander ringenden Frauen. Er ging erst einen schnellen Schritt nach vorn, erkannte Hanne und verschwand wieder in der Kartause.

»Was macht der denn hier?«, rief Hanne wesentlich wacher und wollte losstolpern.

Gemma hielt sie zurück. »Komm jetzt bitte mit«, sagte sie fest. »Du solltest dich hinlegen.«

Hanne wurde schrill. »Warum ist er hier? Will er …? Will er …?« Sie taumelte. »Du siehst aus wie er. Ich bin dir gefolgt und wollte es dir sagen. Wir sind an allem schuld. Das hätten wir nicht tun dürfen.«

Eine Stimme hinter ihnen ließ Gemma zusammenfahren.

»Hanne!« Holger Hallter kam über den Platz gelaufen.

Hanne schrie vor Schreck auf.

»Hast du diese Tabletten genommen? Herrgott, schon wieder!« Er fasste seine Schwester hart am Arm. »Ich bin mit dem

Wagen hier, ich habe dich gesucht!« Ruppig zerrte er Hanne hinter sich her. Gemma folgte ihnen.

»Er ist zurück. Wir sind an allem schuld. Das waren wir.« Hanne heulte auf.

Doch Holger antwortete ihr nicht. »Hilf mir mal«, befahl er Gemma, als sie an dem Porsche Cayenne angekommen waren, der den Hallters gehörte, und drängte Hanne in den Wagen. »Steig ein und pass auf, dass sie nicht hinausspringt«, sagte er, als sei so ein Auftrag das Normalste der Welt.

Gemma tat, wie ihr geheißen. Im Auto schlug Hanne ihren Kopf so fest gegen die Scheibe, dass Gemma sie schließlich in einen Klammergriff nahm. Eng verhakt erreichten sie das Anwesen. Holger parkte in der Garage und schleifte Hanne am Kragen hinauf ins Haus.

Erschöpft wanderte Gemma zu ihrem kleinen Poolhaus und setzte sich mit einer Cola aus dem Kühlschrank hinaus in die Dämmerung. Es war fast dunkel.

Was soll das heißen, »Du siehst aus wie er … Wir sind an allem schuld«, fragte sie sich. Hatte Hanne sie erkannt? Und warum war sie ihr gefolgt? Schade, dass ausgerechnet zu diesem Zeitpunkt Holger aufgetaucht war. Waren er und Hanne mit »wir« gemeint gewesen?

Nach zehn Minuten hörte Gemma Schritte auf der Treppe, Holger erschien. Er sah müde aus. Mühsam zog er einen Gartenstuhl heran und nahm neben ihr Platz.

»Es tut mir sehr leid, dass du das miterleben musstest. Seit dem Tod unseres Vaters ist Hanne ein bisschen durchgedreht … Tablettenmissbrauch. Wenn sie auf Droge ist, redet sie viel Unsinn. Sieht Dinge. Nimm das bitte nicht ernst, was sie da geredet hat.« Er klopfte ihr jovial auf die Schulter und ging zurück ins Haus.

14

Héctor war sich nicht klar darüber, ob die Idee genial oder irre war, aber er hatte seinen Untergebenen Arnau gebeten, ihm zu helfen. Ebenjener Inspector alumno de primer año, Arnau Àlvarez, war der Neffe von Robla und damit der einzige Polizist, der ihn bei dieser inoffiziellen Ermittlung unterstützen konnte.

»Dein Onkel hat es abgesegnet«, hatte er Arnau versichert, der sofort vor Begeisterung geplatzt war.

»Eine inoffizielle Ermittlung? Ein Cold Case? Ich bin dabei!«, hatte der junge Mann gerufen. Das war der Vorteil an Arnau, er war stets voll bei der Sache. Allerdings unterliefen ihm auch regelmäßig eklatante Denkfehler, sodass seine Ergebnisse recht durchwachsen waren.

Mit Arnau im Schlepptau holte Héctor am nächsten Tag Konstantin bei der Finca ab, der inständig darum gebeten hatte, auch mitkommen zu dürfen.

Héctor war sich unsicher, was er über Gemmas Vater denken sollte. Konstantin machte einen angespannten und nervösen Eindruck. Allerdings waren zwanzig Jahre im Knast auch nicht gerade ein Erholungsaufenthalt.

Er ist ihr Vater, dachte Héctor. Also werde ich irgendwie mit ihm zurechtkommen müssen. Das Gespräch mit Robla und die Akteneinsicht hatten ihn, den skeptischen Polizisten, halbwegs davon überzeugt, dass Konstantins Unschuld zumindest denkbar war. Im Zweifel für den Angeklagten, das war der Grundsatz jedes Rechtsstaats. Allein schon für Gemma musste er mithelfen, hier Klarheit zu schaffen.

Nicht zum ersten Mal keimte ein Wunsch in ihm auf. Ein Traum vielleicht. Er wollte Gemma heiraten. Aber wenn er sich vor seinem inneren Auge einen romantischen Heiratsantrag vorstellte, ging es stets so aus, dass sie ihn nur verwundert ansah und Nein sagte. Gemma im weißen Hochzeitskleid mit Blumenstrauß in der Hand? Praktisch undenkbar. Sie trug höchst selten etwas anderes als ausgebeulte, weite Shirts, Hoodies und Hosen.

Hochzeit im Jogginganzug? Seine Mutter würde durchdrehen, so viel stand fest.

Ihm war letztlich völlig egal, worin sie heirateten, aber insgesamt kam ihm die Idee reichlich undurchführbar vor. Gemma war sehr unabhängig. Womöglich würde er sie verjagen, wenn er seine Vorstellung nur anspräche? Er beschloss, bei Gelegenheit Johanna zu dem Thema zu befragen. Das wäre gewiss sicherer, als sich von Gemma eine Abfuhr zu holen. Bei dem Gedanken daran wurde ihm klar, dass er damit nicht würde umgehen können.

Sie nahmen die Straße in Richtung Campos.

»Wohin fahren wir zuerst?«, fragte Arnau.

Héctor ging den Plan im Kopf durch. »Zuerst nach Colònia de Sant Jordi«, sagte er. »Da wohnt der damalige stellvertretende Ermittler Jaume Huguet. Anschließend fahren wir nach Valldemossa und unterhalten uns mit der Köchin, Aleta Gomez. Ich kenne sie sogar recht gut, sie hat in einem unserer Restaurants als Küchenhilfe gearbeitet, als ich noch ein Kind war. Nachmittags könntet ihr nachforschen, ob Konstantins Anwalt noch irgendwo greifbar ist. Ich habe einen Termin bei Señora Beyer, die wohnt in einer Seniorenresidenz in Santa Ponsa, ihr Mann ist gestorben.«

»Was, die alte Schachtel lebt noch?«, fragte Konstantin erstaunt. »Die muss ja hundert sein.«

»Die Dame ist siebenundachtzig«, sagte Héctor steif. Er mochte es nicht, wenn über ältere Menschen respektlos gesprochen wurde.

Konstantin bemerkte seine Reaktion. »Es tut mir leid, meine Sitten sind wohl etwas verroht. Ich hatte in den vergangenen Jahren wenig Gelegenheit zur höflichen Konversation.«

Sie hatten sich bisher nur auf Deutsch unterhalten, was Héctor fließend beherrschte, Arnau hingegen nur bruchstückhaft.

»Spanisch kannst du ja fließend, wie ich gemerkt habe. Sprichst du eigentlich auch *mallorquí*?«, fragte Héctor.

»Ja, beides. Einer meiner Mitgefangenen kam aus Inca, wir haben uns viel unterhalten. Im Knast hat man ja Zeit. Wir können gern in *mallorquí* weiterreden.«

Héctor bog in Campos rechts ab, die Straße führte durch ländliches Gebiet mit Weiden, alten Windmühlen und pittoresken Steinmauern. In Colònia de Sant Jordi hielt er sich an der Plaça Mare de Déu links und steuerte den Wagen vorsichtig durch die engen Einbahnstraßen bis zur Plaça de sa Torre.

»Hier ist es«, sagte er.

Jaume Huguet hatte sich für seinen Ruhestand ein schönes Fleckchen ausgesucht, das Mietshaus mit der angegebenen Adresse lag direkt am Meer.

»Ich schlage vor, du bleibst im Wagen. Du kannst als damaliger Verdächtiger und Verurteilter ja schlecht offiziell mitermitteln.«

»Aber du ermittelst doch gar nicht offiziell. Du hast Urlaub. Wir plaudern doch nur etwas über früher«, sagte Konstantin belustigt.

Das stimmte allerdings, musste Héctor zugeben. »Arnau und ich machen das schon«, sagte er ausweichend und blieb bei seiner Entscheidung.

Sie klingelten bei Appartement 3, es summte, und Arnau stieß die Haustür auf. Der ehemalige Polizist wohnte in der dritten Etage. An der Wohnungstür stand ein kräftiger Mittsechziger mit grauem Schopf. Héctor und Arnau stellten sich vor, Jaume wies ihnen den Weg zum geräumigen Balkon, von dem die Insel Cabrera zu sehen war. Sie lag still im glitzernden Meer.

»Lasst uns draußen sitzen«, schlug er vor. »Ich habe schon Kaffee und Kekse rausgestellt.«

Kein Wunder, dass ich dauernd zunehme, dachte Héctor. An jeder gottverdammten Ecke bietet mir jemand Süßigkeiten an.

»Du bist also ein Kollege aus Palma und hast Fragen zu dem alten Hallter-Fall?«, fragte Jaume freundlich, nachdem er ihnen Kaffee eingegossen und Milch und Zucker angeboten hatte.

»Genau. Sehr nett von dir, dass du dir Zeit nimmst. Erinnerst du dich an den Vorgang?«

Nachdenklich rührte Jaume in seiner Tasse. »An den erinnere ich mich gut. Ich habe vorhin auch noch mal meine Aufzeichnungen von damals angesehen. Das war eine echte Katastrophe mit Simón, der war damals mein Chef.«

»Was genau war so katastrophal?«, wollte Arnau wissen.

»Alles. Er hatte keine Ahnung, wie man eine Ermittlung angeht, wollte sich aber auch nichts sagen lassen. Hat Aussagen verschlampt.«

»Zum Beispiel die Aussage zu dem morgendlichen Telefonat zwischen dem damaligen Tatverdächtigen Konstantin Friedrichs und seinem Bekannten?«, fragte Héctor.

Jaume stellte die Füße auf einen Hocker. »Die Befragung habe ich selbst durchgeführt. Ich weiß sogar noch, wie der Mann hieß, den der Verdächtige angerufen haben wollte. Bernd, Moment, Bernd Muller.« Er sprach das ü wie ein u aus.

»Müller«, korrigierte Arnau.

»Meinetwegen. Also weiter: Der Mann hieß Müller, wie gesagt. Unser Hauptverdächtiger hat ihn am Tatmorgen angerufen, angeblich um sechs Uhr fünfundvierzig. Das Telefonat soll dreißig Minuten gedauert haben.« Jaume zeigte auf seine Uhr. »Das wäre glatt ein Alibi gewesen. Hallter wurde um sieben Uhr tot aufgefunden, da ging der Notruf bei der Polizei ein.«

Héctor staunte. Auch diese Tatsache war nicht mehr in der Akte zu finden gewesen. Hatte jemand die Notiz herausgenommen?

»War es normal, dass der Verdächtige um diese frühe Uhrzeit Telefonate geführt hat?«, wollte Arnau wissen. »Hat da jemand nachgefragt, was um sechs Uhr fünfundvierzig so dringend war?«

Arnau stellt gar keine dummen Fragen, dachte Héctor anerkennend.

»Müller ist damals in Thailand gewesen. Bei denen war es schon mittags«, antwortete Jaume. »Ich habe also auch in Thailand angerufen und mir das Telefonat am Tatmorgen mit Uhrzeit bestätigen lassen. Es ging wohl um ein gemeinsames Geschäft, und der Verdächtige, Friedrichs hieß er, wollte Müller noch erwischen, bevor der zum Mittagessen ging.« Jaume schob ihnen den Teller voller Schokoladenkekse zu. »Bitte, greift doch zu.«

Zögernd nahm Héctor einen Keks, es war seine Lieblingssorte. Ich muss lernen, Nein zu sagen, dachte er.

»Ich habe also eine Notiz gemacht, dass Bernd Müller mir

das Telefonat bestätigt hat«, fuhr Jaume fort. »Wir haben nur kurz telefoniert.« Er hob die Arme. »Ich dachte ja, ich könnte den Mann später noch ausführlich befragen. Aber als ich ihn am nächsten Tag anrief, sagte mir seine Angestellte, er sei tot. Autounfall. Also blieb es bei der Notiz. Und die hat Simón irgendwann aus der Akte genommen, weil er behauptet hat, ein Gedächtnisprotokoll von drei Zeilen sei nicht verwertbar.« Jaume schlug mit der flachen Hand auf den Tisch. »Wir haben uns gestritten. Auch weil die Akten so nachlässig geführt waren. Er hat mich von dem Fall abgezogen, und niemand hat mich zum Prozess vorgeladen. Ich war raus.«

Héctor kannte das. Den Oberchefs sollte niemand an den Karren pinkeln.

Sie bedankten und verabschiedeten sich. Im Wagen berichteten sie Konstantin von Jaumes Aussagen.

»Stimmt, ich wollte damals in Thailand investieren.« Konstantins Augen bekamen einen wehmütigen Ausdruck. »Ich wollte mit Marion und unserem Baby auswandern, ein neues Leben beginnen.«

Ein neues Leben hatte er gleich im Anschluss bekommen, dachte Héctor. Allerdings ein völlig anderes, als er sich erträumt hatte.

15

»Hast du Hanne heute schon irgendwo gesehen?« Susanna lief rasch über die Freitreppe vom Haupthaus hinunter zum Pool. Gemma saß an der Chemiearbeit, sie verneinte.

»Sie war am Abend wohl etwas unpässlich und hat auf ihrem Zimmer gegessen«, sagte Susanna, sie wirkte besorgt.

Unpässlich ist gut, dachte Gemma. Vermutlich hat Hanne wie ohnmächtig geschlafen nach der Dröhnung, die sie sich verpasst hat. »Wir sind gestern zusammen aus Valldemossa heimgekommen, seither habe ich sie noch nicht getroffen«, sagte sie. »Beim Frühstück war sie nicht.«

Susanna fuhr sich mit der Hand durch die Haare. »Ich weiß. Sie ist auch nicht in ihrem Zimmer. Sie steht normalerweise nicht so früh auf.« Eilig ging sie zur Grotte und bog ab in Richtung des Olivenbaumgartens.

Ein ungutes Gefühl kam in Gemma auf. Hanne Hallter hätte nach der Menge Tabletten, die sie genommen hatte, eigentlich sehr lange schlafen müssen. Dass sie um neun Uhr morgens nicht auf dem Gelände war, war alarmierend.

Unruhig kaute Gemma an ihrem Stift, schließlich stand sie auf, um suchen zu helfen. Vielleicht unten am Tor?

Sie lief die lange, kurvige Auffahrt hinunter. An der Einfahrt entdeckte sie einen älteren Herrn, der einen Busch stutzte und die Zweige in eine Schubkarre legte.

»¡Bon dia!«, rief sie. »Ich bin Gemma. Ich helfe Oxana bei ihrer Uniarbeit. Wir haben uns noch nicht kennengelernt. Ich suche Hanne.« Sie streckte dem Gärtner ihre Hand hin und versuchte, sich an seinen Namen zu erinnern. Colau. Colau Isern, genau.

Doch Colau nahm die Schubkarre und wollte grußlos an ihr vorbeistürmen.

Sie hielt ihn auf. »Colau? Was ist los?«

»Ich weiß nicht, was los ist. Ich weiß auch nicht, wer du bist.« Der Mann starrte sie feindselig an. »Ich habe dich gesehen, in den Gärten. Mit zwei Männern.«

Zuerst wusste Gemma nicht, was er meinte. Doch dann fiel es ihr ein. Der Gärtner, den sie am Vortag in den Jardins Rei Joan Carles beinahe umgerannt hatte. Das war Colau gewesen. Half er auch im Klostergarten aus?

»Oh, das waren mein Freund und mein Vater«, sagte sie wahrheitsgemäß. »Sie wollten mich besuchen.«

»Und ihr haltet im hintersten Winkel des Gartens ein Geheimtreffen ab und geht getrennt voneinander hinaus?«

»Das musst du falsch verstanden haben«, sagte sie leichthin. Immerhin hatte Colau Konstantin nicht wiedererkannt. Oder doch?

»Ich verstehe sehr gut«, giftete Colau. »Du schleichst im Garten herum, machst Fotos von allem. Ich weiß nicht, was du vorhast. Journalistin, was? Willst einen Artikel machen, irgendwas mit ›Zwanzig Jahre nach dem Mord‹ oder so?«

Gemma schluckte. Colau hatte seine Augen überall. Sie musste vorsichtiger sein.

»Ich bin seit fünfzig Jahren bei den Hallters. Ich kenne Señor Holger und Señora Hanne ihr ganzes Leben lang. Wenn du irgendetwas tun willst, das ihnen schadet, bekommst du es mit mir zu tun«, drohte er und schickte sich an, die Schubkarre bergan zu schieben. »Die Familie hat genug gelitten. Das lächerliche Testament, das ganze Vermögen für Tatjana und das arme Kind. Und da kommst du und willst alles aufrühren? Ich warne dich, ich sage dir, ich warne dich.«

Gemma war stocksteif stehen geblieben. Das war eine Drohung.

»Das kannst du auch deinem angeblichen Vater sagen. Wenn er noch einmal herkommt und hier einbrechen will oder sich einmischt, ergeht es ihm schlimmer als im Knast.«

Colau dachte, dass Konstantin hinter den versuchten Einbrüchen steckte. Gemma fröstelte. Und er hatte ihn wiedererkannt. So viel stand fest.

16

Gegen Mittag trafen Héctor, Arnau und Konstantin in Valldemossa ein. Sie parkten auf dem Platz gegenüber dem Touristenbüro, auf dem sonntags ein Markt stattfand, und schlenderten durch die Fußgängerzone, bis Konstantin am Schaufenster einer Pasteleria stehen blieb.

Er zeigte auf die Auslage der Konditorei. Dort lagen, locker und rund, *coca de patata*. »Die hatte ich fast vergessen. Ich habe mir früher beinahe jeden Tag welche geholt.«

Die süßen Brötchen aus Kartoffelteig, bestreut mit Puderzucker, waren eine Spezialität Valldemossas und in den hiesigen Bäckereien besonders gut.

Nicht schon wieder Süßigkeiten, dachte Héctor.

Sie ließen Konstantin bei der Pasteleria stehen und machten sich auf zu Aleta Gomez.

Die frühere Köchin der Hallters wohnte unterhalb der Kartause in einem alten Stadthaus. Emsig kam sie an die Tür gelaufen, als Héctor und Arnau klingelten.

Aleta war eine kräftige Frau mit einer dicken Brille. Sie war Ende sechzig, wirkte aber noch sehr rüstig. »Nein, der kleine Héctor!«, rief sie munter. »Was für ein Prachtbursche du geworden bist. Wie geht es den Eltern?«

Sie erging sich in Erinnerungen, wie Héctor damals als Kind durch die Restaurantküche gewieselt und alle Küchenhilfen in Entzückung versetzt hatte, dann wurden Héctor und Arnau hereingebeten.

»Ihr kommt zur rechten Zeit, ich habe etwas Schönes gekocht.«

Ständig gibt es überall Essen, dachte Héctor. Es verfolgt mich. Auf dieser Insel kann man einfach nicht schlank bleiben.

Sie traten ein. Aletas Familie hatte wie die meisten mallorquinischen Familien ihre Schätze im guten Wohnzimmer gestapelt, das gleich hinter der Eingangshalle lag. Héctor begutachtete das schöne Geschirr in den Vitrinen, das nur zu hohen Feiertagen herausgenommen wurde. Alte Porträts in Öl, kitschige Zinnkannen und verschnörkelte Deckenlampen verstrahlten den Charme vergangener Tage.

Héctor und Arnau folgten Aleta in den Raum dahinter – ein besonders typisches Exemplar eines Alltagswohnzimmers, in dem sich alle wohler fühlten. Darin befanden sich ein hölzerner Esstisch mit einer praktischen Plastiktischdecke, eine Sitzecke mit dröhnendem Fernseher und Regale mit Kinderspielzeug, billigen Plastikgläsern und Nachschlagewerken, alles bunt durcheinander.

Aleta hatte den Tisch schon gedeckt. »Ist es euch recht, wenn wir hier essen? Das gute Zimmer ist nicht geputzt.«

»Es ist wunderbar. Aber wir möchten keine Umstände machen, wir wollten nur ein paar Fragen stellen.« Héctor versuchte, das Unvermeidliche abzuwenden, was ihm nicht gelang.

»*No*, Junge, du isst doch gern, das weiß ich. Da kannst du doch einen Teller *frit mallorquí* vertragen.«

»Oh, vom Lamm?«, fragte Héctor, der ewig kein *frit mallorquí* mehr vorgesetzt bekommen hatte.

»Natürlich, mein Junge.«

Aleta kam mit Tellern zurück. Als stolze Köchin referierte sie die Zubereitung. Die Kartoffeln hatte sie goldgelb frittiert und in Würfel geschnitten, die verschiedenen Innereien, Milz, Herz und Leber, hatte sie angebraten und Erbsen, Lauch, Knoblauch und Frühlingszwiebeln mit reichlich Olivenöl hinzugefügt, das Ganze mit Safran und Fenchelkraut, Salz und Pfeffer gewürzt. »Dazu gibt es Brot und einen guten Roten«, sagte sie und stellte eine Flasche Rotwein auf den Tisch.

Héctor winkte ab. »Vielen Dank, Aleta. Ich nehme nur ein Wasser.«

Die Angewohnheit, schon mittags ein Glas Wein zum Essen zu trinken, hatte er nie sonderlich gemocht. Er bekam davon Kopfschmerzen, die bis zum Abend anhielten, und ließ es deshalb bleiben. Auch Arnau verzichtete.

Nach dem einfachen, aber hervorragenden Mahl tupfte Héctor sich mit der Papierserviette die Lippen ab. Er dachte kurz nach. »Es geht um den Zeitraum, bevor du in unserem ›Vermell‹ gearbeitet hast. Wie lange warst du bei den Hallters?«

»Genau zwei Jahrzehnte, bis zu Hallters Tod.«

»Und danach kamst du zu uns, das weiß ich noch. Warum bist du aus Valldemossa weggegangen? Hatte Hallters Tod etwas damit zu tun?«

»Ich wurde entlassen«, sagte sie trocken. »Der hochnäsigen Susanna passte wohl nicht, dass ich ihr in den Polizeiverhören widersprochen habe.«

»Worum genau ging es?«

»Ach, Susanna hat überall herumerzählt, dass dieser junge Deutsche und Tatjana Hallter eine Affäre hätten. Glatt gelogen!« Sie nahm die Teller, räumte sie in die Küche, setzte sich wieder und wischte gedankenverloren mit ihrem Geschirrtuch über das weiße Plastiktischtuch. »Ich weiß nicht, warum sie das gesagt hat. Gut, Tatjana und Patrizia Hallter ähneln sich. Vielleicht hat sie den jungen Mann und eine dunkelhaarige Frau gesehen und gedacht, es sei Tatjana. Aber jeder wusste, dass das totaler Quatsch war.«

Arnau schrieb gewissenhaft mit. Er beugte sich zu ihr. »Warum?«

»Es war seltsam, aber so war es: Horst Hallter war Tatjanas große Liebe. Das war er wirklich. Er war viel älter als sie, ein alter Mann. Aber sie hat ihn von ganzem Herzen geliebt.« Aleta knotete ihr Geschirrtuch. »Sie ist zusammengebrochen nach seinem Tod. Allen hat das Kind leidgetan, kein Mensch hat sich um Oxana gekümmert, nur Colau. Sie war ohnehin schon etwas auffällig, das wurde schlimmer. Wir haben schon gedacht, sie muss in eine Klinik oder so.« Aleta warf die Hände hoch. »Da war sie später auch, als sie erwachsen war. Ist erst seit drei Jahren wieder öfter mit der Familie in Valldemossa.«

»Ach.« Das wusste Héctor noch gar nicht. »Dafür, dass du schon so lange nicht mehr dort arbeitest, bist du aber gut informiert.«

»Sie haben stattdessen Marisol eingestellt, meine Cousine. Die hält mich auf dem neuesten Stand. Ich glaube nicht, dass Susanna weiß, dass sie meine Cousine ist. Und Marisol hat es ihr nicht unter die Nase gerieben.«

»Also waren Tatjana und der Deutsche kein Paar?«

»Nein, auf keinen Fall. Aber Patrizia und der Bursche. Konstantin hieß er. Konstantin Friedrichs. Die hatten was. Das wusste vom Personal jeder. Wir bekommen ja oft mehr mit als die Hausbewohner selbst. – Möchtet ihr noch einen Happen Nachtisch?«

Héctor und Arnau lehnten beide ab, was Aleta ignorierte. Sie kam mit zwei schönen reifen Pfirsichen zurück, die sie vor ihren Augen in handliche Stücke schnitt.

Sie ließ das Messer sinken. »Ich habe sogar gedacht, dass er auch etwas mit Hanne Hallter hatte. Der war ein ziemlicher Hallodri, und ich habe Hanne aus seinem Zimmer kommen sehen. Zwei Tage vor Horst Hallters Tod. Das habe ich natürlich zu Protokoll gegeben.«

Arnau kritzelte emsig in seinen Block.

»Du hast also der Polizei berichtet, dass die Affäre mit Tatjana deiner Ansicht nach nicht existierte?«, fragte Héctor nach.

»Ja, es kam ein ziemlich arroganter Oberpolizist, der versucht hat, mich reinzulegen. Aber ich bin bei meiner Ansicht geblieben.«

»Reinzulegen?«, fragte Arnau.

»Ja, er hat behauptet, ich hätte in den Situationen, in denen ich sie zusammen gesehen haben wollte, gar keine Person auf die Entfernung erkennen können.« Sie errötete leicht. »Ich habe damals meine Brille nur selten getragen, aus Eitelkeit.« Gedankenverloren nahm sie die Brille ab, rieb sie an ihrem Kittel sauber und setzte sie wieder auf. »Man erkennt Personen doch auch an der Art, wie sie sich bewegen, nicht wahr? An der ganzen Ausstrahlung. Und Patrizia Hallter ist ein ganz anderer Mensch als Tatjana. Wenn sie in einen Raum kommt, ist das wie ein …«, sie suchte nach Worten, »wie ein Feuerwerk. Sie knallt ins Zimmer. Und Tatjana schwebt, sie weht herein wie ein leiser Sommerwind.«

Héctor staunte über die poetische Ausdrucksweise der ehemaligen Köchin. »Das hast du sehr schön beschrieben. Du warst dir also sicher, der Polizist hat dir aber nicht geglaubt?«

»Genau. Er fand Susanna glaubwürdiger als mich. Sie wirkt ja so edel, als wäre sie selbst die Hausherrin. Und ich war nur die Köchin.« Sie schnaubte. »Susanna wäre auch gern die Hausherrin gewesen. Sie hatte es auf Hallter abgesehen. Seine erste Frau starb an Krebs, da waren die Kinder noch ziemlich jung. Er hat sie allein großgezogen.«

Héctor und Arnau hatten die Pfirsiche aufgegessen, die süß und saftig geschmeckt hatten. Eifrig ging Aleta in die Küche, um weitere Früchte zu holen.

»Das stimmt nicht ganz«, korrigierte sie sich, als sie wieder am Tisch saß. »Tatsächlich hat sich Susanna viel um die Kinder gekümmert. Sie ist mit Mitte zwanzig zur Familie gekommen, sie müsste jetzt seit vierzig Jahren angestellt sein. Kein Wunder, dass sie überzeugt davon war, die nächste Señora Hallter zu werden. Aber da kam Tatjana und aus der Traum.« Aleta nickte, wie um sich selbst zu bestätigen. »Ich weiß noch, wie Señor Hallter uns alle zusammengerufen hat, um uns zu sagen, dass er eine neue Frau hat. Ihr hättet Susannas Gesicht sehen sollen. Ich dachte, sie bringt ihn auf der Stelle um.« Sie wurde rot. »Oh, so habe ich das natürlich nicht gemeint.«

Sie wieselte in die Küche, um Kaffee zu kochen. Héctor und Arnau schauten sich an. Es sprossen täglich neue Verdächtige aus dem Boden, wie die Pilze.

»Gab es denn später Streit zwischen Tatjana und Susanna?«, fragte Arnau mit einem starken Kaffee in der Hand.

»Nie. Susanna hat sich eine ganz entsetzliche künstliche Freundlichkeit angewöhnt und ist uns allen damit auf die Nerven gegangen. Aber sie hat nie ein böses Wort über Tatjana verloren, bis zu Hallters Tod. Dann hat sie sie als Fremdgängerin bei der Polizei angeschwärzt«, sagte Aleta. »Obwohl sie garantiert wusste, dass das glatt gelogen war.«

Héctor griff schon nach seinem Autoschlüssel, der auf dem Esstisch lag, als ihm noch etwas einfiel. »War denn damals den anderen Angestellten bekannt, dass Konstantin Friedrichs eine Familie hatte? Freundin und Baby?«

Erstaunt richtete sich Aleta auf. »Was? Nein, das höre ich zum ersten Mal. Er hatte ein Baby? Aber er wohnte doch bei uns auf dem Anwesen, wie kann er da eine eigene Familie gehabt haben? Das hast du bestimmt falsch verstanden.«

So etwas hatte Héctor sich gedacht. Konstantin hatte seine Familie geheim gehalten.

Sie verabschiedeten sich von Aleta und konnten gerade noch verhindern, weitere Lebensmittel zugesteckt zu bekommen.

Draußen wartete Konstantin. Sie gingen zurück zum Wagen.

»Sag es lieber gleich. Hattest du auch was mit Hanne Hallter?«, fragte Héctor kritisch.

»Bist du irre? Die war damals schon so schäbig«, sagte Konstantin verächtlich.

Wieder hatte Héctor den Eindruck, dass sein Frauenbild nicht ganz astrein war.

»Und warum hast du niemandem von Marion und Gemma erzählt?« Arnau schaltete sich ein.

»Ich weiß es ehrlich gesagt nicht mehr so genau«, antwortete Konstantin langsam. »Ich glaube, ich wollte mich noch jung und ungebunden fühlen.«

Oder du wolltest das deiner Liebschaft Patrizia nicht auf die Nase binden, mutmaßte Héctor in Gedanken. »Aleta hat gesehen, wie Hanne aus deinem Zimmer kam«, sagte er. »Zwei Tage vor Hallters Tod.«

Konstantin blieb ruckartig stehen. »Da hat sie mir dieses Medikament untergeschoben. Garantiert.« Er war blass geworden.

17

Johanna hatte sich den unschuldigen Günther ausgeliehen, um Felipes Mutter Fernanda Lopez auf den Zahn zu fühlen. Sie war die hiesige Tierärztin. In der Nähe der Praxis am Ronda de Ponent fand Johanna einen Parkplatz und ließ Günther aus dem Wagen hüpfen. Es war kurz vor Feierabend, sie hoffte, die letzte Kundin zu sein.

So war es auch. Eine rundliche Dame im Kittel staubsaugte bereits die Räume, neben ihr stand ein Eimer mit Putzmitteln parat.

»Kann ich noch schnell drankommen?«, fragte Johanna auf *mallorquí*. »Der Hund macht mir etwas Kummer.«

»Ja, natürlich. Ich sage eben Bescheid.« Die Dame verschwand hinter einer Tür mit der Aufschrift »Sala de Tractaments« und kam mit der Tierärztin im Schlepptau zurück.

Fernanda Lopez war Ende fünfzig, eine gut aussehende Frau mit grauen Strähnen im langen dunklen Haar, das sie zum Pferdeschwanz gebunden trug. Sie war in ein schlichtes hellblaues T-Shirt und Jeans gekleidet. »*Hola*, Sie machen sich Sorgen um Ihren Hund?«, fragte sie.

Johanna stellte sich vor und hob Günther hoch. »Ja, er röchelt manchmal so komisch.«

Günther tat nichts dergleichen, sondern hechelte glücklich.

»Kommen Sie mit, ich sehe ihn mir mal an.«

Sie gingen in den Behandlungsraum. Der Dackel ließ sich ohne Gegenwehr auf den Untersuchungstisch setzen.

»Waren Sie schon einmal bei uns in der Praxis?«, fragte Fernanda Lopez, während sie den Hund abtastete. »Ich meine, ich kenne ihn noch gar nicht.«

»Nein, es ist auch gar nicht mein Hund. Er gehört meiner Nachbarin, aber die kann heute nicht aus dem Haus, Erkältung. Sie hat mich gebeten, Günther hierherzubringen.« Johanna lächelte unschuldig. »Wir wohnen oben in Richtung Galdent, wissen Sie? Ich glaube, Ihr Sohn hat da auch Eigentum.«

Fernanda Lopez lachte erfreut. »Ach, Sie sind Nachbarn? Ja, er modernisiert die alte Familienfinca. Er ist so begabt, was das angeht. Hat viel Geschmack, hatte er schon immer.«

Johanna streichelte Günther ein bisschen, damit er ruhig blieb. »Felipe heißt Ihr Sohn, nicht wahr? Ich habe ihn kürzlich mit seiner Freundin gesehen, wie heißt sie noch, Violeta?« Ihr kam zugute, dass ältere Damen landläufig als neugierig und harmlos galten. Selbst bei Fremden konnte sie ohne Hemmungen drauflosfragen, ohne dass sich jemand wunderte. Da war sie eben die geschwätzige Alte.

Ein Hurra auf die Vorurteile, dachte sie. Manchmal sind die sogar nützlich.

Fernanda Lopez befühlte Günthers dickes Bäuchlein. »Ja, genau, Felipe. Aber er ist mit Inés verlobt, aus Andratx.«

Die Angestellte kam herein, um die Mülleimer zu leeren. Fernanda bat sie, noch etwas damit zu warten.

»Woher kennen Sie denn Violeta?«, fragte sie Johanna.

»Ach, ich meine, er hätte sie mal erwähnt«, sagte sie und tat, als wären sie und Felipe die allerbesten Nachbarn.

»Ja, das war seine chilenische Verlobte, aber die beiden haben sich getrennt. Das haben wir in der Familie allerdings jetzt erst erfahren. Und Ihnen erzählt er gleich seine halbe Lebensgeschichte? So ist das wohl mit Söhnen. Ich als Mutter erfahre alles als Letzte.«

»Ich wohne mit meiner Enkelin zusammen, und mir geht es genauso«, bestätigte Johanna.

Günther hatte offenbar genug von der Untersuchung, er zappelte und machte Anstalten, vom Behandlungstisch zu springen.

Ich muss sie noch ein bisschen plaudern lassen, dachte Johanna. Tatkräftig beschloss sie, den unschuldigen, nicht anwesenden Héctor über die Klinge springen zu lassen.

»Es ist ja auch manchmal gut, wenn die Kinder nicht gleich die erste Liebe heiraten. Den ersten Freund meiner Enkelin muss ich auch nicht zwingend als Schwiegerenkel haben«, sagte sie leichthin.

Fernanda zog die Stirn kraus. »Ach, wissen Sie, uns wurde Violeta nie vorgestellt. Sie haben sich in Santiago de Chile kennengelernt, als Arbeitskollegen. Felipe hat in der chilenischen Dependance von Soledad-Tech gearbeitet, als IT-Fachmann«, sagte sie stolz. Soledad-Tech war eine der größten spanischen IT-Firmen mit Zweigstellen in ganz Südamerika. »Dann war es wohl aus und vorbei. Er hat sogar seine Stelle gekündigt und ist zurück nach Hause.« Sie sah Johanna verschwörerisch an. »Und ich war so froh. Ich hatte Angst, er heiratet in Chile und kommt nie wieder heim.«

Günther jaulte herzzerreißend. Sein Bedarf an Untersuchungen war ganz eindeutig gedeckt.

Energisch zog Fernanda Lopez die Einmalhandschuhe aus. »Er macht auf mich einen sehr gesunden Eindruck«, sagte sie. »Ist vielleicht ein bisschen zu dick, und er wird natürlich alt, aber krank ist er nicht.«

Johanna tat erleichtert. »So ein Glück. Was bin ich Ihnen schuldig?«

Sie beglich die Rechnung für die Untersuchung und verabschiedete sich. Draußen wurde ihr klar, warum Günther so gejault hatte. Kaum waren sie vor der Tür, sauste er zum nächsten Laternenpfahl und erleichterte sich.

Das war kein Verlobungsring, dachte Johanna, das war ein Ehering. Er hatte die Chilenin geheiratet. Und seine Mutter wusste es nicht.

18

»Habt ihr Hanne gefunden?«, fragte Gemma, als sie Oxana vor dem Poolhaus sitzen und auf dem Smartphone tippen sah.

»Nein, aber das passiert öfter mal. Sie nimmt zu viele Tabletten und ist manchmal stundenlang oder tagelang verschwunden.«

Die Familie schien nicht allzu besorgt zu sein, zumindest weniger als die Haushälterin. »Wisst ihr, seit wann sie weg ist?«

»Sie muss gestern Nacht fortgefahren sein, hat Holger gesagt.«

Das war kaum vorstellbar. Gemma hatte Hanne am Vorabend praktisch tragen müssen, als sie vor der Kartause gestanden hatten. Und ein paar Stunden später sollte sie so weit wiederhergestellt gewesen sein, dass sie ein Auto lenken konnte? Das wäre zumindest hochgefährlich gewesen.

»Wo kann sie sein? Wollt ihr sie nicht suchen?« Gemma wunderte sich über die Gleichgültigkeit und Rücksichtslosigkeit, mit der die Hallters auf die psychischen Störungen ihrer Mitglieder reagierten.

Oxana hielt inne. »Doch, klar. Wenn sie bis abends nicht zurück ist, fährt jemand von uns runter.«

»Was meinst du mit ›runter‹?«

»Wir haben noch ein Strandhaus in Port de Valldemossa, und unser Boot liegt dort im Hafen. Wenn Hanne so daneben ist, finden wir sie häufig unten im Haus. Ist übrigens nett da.«

Gemma machte große Augen. »Echt, Strandhaus und Boot? Das klingt aber klasse.«

Oxana sprang auf. »Weißt du was? Wir fahren hin. Dann können wir auch gleich nachsehen, ob Hanne im Strandhaus ist.«

»Ganz ehrlich, ich war noch nie in Port de Valldemossa«, gab Gemma zu. »Es gibt so viele kleine Orte auf der Insel, die ich tatsächlich noch nicht gesehen habe.«

Sie packten die Arbeitsutensilien zusammen und schlenderten zur Garage.

»Wir nehmen meinen Wagen«, sagte Gemma. »Ich fahr ihn rasch raus.« Sie stieg in den Fiat 500 und lenkte ihn vor die Garage, um Oxana einsteigen zu lassen.

In diesem Moment kam Gärtner Colau die Stufen der Freitreppe hinabgerannt. »Oxana, Mädchen, warte!«, rief er. »Wo wollt ihr hin?« Er atmete schwer.

»Runter zum Hafen«, sagte Oxana. »Zum Strandhaus, Hanne suchen.«

Der Gärtner wedelte mit den Händen. »Fahrt doch besser mit dem Cayenne. Es wäre schön, wenn ihr ein paar Pflanztöpfe für den Wintergarten mitnehmen könntet. Die will ich schon seit Tagen da unten haben. Die passen nicht in das kleine Auto.«

Gemma parkte ihren Fiat wieder in der Garage. Sie beobachtete, wie Colau und Oxana scherzend drei riesige Töpfe mit Bambusstauden herbeischleppten und in dem SUV verstauten. Der Bambus hatte zuvor den Pool geschmückt und einen Stromkasten verdeckt.

Oxana hüpfte auf den Fahrersitz. »Auf geht's«, sagte sie und ließ den Wagen den Hügel hinunterrollen.

»Du verstehst dich gut mit Colau, oder?«, fragte Gemma.

»Er ist ein bisschen wie ein Opa, ich kenne ihn schon mein ganzes Leben. Als Papa gestorben ist, hat er sich sehr um mich gekümmert. Hat mir alle Pflanzen gezeigt, wir sind Kräuter sammeln gegangen und so was.«

Sie warteten an der Einfahrt, dass das Tor sich öffnete. Gemma bemerkte, dass Colau ihnen nachblickte, bevor sie um die Ecke auf die Straße nach Valldemossa bogen. Er scheint der einzige Mensch im Haus zu sein, bei dem Oxana entspannt ist und lachen kann, dachte sie.

Der Himmel hatte sich zugezogen, nur ab und an kamen noch Sonnenstrahlen durch die Wolkendecke. Sie durchquerten den Ort, schwungvoll nahm Oxana den Abzweig in Richtung Port de Valldemossa. Die schmale Straße war auf beiden Seiten mit Trockenmauern umschlossen, wie so oft auf Mallorca. Es waren eindeutig Straßen, die nicht für große SUVs gemacht waren. Als ein anderer Wagen entgegenkam, musste Oxana zurücksetzen und in einer Einfahrt warten, bis das Auto passiert hatte.

Sie war eine gute Fahrerin, befand Gemma, allerdings fuhr sie deutlich zu schnell.

»Gleich wird es kurvig«, kündigte Oxana an.

Valldemossa lag auf vierhundert Metern Höhe, die Straße wand sich in engen Kurven hinunter zum Hafen, durch Kiefernwäldchen und Berge. Hinter einer Kehre öffnete sich der Blick, und unter ihnen lag das Meer. Es war eine überwältigende Aussicht, aber auch eine beängstigende. Gleich rechts von ihnen stieg der Fels empor, links klaffte ein Abgrund. Eine Unaufmerksamkeit oder etwas zu schnell unterwegs, und der Wagen würde über das Mäuerchen in die Tiefe stürzen. Die Straße wurde zunehmend schmaler.

»Ich bin immer froh, wenn mir niemand entgegenkommt«, sagte Oxana. »Patrizia weigert sich, mit dem Auto hinunterzufahren. Es muss sie jemand bringen, wenn sie zum Strandhaus will.«

Für unsichere Fahrerinnen und Fahrer ist diese Straße der pure Alptraum, dachte Gemma. Sie genoss den spektakulären Blick über Berge und Meer. Die See war rau heute, es wehte viel Wind.

Oxana steuerte die Serpentinenstraße mit halsbrecherischem Tempo hinunter. Die steinernen Barrieren, die den Weg vom Abgrund trennten, waren teilweise abgebröckelt.

»Es gibt oft Steinschlag«, sagte Oxana, die Gemmas Sorge bemerkt hatte. »Die Mauern werden manchmal mitgerissen, es dauert immer eine Zeit, bis das repariert ist.«

Gemma staunte, als in einer besonders engen Biegung gar keine Leitplanke, keine Mauer, keine Absperrung mehr da war. An der Stelle ging es an die hundert Meter in die Tiefe. Sie war weder ängstlich, noch hatte sie Höhenangst, allerdings wäre es ihr lieber gewesen, wenn sie selbst am Steuer gesessen hätte. Sie bemerkte, wie sie mit dem rechten Fuß mitbremste. Für ihren Geschmack nahm Oxana die Kurven einfach zu schnell.

Oxana lachte. »Hast du Angst um dein kleines Leben?« Sie ließ die Reifen quietschen.

Trotz des schönen Ausblicks hatte Gemma die Nase voll. Sie hatte keine Lust, im Abgrund zu landen, nur weil Oxana angeben wollte.

Schließlich erreichten sie die ersten Häuser von Port de Valldemossa. Nach einigen weiteren Biegungen waren sie unten am Meer angelangt. Der Himmel hatte sich inzwischen zugezogen, und die Sonne versteckte sich hinter immer dunkler werdenden Wolken.

Die wenigen Fischerhäuser und Strandvillen gruppierten sich um eine Bucht und den winzigen Hafen mit einer Mole. Der Ort, umgeben von mächtigen Bergen, war ausnehmend pittoresk. Das Hallter'sche Strandhaus befand sich gleich in erster Meeresreihe an dem kleinen Kiesstrand.

Oxana sprang aus dem Wagen, öffnete das Tor und parkte vor dem Gebäude. Sie schloss die Haustür auf und rief hinein. »Hanne? Hanne? Bist du hier?«

Es kam keine Antwort.

»Pech, sie scheint doch nicht da zu sein. Wir sehen auch am Boot nach«, sagte sie und lief schon munter die Straße entlang.

Gemma hätte es vorgezogen, erst das ganze Haus nach Hanne abzusuchen, aber sie folgte ihr.

Hinter dem Strand ging es rechts zum Hafen. Sie kamen an einer Bar vorbei. Oxana winkte der Kellnerin zu und bog nach links zu einem kleinen Platz ab, auf dem einige Boote auf ihren Einsatz warteten. Sie ging die Reihe entlang, blieb vor einem Motorboot mit blauer Plane stehen.

»Das ist unseres«, sagte sie.

Es war die »Magdalena«, las Gemma. Hier war Hanne offensichtlich auch nicht.

»Wir fahren im Sommer gern raus zum Baden. Mama und ich. Die anderen haben meistens keine Lust dazu.«

Sie schlenderten in Richtung Mole. Mittlerweile hingen düstere Sturmwolken über dem Örtchen. Das Meer peitschte gegen die Felsen am Hafen, die Gischt spritzte bis auf den Pier. Es fing an zu regnen.

Oxana zog sich ihren Hoodie über die Ohren. »Wir laufen zurück«, rief sie über die Schulter.

Gemma rannte hinterher. Der Ort gefiel ihr ausnehmend gut, aber sie wollte sich nicht vorstellen, wie es im Sommer war. Vermutlich fuhren ganze Kolonnen von Mietwagen mit Touristen die enge Bergstraße hoch und runter, und im Ort konnte man vor Autos kaum treten. Sie hatte keine Bushaltestelle gesehen und glaubte auch nicht, dass ein Linien- oder Touristenbus durch die Haarnadelkurven kam.

Es regnete jetzt in Strömen, patschnass erreichten sie das Haus.

»Puh, ein echter Winterregen«, sagte Oxana.

Sie schlüpften in die stille dunkle Villa.

Oxana schaltete die Lichter an und stellte die Klimaanlage ein, die auch als Heizung diente, wie in vielen mallorquinischen Häusern. Ein schwacher lauwarmer Luftzug strömte daraufhin ins Wohnzimmer. Es fehlte eindeutig eine vernünftige Heizung, der Raum war klamm und eisig kalt – wesentlich kälter, als es draußen war. Gemma fröstelte.

»Keine Ahnung, wo Hanne stecken könnte, hier ist sie nicht«, sagte Oxana und ging in die Küche, um einen Blick in den Kühlschrank zu werfen. Sie nahm zwei Wasserflaschen heraus und warf Gemma eine zu. »Wir warten, bis der Regen etwas nachlässt, dann fahren wir wieder hoch.«

Gemma war schon auf dem Weg in die anderen Zimmer. »Wollen wir nicht lieber in allen Räumen nachsehen? Vielleicht schläft Hanne ja?«

Oxana schien nicht sehr interessiert daran, stimmte aber zu. »Klar, warum nicht?«

Das Haus hatte drei Schlafräume mit Bädern, ein Wohnzimmer und eine großzügige Küche, dazu eine Kammer für Vorräte, Strandzubehör wie Bälle, Liegen und Schirme. Es war niemand da.

»Wir stellen noch den Bambus in den Wintergarten«, sagte Oxana, nachdem sie überall nach Hanne gesucht hatten.

Sie gingen hinaus und hievten die Pflanztöpfe aus dem Wagen. Zum Wintergarten führte eine Tür im Wohnzimmer, eine weitere von außen mit einer kleinen Treppe.

»Wir gehen durchs Haus.« Oxana stemmte einen der Töpfe hoch, Gemma half ihr.

Als sie die Tür zum Wintergarten öffnen wollte, war sie verschlossen. »Gott im Himmel, wer verrammelt denn hier alles?«, schnaufte Oxana und verschwand in die Küche, um den Schlüssel vom Bord zu nehmen, doch der war nicht da.

Gemma spähte durch die Glastür in den Wintergarten. »Er steckt innen. Ich laufe rasch ums Haus und komme von der anderen Seite.«

Sie eilte einmal um das Gebäude und ging die drei Stufen hinauf zur Außentür, die offen war.

Der gepflegte Wintergarten beherbergte eine Reihe von Pflanzenkübeln mit Orangen- und Zitronenbäumen, Hibiskus, Bougainvilleen und Bambus. Und eine Frau, die bewegungslos in einem der hübschen weiß lackierten Korbstühle lag.

19

»Hanne?« Gemma fühlte ihr den Puls. Das Herz schlug, aber nur noch schwach. Sie rannte zu der Tür, die ins Haus führte, und öffnete sie. »Ruf einen Arzt!«

Oxana kam erschrocken in den Raum gestürzt und riss die Hände vor den Mund. Sie zerrte ihr Smartphone hervor und wählte den Notruf.

Gemma hatte inzwischen Hannes Blusenknöpfe geöffnet, damit sie besser atmen konnte. Eilig zog sie die Schaumstoffmatte einer Sonnenliege auf den Boden und bettete Hanne darauf. Noch lebte sie, aber vermutlich nicht mehr lange – und der Notarzt würde garantiert mehr als eine Viertelstunde hierher benötigen.

Hanne war kaum bei Bewusstsein. Sie atmete flach, röchelte zwischendurch beängstigend.

Gemma streichelte ihre Hand. »Ganz ruhig. Ein Arzt ist unterwegs.«

Oxana beugte sich über ihre Halbschwester. »Hanne, ich bin auch hier. Wir sorgen dafür, dass du ins Krankenhaus kommst.«

Hanne rang nach Luft. »Oxi. Es tut mir leid«, krächzte sie. Dann war sie still, der fadendünne Puls schwand.

»Sie stirbt uns weg.« Gemma startete eine Herzmassage. »Oxana, lauf raus und sieh zu, dass der Notarzt das Haus findet!«, rief sie.

Die Minuten verrannen zäh, bis endlich die Ärztin eintraf, eine knapp dreißigjährige Frau mit Sommersprossen und dunkelrotem Haar. Sie untersuchte Hanne, scheuchte Gemma und Oxana aus dem Wintergarten und begann mit Wiederbelebungsmaßnahmen.

Nach einer Weile trat sie in die Küche. »Irgendeine Idee, was passiert sein könnte?«, fragte sie knapp.

»Überdosis Diazepam«, antwortete Gemma.

Die Medizinerin notierte etwas in ein Formular. »Werden wir sehen. Da ist garantiert noch mehr im Spiel. Sie ist halbwegs stabil, wir bringen sie ins Unikrankenhaus. Aber sie ist nicht über den Berg.«

Das Hospital Universitari Son Espases lag rund eine halbe Stunde Fahrtzeit entfernt, war gleichzeitig aber auch das nächstgelegene.

»Wir fahren hinterher.« Oxana packte Gemma an der Hand und zog sie mit sich zum Auto. Sie folgten dem Krankenwagen, der sich langsam den Berg hinaufkämpfte.

Gemma hatte im Hallter-Anwesen angerufen und Susanna informiert. Als sie am Krankenhaus ankamen, trafen sie Holger, Tatjana, Patrizia und Susanna auf dem Parkplatz.

Susanna stürzte ihnen entgegen. »Was ist mit ihr? Wo habt ihr sie gefunden?«

Gemma berichtete, während sie gemeinsam ins Krankenhaus gingen. Der Empfang verwies sie zur Intensivstation, wo ihnen eine junge Ärztin entgegenkam.

»Sie ist ins Koma gefallen«, sagte die Frau, die sich als Stella Fernandez vorstellte. »Wir können leider im Moment nicht viel mehr tun, als darauf zu warten, dass sie aufwacht. Wissen Sie, wie viel der Tropfen oder Tabletten sie genommen hat?«

»Nein«, sagte Holger. »Wir hatten sie ins Bett gepackt, aber da war sie noch ganz okay. Klar, schon zugedröhnt, aber nicht lebensbedrohlich.« Er sah sich nach Susanna um. »Oder was denkst du? Du hast gestern Abend noch nach ihr gesehen und ihr einen Tee gebracht.«

Susanna schluchzte. »Es ging ihr ganz gut. So war sie schon oft. Sie hat einfach lange geschlafen nach einem Rausch, aber sie ist nie ins Koma gefallen. Vielleicht hat sie heimlich noch mehr Tropfen genommen.«

Holger wandte sich an Stella Fernandez. »Ich glaube, sie hat jedes Maß verloren mit dem Zeug. Wir haben leider keine Übersicht darüber, wie viel sie nimmt und wo sie das Medikament versteckt. Vor unseren Augen hat sie niemals Tabletten oder Tropfen geschluckt.«

»Sie glauben alle, es war eine versehentliche Überdosierung?«, fragte die Ärztin sachlich. »Wir untersuchen das Blut noch, aber ich schätze, sie hat deutlich mehr Wirkstoffe intus als nur das

Beruhigungsmittel. Falls sie wieder aufwacht, wird sie uns vielleicht etwas dazu sagen können.«

»Was meinen Sie mit ›falls sie wieder aufwacht‹?«, rief Susanna. »Sind Sie nicht sicher?« Sie klang verzweifelt.

Die Ärztin verschränkte die Arme. »So habe ich das nicht gemeint. Aber wir können nur warten. Wenn Sie wollen, können Sie zu ihr hineingehen, aber aufwachen wird Señora Hallter erst einmal nicht.«

Stella Fernandez überließ die Familie der Obhut einer Schwester und verschwand hinter einer Tür mit der Aufschrift »Personal«.

Die Hallters zwängten sich ins enge Krankenzimmer, Gemma wartete draußen. Sie wanderte durch den Gang, schließlich klopfte sie an die Tür des Personalraums.

Stella Fernandez öffnete. »Ja?«, fragte sie.

»Señora Hallter hat gestern Abend so viel von dem Diazepam genommen, dass sie kaum noch stehen konnte. Und offenbar ja noch andere Medikamente. Wäre es ihr möglich gewesen, ein Auto zu fahren?«

Die Ärztin zog die Augenbrauen hoch. »Tja, bei Süchtigen weiß man nie. Es gibt Alkoholiker, die fahren noch mit drei Promille fast geradeaus, da wären andere schon tot. Aber mit Medikamenten ist es ein bisschen anders. Diazepam verlangsamt die Bewegungen, das Denken sehr stark. Und sie hatte vermutlich einen ganzen Cocktail an Giften intus. Ich kann mir nicht vorstellen, dass man da noch fahren kann. Aber wie gesagt, möglich ist alles.«

Gemma bedankte sich. In diesem Moment kam die Familie aus dem Krankenzimmer.

»Wir können aktuell nichts tun«, sagte Holger Hallter. »Lasst uns heimfahren.«

Als sie wieder im Hallter'schen Anwesen waren, schlug Susanna einen kalten Imbiss vor, doch niemand hatte Appetit.

Gemma kehrte mit Oxana zum Poolhaus zurück, wo Colau auf sie wartete.

»Wie geht es Señora Hanne?«, fragte er nervös.

»Sie liegt im Koma, mehr wissen wir nicht«, sagte Oxana sachlich.

»Im Koma?«, rief der Gärtner entsetzt. Gebückt ging er in Richtung des Blumengartens und kam gleich danach mit einem Sträußchen Kapmargeriten zurück, die er in die Vase vor der Maria in der Grotte stellte.

Die Hausangestellten scheinen sehr viel mehr Anteil an Hannes Schicksal zu nehmen als die Familie, dachte Gemma. Seltsam. Alles sehr seltsam.

20

»Und, gibt es etwas Neues?«, fragte Angelika aufgeregt. Sie war herübergekommen, um Günther abzuholen, und platzte vor Neugier.

»Wir kommen voran.« Johanna spielte ein bisschen mit dem Dackel, der sich schon auf den Boden schmiss, wenn er sie nur von ferne sah. Er wusste, dass sie Leckerchen in der linken Jackentasche hatte, und war sehr erpicht darauf. »Ich muss meine Recherche fortführen. Ich melde mich später bei dir.«

Nachdem Angelika gegangen war, setzte Johanna sich in ihr Ankleide- und Computerzimmer und schaltete den Laptop ein. Sie googelte nach der Website der chilenischen Dependance von Soledad-Tech. In der Rubrik »Unser Team« wurde sie fündig. Als Kundenberaterin für kleine und mittelständische Firmen war Violeta Rojas gelistet, mit Durchwahl, E-Mail-Adresse und Foto. Das Bild zeigte eine aparte Frau Anfang dreißig mit dunklen Locken und rundem Gesicht. Sie ähnelte tatsächlich ein bisschen Selena Gomez. Angelika hatte sie genau so beschrieben.

Auf dem Smartphone rief sie die Website wieder auf und schickte den Link per Messenger an Angelika. »Ist sie das?«, schrieb sie dazu.

Die Antwort kam binnen Sekunden. »Genau, das ist sie. Du bist die größte Detektivin der Welt!«

Johanna wählte die auf der Firmenwebsite angegebene Durchwahl von Violeta.

Es klingelte, klackte, und die Zentrale meldete sich. Eine weiche weibliche Stimme.

»Soledad-Tech Chile, was kann ich für Sie tun?«

»Könnte ich bitte Violeta Rojas sprechen?«, fragte Johanna.

»Es tut mir leid, sie ist derzeit nicht im Haus«, kam als Antwort. »Ich verbinde Sie gern mit ihrer Kollegin.«

»Nein, nein, ich müsste mit Señora Rojas persönlich sprechen«, sagte Johanna schnell. »Es geht um eine höchst wichtige familiäre Angelegenheit, und ich habe nur ihre berufliche Telefonnummer.«

»Es tut mir leid. Sie ist nicht da.« Die Stimme klang nun distanziert.

»Haben Sie zufällig die Nummer ihrer Familie? Es ist wichtig«, sagte Johanna eindringlich. »Ich bin eine Privatdetektivin aus Spanien, Mallorca.«

»Privatdetektivin? Mallorca?« Die Dame wirkte ängstlich. »Ihr ist doch nichts passiert? Wir sind Freundinnen, nicht nur Kolleginnen. Ich bekomme langsam richtig Angst. Oder wird sie wegen irgendetwas beschuldigt?«

»Nein«, sagte Johanna beruhigend. »Es wäre aber besser, wenn wir mit der Familie sprechen könnten.« Wer »wir« war, ließ sie tunlichst offen. Es erschien einfach offizieller, wenn da ein »wir« existierte.

»Geben Sie mir Ihre Nummer«, schlug die Frau vor. »Ich reiche sie an die Familie weiter, und wenn die wollen, können sie ja bei Ihnen anrufen. Ist das in Ordnung?«

Das war eine gute Lösung, fand Johanna, die verstand, dass Firmenmitarbeiter nicht einfach Privatnummern austeilen konnten.

Keine zehn Minuten später klingelte ihr Smartphone, eine Handynummer aus Chile.

»*Hola*, ich bin Violetas Schwester, Marta Rojas«, meldete sich eine Frau, die blechern und ängstlich klang. »Was ist mit Violeta? Wer sind Sie?«

Johanna stellte sich vor. »Ich bin Privatdetektivin. Wir haben den Eindruck, dass Violeta hier auf Mallorca ist oder war, und wir würden sie gern etwas fragen. Wissen Sie, wo sie sich aktuell aufhält?«

Johanna hörte, wie Marta Rojas nach den anderen Familienmitgliedern rief. »*¡Mamá, papá!* Kommt schnell her!«

Dann war Marta wieder am Apparat. »Aber warum suchen Sie nach Violeta? Was ist denn passiert?«, beharrte sie, ihre Stimme klang eindringlich.

Johannas Gedanken rasten. Sie wollte die Familie nicht grundlos ängstigen, aber sie musste jetzt Informationen herausrücken, wenn sie weiterkommen wollte. »Wir haben Hinweise, dass sie hier in der Nachbarschaft war. Sie hat ihren Ehering hier verloren. Danach ist sie verschwunden, und wir wissen nicht, wo sie ist. Ich würde sie einfach gern finden und befragen, um sicher zu sein, dass sie gesund und munter ist. Moment.« Johanna zog das Kärtchen hervor, das sie als offiziell agierende Privatdetektivin auswies, und fotografierte es ab. Das Foto schickte sie an die Nummer im Display.

Es dauerte einige Sekunden, dann erklang erneut Martas Stimme. »Okay. Ich erzähle es Ihnen, wir wissen ohnehin nicht mehr weiter. Violeta ist nach Mallorca gereist, vor vier Wochen. Hat uns Fotos und Textnachrichten geschickt, bis vor etwa drei Wochen. Aber seither kommen nur noch kurze Nachrichten wie ›Es geht mir gut, macht euch keine Sorgen, alles klar hier‹.« Marta weinte in den Hörer. »Aber sie geht nicht mehr ans Telefon, sie schickt auch keine Fotos mehr. Das ist ungewöhnlich. Wir haben gefragt, ob ihr Urlaub nicht vorbei sei, ob sie nicht zurückmüsse. Doch sie hat nur geschrieben, sie habe verlängert. Das stimmt aber gar nicht, ihre Kollegin Maria hat eben gesagt, dass sie längst überfällig ist. Wir sind offen gesprochen total in Panik.«

Marta hatte das Telefon offenbar auf Lautsprecher gestellt. Im Hintergrund wurde schnell auf Spanisch gesprochen.

»Was ist mit Viola? Was um Himmels willen ist passiert?«, erklang eine gepresste männliche Stimme, die vermutlich Violetas Vater gehörte.

»Ich weiß es nicht«, sagte Johanna. »Wissen Sie, wo sie auf Mallorca war? In welchem Hotel?«

Marta antwortete. »Irgendwo an der Playa de Palma. Sie hat mir Fotos von der Aussicht vom Hotelbalkon geschickt, aber nicht den Namen des Hotels genannt.«

»Könnten Sie mir die Bilder zusenden?«, fragte Johanna.

Gleich danach ploppten die ersten Fotos auf Johannas Smartphone auf. Sie musste gar nicht erst grübeln, wo das gewesen sein könnte. Links und rechts am Balkon erkannte sie sofort die markanten grünen Sonnenblenden des Hotels »Green Leaf«, dahinter das Strandcafé in Höhe des »Balneario 12«.

»Wissen Sie, was Violeta auf Mallorca wollte?«

Die Schwester berichtete weinend, was geschehen war. Violeta hatte vor zwei Jahren ihren spanischen Kollegen Felipe Taverner geheiratet. Die ganze Familie war dagegen gewesen, sie mochten ihn nicht. Und er hatte sich als Schuft herausgestellt, hatte sich hunderttausend Euro von Violetas Vater geliehen, angeblich, um ein Haus zu kaufen. Stattdessen war er nach Europa verschwunden.

»Violeta wollte ihn zur Rede stellen und das Geld zurückholen«, sagte Marta. »Deshalb hat sie Urlaub genommen und ist nach Mallorca geflogen. Und jetzt kommen diese komischen Nachrichten von ihr.«

»Und er ist ganz bestimmt ihr Ehemann?«, fragte Johanna nach. »Sie waren nicht nur verlobt oder schon geschieden?«

»Na, wir waren doch alle auf der Hochzeit. Natürlich sind sie verheiratet. Sonst hätte ich ihm wohl kaum so eine Summe geliehen«, dröhnte der Vater aus dem Hintergrund. »Und dann verhält er sich so schändlich meiner Tochter gegenüber und haut ab. Das war sein Glück, ich hätte ihn sonst persönlich totgeprügelt.«

Johanna schluckte. »Was hat er getan?«

»Er hat unser Kind geschlagen!«, antwortete die Mutter. »Wenn er nicht abgereist wäre, wir hätten ihn umgebracht dafür.«

Marta kam wieder ans Telefon. »Wir waren alle absolut dagegen, dass sie ihm hinterherfährt, um das Geld zurückzuholen. Und schon gar nicht allein. Aber sie hat nicht auf uns gehört. Sie meinte, Mallorca sei doch eine sichere Gegend, da wohnen viele Menschen. Was solle da passieren?«

»Haben Sie schon die Polizei informiert?«

»Nein, sie schickt uns ja Nachrichten. Wir denken nur, es geht ihr nicht gut, die Nachrichten sind so komisch.« Auch die Mutter weinte nun.

»Passen Sie auf, ich kümmere mich darum. Ich werde Ihre Tochter suchen«, sagte Johanna. »Geben Sie mir bitte Violetas Handynummer? Ich versuche auch selbst, sie zu kontaktieren.« Mit dem Versprechen, sich sofort zu melden, sobald sie etwas

Neues wisse, verabschiedete sie sich von der verzweifelten Familie.

»Was soll da passieren?«, hatte Violeta gesagt. Da war ganz sicher etwas geschehen. Johanna bekam Angst.

21

Eine Überraschung erwartete Héctor, als er in Hannelore Beyers Seniorenheim in Santa Ponsa angekommen war. Konstantin und Arnau hatte er in Palma abgesetzt, die beiden sollten sich auf die Suche nach Konstantins früherem Anwalt machen. Eventuell hatte der noch Unterlagen, die hilfreich sein könnten.

»Señora Beyer ist nicht da«, informierte ihn die barsche Empfangsdame des Heimes. »Sie ist mit dem Taxi nach Sant Elm gefahren und hat uns wissen lassen, dass sie nie wieder zurückkommen wird.«

»Ach«, sagte Héctor verwundert. »Und meinen Sie, sie macht diese Drohung wahr?«

»Natürlich nicht. Sie sagt uns das mindestens zweimal im Monat. Es ist ihre Art, gegen das Mittagessen zu protestieren. Heute standen Fisch oder Spinat mit Spiegelei auf dem Speiseplan, sie mag beides nicht.«

Héctor wusste nicht, was er davon halten sollte. »Machen Sie sich keine Sorgen um die alte Dame? Gehen Sie sie nicht suchen?«

Die Empfangsdame lachte auf. »Ach, um Himmels willen. So klapprig ist sie noch nicht. Sie isst in Sant Elm ein Kotelett, wird sich trotz ihres Diabetes Torte gönnen, kommt später mit dem Taxi zurück und hatte einen schöneren Tag als Sie und ich zusammen.«

»Wo ist sie genau? Ich könnte sie abholen.«

»Sie sind der angekündigte Besuch, ja? Das ist ungewöhnlich, sie hat nie Gäste. Ihre Familie lebt in Deutschland, sie wollte nach dem Tod ihres Mannes aber lieber hierbleiben. Jeder wie er mag, nicht?« Sie beschrieb Héctor die Lage des Restaurants, in dem sich Hannelore Beyer meist aufhielt. »Sie hat da in Sant Elm einen Stammplatz, Tisch direkt am Meer. Sie werden sie sofort finden.«

***

Der idyllische Ort an der äußersten Südwestspitze der Insel wurde auch San Telmo genannt. Außerhalb der Sommersaison war es sehr ruhig, in der Saison allerdings herrschte Trubel am schönen Strand und an der Strandpromenade mit den vielen Restaurants und Cafés.

Héctor parkte an der Durchgangsstraße und lief noch ein Stück bis zum »Restaurante Vista Mar«. Die alte Dame saß wie angekündigt an einem besonders schönen Platz mit Blick aufs Wasser. Sie hatte schon ihr Mahl hinter sich und schlürfte voller Genuss einen Espresso. Hannelore Beyer war winzig, mager und thronte so hoheitsvoll auf ihrem Platz mit Aussicht, als hätte der liebe Gott die ganze Herrlichkeit nur für sie allein geschaffen.

»Señora Beyer?«, frage Héctor freundlich.

»Guck an, ein hübscher junger Mann. Setz dich nur, setz dich«, sagte sie begeistert.

Er nahm Platz. »Vielleicht erinnern Sie sich«, begann Héctor. »Ich hatte mich angekündigt für heute. Wir wollten über den Mord an Horst Hallter vor zwanzig Jahren sprechen.«

Hannelore Beyer lehnte sich zurück. »Das war heute? Muss mir entfallen sein.« Sie faltete ihre Serviette und gab den Anschein einer Dame, die sehr beschäftigt war und sich nicht um Details kümmern konnte.

Der Kellner kam, Héctor bestellte sich einen *cortado*.

»Señora Beyer, was wissen Sie noch über die Geschehnisse damals?«, fragte Héctor.

Und Señora Beyer wusste eine Menge: Sie berichtete in aller Ausführlichkeit, wie sich »dieses schreckliche Kind« aufgeführt habe. Dass es, als die Beyers zu Besuch gewesen waren, ein Abführmittel in Horst Hallters Jägermeister gekippt habe – der Jägermeister hatte den Geschmack überdeckt – und dass sich Oxana halb totgelacht habe, als sie ihrem Vater brühwarm unter die Nase rieb, was sie getan hatte.

»Also, mein Mann und ich, wir hätten uns nicht gewundert, wenn das Kind Horst einen Streich gespielt und ihn aus Versehen vergiftet hätte«, sagte sie mit Inbrunst. »Völlig verrückt, die Kleine. Muss aber im Blut liegen, die Hallters sind ja alle nicht ganz dicht.« Sie winkte herrisch dem Kellner, der sofort herbeieilte.

»Señora Beyer?«, sagte er diensteifrig.

»Bitte ein Stück von eurem hervorragenden Mandelkuchen. Für den Herrn auch.«

Es half kein Ablehnen und kein Nein. Wenige Minuten später hatte Héctor schon wieder einen Teller vor sich stehen. Ergeben stopfte er den Kuchen in sich hinein und musste zugeben, dass er ganz ausgezeichnet war. Ohne Mehl gebacken, nur aus Mandeln, Fett, Zucker und Eiern. Das Stück hatte vermutlich mehr als tausend Kalorien, aber das war ohnehin schon egal.

»Was meinen Sie damit, dass die ganze Familie nicht ganz dicht ist?«, fragte er kauend.

»Oh, bitte!«, rief Hannelore Beyer. »Sehen Sie sich die Brut doch an! Nehmen wir Holger. So ein Schöngeföhnter mit seinen langen Haaren und Lederslippern und dem ganzen Kram. Wo hat man das gesehen, dass ein Mann mit Mitte dreißig noch daheim wohnt?« Sie schlug mit der flachen Hand auf den Tisch, dass die Kaffeetassen wackelten. »Und heute, mit Mitte fünfzig, wo wohnt er? In Papas Haus! Das ist doch nicht normal. Warte mal.« Sie griff in ihre Handtasche, fummelte eine Brieftasche heraus und klappte sie auf. »Guck mal hier, meine Kinder, als sie klein waren.«

Héctor beugte sich über ein Foto von drei ausnehmend hässlichen Kindern im Alter von sieben bis zehn.

»Wir haben sie alle mit achtzehn rausgeschmissen. Jeder hat zwanzigtausend Mark bekommen. Wir haben gesagt, ihr könnt damit studieren, eine Ausbildung machen, heiraten oder das Geld versaufen, aber von jetzt an seid ihr selbst verantwortlich.« Sie tippte triumphierend auf das Bild. »Und aus allen dreien ist was geworden.«

Sie blätterte in der Brieftasche und zog ein zweites Foto hervor. Die Zeit hatte den beiden Jungen und dem Mädchen gutgetan, als Erwachsene waren sie deutlich attraktiver.

»Arzt. Anwalt. Architektin. Alle mit eigenen Häusern. So geht das.« Sie ergriff ihre Gabel und hieb damit in ihren Mandelkuchen. Das Gespräch verlief ganz nach ihren Wünschen, das merkte man.

»Da sind Sie zu Recht stolz«, sagte Héctor freundlich. »Und was ist mit den anderen Hallter-Kindern?«

»Hanne ist auch so ein Sorgenkind. Komplett nutzlos, keine Kraft, kein Talent. War als Kind schon so schwammig, ohne Kontur. Das scheint ja heute auch noch so zu sein. Hat wohl psychische Probleme, nimmt Tabletten, hört man.« Sie aß vergnügt ihren Kuchen. »Und die jüngste, Oxana, das berichtete ich ja schon. Das Kind ist völlig durchgedreht, aber der einzige Hallter-Sprössling mit Grips in der Birne. Die könnte, wenn sie wollte.«

Der Kuchen war aufgegessen, aber Hannelore Beyer war mit ihrer Bestandsaufnahme der Hallter-Verrücktheiten noch nicht am Ende. »Horst war der Durchgedrehteste von allen. Er hat sich ständig einen Spaß daraus gemacht, dummes Zeug zu erzählen und sich zu freuen, wenn andere darauf hereinfielen. Hat behauptet, er hätte eine Insel in der Südsee gekauft oder ein Golfturnier gewonnen, lauter Quatsch. Deshalb hab ich ihm das mit dem Gold auch nie ganz geglaubt. Typisch für ihn, so etwas zu erfinden.« Die alte Dame hatte genug geplaudert, sie sah Héctor hoheitsvoll an. »Wären Sie so nett, mich zurückzufahren? Dann spare ich mir das Taxi.«

Das tat Héctor gern. Er lieferte Hannelore Beyer in ihrer Seniorenresidenz ab, bevor er in Palma Konstantin wieder einsammelte, der ihm mitteilte, dass der Anwalt leider verstorben sei. Arnau hatte in Palma bleiben wollen.

Héctor dachte an Hannelore Beyer. »Erstaunliche Frau«, sagte er. Ihm war ein Gedanke gekommen. »Sag mal, hast du damals Johanna näher kennengelernt? Als du mit Marion zusammen warst?«

Konstantin wog den Kopf. »Ein bisschen. Warum?«

»Weißt du, was sie vorher gemacht hat? Was sie früher gemacht hat? Ich bekomme es einfach nicht aus ihr heraus.«

»Kann ich mir vorstellen«, antwortete Konstantin. »Marion hat ziemlich geheimnisvoll getan. Ich weiß nur, dass sie sich irgendwie versteckt hat. So klang es zumindest für mich.« Er dachte nach. »Ich habe Marion einmal direkt gefragt, wer ihre Mutter eigentlich ist, was sie beruflich macht. Und sie hat nur so etwas gesagt wie: ›Sie hat Maus gespielt.‹«

»Maus gespielt? Du meinst, Katz und Maus gespielt?«

»Ich weiß es doch auch nicht«, sagte Konstantin. »Es wurde ein Riesengeheimnis darum gemacht.«

Sie hat Maus gespielt, dachte Héctor. Was um alles in der Welt sollte das heißen?

22

»Treffen auf dem Weihnachtsmarkt in Puerto Portals«, textete Gemma energisch an Héctor, Johanna und Konstantin, es musste ein dringendes Ermittlertreffen stattfinden.

Sie meldete sich bei Susanna ab, damit nicht noch eine Suchaktion gestartet wurde. Auf dem Weg nach Puerto Portals merkte sie, wie sehr ihr der Kampf um Hanne Hallters Leben zugesetzt hatte. Sie hatte fast nichts gegessen, war zittrig und musste sich regelrecht zwingen, langsam zu fahren.

Der Yachthafen in Puerto Portals war ein Treffpunkt der Insel-Schickeria, der Geschäftsleute, Promis und auch der spanischen Königsfamilie. Das Einzige, das Gemma einmal im Jahr hierherbrachte, war der Weihnachtsmarkt. Es war ihrer Ansicht nach – neben dem Markt im Pueblo Español – der schönste seiner Art auf Mallorca. Das Pueblo Español, zu Deutsch »spanisches Dorf«, war eine kleine künstliche Stadt mitten in Palma, die von einer Art Stadtmauer umschlossen war. Zu sehen waren dort Nachbauten berühmter spanischer Bauwerke wie des Goldenen Turms von Sevilla, der Plaza Mayor in Madrid oder der Abordnungshalle von Barcelona. Sie beherbergte ein Museum, Restaurants und Cafés – und zur Weihnachtszeit einen sehr stimmungsvollen Weihnachtsmarkt mit vielen Ständen mit Kunsthandwerk und mallorquinischen Spezialitäten, dazu gab es Livemusik.

Doch Gemma mochte auch den Markt in Puerto Portals sehr gern. Stände und Buden zogen sich quer durch die Hafenanlage und bestachen durch die hohe Qualität der angebotenen Waren. Es gab künstlerische Töpfereien, hübschen Schmuck, schöne Haushaltsgegenstände aus edlen Materialien, und der Champagner floss in Strömen. Gemma schätzte, dass derzeit nirgendwo auf Mallorca die Pelzjackendichte höher war als auf diesem Weihnachtsmarkt, obwohl am frühen Abend die letzten Sonnenstrahlen den Hafen erreichten und die Temperaturen angenehm waren. Pelz wurde hier nicht zum Warmhalten, sondern zum Schaulaufen getragen.

Sie hatten sich an einem Getränkestand in der Nähe der Eislaufbahn verabredet. Als Gemma ankam, standen Johanna, Héctor und Konstantin schon mit Gläsern in der Hand am Rand der Eislaufbahn. Sie winkte ihnen zu und holte sich eine Cola.

»Gibt es etwas Neues?«, fragte Johanna aufgeregt.

Gemma fasste die Geschehnisse zusammen. Sie berichtete, wie Hanne Konstantin nach ihrem Treffen in den Gärten erkannt hatte, dass sie vermutlich eine Überdosis genommen und behauptet hatte, an irgendetwas schuld zu sein. Wie sie mit Oxana und den von Colau mitgegebenen Bambusstauden im Wagen arglos zum Strandhaus gefahren war und dort die halb tote Hanne entdeckt hatte. Von dem lieblosen Verhalten ihrer Familie und wie merkwürdig sich Colau, der Gärtner, und die Haushälterin Susanna benommen hatten.

»Sie liegt im Koma? Und du hast sie gefunden?« Johanna war entsetzt.

Auch Héctor strich ihr besorgt eine Strähne aus der Stirn. »Du bist sicher, dass sie das Medikament selbst genommen hat? Sie ist nicht vergiftet worden?«

Gemma musste zugeben, dass sie daran auch schon gedacht hatte. »Was gibt es bei euch Neues?«, fragte sie die anderen.

Héctor berichtete von seinen Erkenntnissen. Von dem ehemaligen Polizisten, der sich nicht gegen den Vorgesetzten hatte durchsetzen können und dessen Notiz über Konstantins Telefongespräch am Mordmorgen aus der Akte genommen worden war. Von der tatkräftigen Köchin, die von den Hallters hinausgeworfen worden war, weil sie Susanna widersprochen hatte, und die glaubte, dass die Haushälterin in Wahrheit bis über beide Ohren in Hallter verliebt gewesen war. Die außerdem behauptete, Hanne Hallter in Konstantins Zimmer gesehen zu haben. Und von der selbstbewussten Hannelore Beyer, die kein gutes Haar an den Hallter-Kindern gelassen hatte und der Ansicht war, Hallter selbst sei ein ziemlicher Witzbold gewesen, der mit dem Geschwätz von einem Goldschatz alle an der Nase herumgeführt hatte.

»Obwohl ich mir bei Hallter auch gut vorstellen kann, dass

er seinen kleinen Schatz einfach gut versteckt hat«, sagte Konstantin leichthin. Er bot sich an, eine neue Runde Getränke zu holen.

Gemma beobachtete, wie ihm Johannas Augen kritisch folgten, als er zum weihnachtlich geschmückten Getränkestand ging. »Du kannst ihn nicht ausstehen, was, Oma?«

»Ich habe nur Sorge, dass er wieder etwas mitgehen lässt«, sagte Johanna lakonisch und berichtete von der mit Sonnenmotiv bemalten blau-gelben Kachel und Konstantins Angewohnheit, sinnlos Dinge einzustecken.

Jetzt folgten drei Augenpaare Konstantins Bewegungen. Er wartete am hölzernen Tresen, während der Barkeeper die Getränke zurechtmachte. Seine rechte Hand umfasste spielerisch eine der goldenen Dekokugeln, mit denen der Stand geschmückt war. Fassungslos beobachtete Gemma, wie Konstantin die Kugel erst in der Hand wog und dann einsteckte.

»Das darf doch nicht wahr sein«, stöhnte sie und drängte sich durch die Menge. »Leg sofort die Kugel wieder zurück«, zischte sie ihm zu, als sie neben ihm ankam.

Konstantin zuckte zusammen. »Na, so was, das habe ich ganz in Gedanken gemacht«, sagte er lachend und tat wie geheißen. »Gut, dass du aufpasst.«

Argwöhnisch half Gemma, die Getränke zu Héctor und Johanna zu bringen. Konstantin verhielt sich, als wäre nichts geschehen.

»Ich werde morgen bei Hanne vorbeifahren«, kündigte Gemma an. »Vielleicht geht es ihr schon besser.«

Sie tranken aus und machten sich auf in Richtung Ausgang.

Auf dem Weg kamen sie an einem Stand mit handgefertigten Heiligenfiguren vorbei. Lauter herzallerliebste Santa Catalina Tomás und Marias, fromm in betender Pose auf einem runden Podest. »Heiligendose« stand auf einem ungelenk gemalten Schild daneben.

»Was ist denn eine Heiligendose?« Konstantin nahm eines der Figürchen in die Hand.

»Nun, es funktioniert so …« Der Verkäufer führte es vor. Der Deckel mit der Maria-Figur ließ sich zur Seite drehen, in dem

Podest befand sich ein Stauraum. »Geheimversteck«, sagte der Mann.

Johanna kaufte eine der Dosen. »Für Angelika«, kommentierte sie. »Die sammelt solche Dinger.«

Sie verteilten sich auf ihre Autos.

Johanna drehte sich jedoch noch einmal um. »Héctor, ich brauche dich morgen. Der Fall meiner Nachbarin nimmt Fahrt auf. Irgendwas ist da ganz und gar faul.«

23

Héctor und Johanna saßen auf dem Marktplatz von Llucmajor vor dem altehrwürdigen »Café Colón« und tranken *cortados*. Sie besprachen den »Fall Angelika«, wie Héctor ihn nannte.

»Was hast du bisher an Beweisen? Eine verrückte Nachbarin, die glaubt, es sei ein Mord geschehen? Eine Frau, die Gerüchten zufolge auf Mallorca sein soll? Die berühmte betonierte Terrasse?«, fragte Héctor. »Und damit soll ich bei Gericht erwirken, dass die Kriminaltechnik den Boden aufhackt? Die fragen mich doch, ob ich zu viele Krimis gelesen habe. Das wird nichts.«

»Ich habe noch mehr«, beeilte sich Johanna zu sagen. »Ich war im Hotel ›Green Leaf‹ an der Playa. Violeta Rojas hatte dort ein Zimmer gemietet, ist aber nicht mehr wiedergekommen. Die vom Hotel haben sogar schon die Polizei eingeschaltet. Haben Violetas Sachen in einen Abstellraum gepackt, um das Zimmer neu belegen zu können. Da hast du einen Beweis.«

Héctor überlegte. »Du sagst doch selbst, die Familie bekommt fast täglich Nachrichten von ihr. Vielleicht ist sie einfach etwas durchgedreht oder hat jemanden kennengelernt oder will Abstand von allem.« Er rührte in seinem *cortado*. »Es gibt tausend Gründe, warum jemand verschwindet. Sie ist erwachsen.«

Johanna guckte grimmig. »Oder sie wurde ermordet, ihre Leiche liegt unter der betonierten Terrasse, und der Täter schreibt Nachrichten, damit sie nicht so schnell vermisst wird.« Sie trank ihren Kaffee aus. »Es hilft nichts, wir brauchen entweder eure Kriminaltechnik oder Gemma. Wir müssen das Handy orten.«

»Oder Ortega«, fügte Héctor hinzu. Johanna, Gemma und er hatten die Madrider Ermittlerin Adrian Ortega im Sommer kennengelernt. Sie hatte bei dem Serienkiller-Fall mitgeholfen, den die drei Ermittler gemeinsam hatten lösen können. »Ich schwöre dir, aufgrund von Vermutungen kriegen wir auf gar keinen Fall einen offiziellen Beschluss, das Handy einer unbescholtenen Chilenin zu orten.«

Johanna klatschte in die Hände. »Ortega, genau. Warum bin

ich nicht selbst darauf gekommen? Wollen wir sie gleich anrufen?«

Héctor wählte die Nummer, Ortega ging schon beim ersten Klingeln an den Apparat. Nach einem ausgiebigen Austausch von Begrüßungen und Fragen, wie es gehe und was man so mache, kam Héctor zum Punkt und fragte nach Ortegas Hilfe.

»Die Frau wird vermisst? Klar kann ich für euch das Handy orten«, sagte sie. »Ich bin in der Zentrale und sitze ja an der Quelle. Gib mir eine halbe Stunde.«

Schon kurz danach machte Héctors Handy »Pling«, und Ortegas Nachricht traf ein. Sie hatte ihm den Standort des Handys mit einem Pin auf einer Onlinekarte markiert.

Héctor zog die Karte größer, um sich zu orientieren. Er hielt Johanna sein Handy vor die Nase. Der Pin saß an der Playa de Palma, in etwa auf Höhe des Hotels »Green Leaf«.

»Laut Handydaten ist sie genau jetzt in ihrem Hotel oder zumindest in der Nähe. Wo sie ja angeblich seit Tagen nicht mehr war. Hat die Rezeption in dem Hotel ganz bestimmt richtig verstanden, wen du suchst? Bist du ganz sicher, dass es kein Missverständnis gab?«

»Garantiert nicht. Ich habe den Namen mehrfach gesagt, Violeta Rojas aus Chile. Da gibt es gar keinen Zweifel.« Johanna stemmte sich von ihrem Stuhl hoch und ergriff den Gehstock. »Ich sehe mich ein zweites Mal in dem Hotel um. Vielleicht kommt mir ja eine Idee, wo dieses Handy sein könnte.« Damit ging sie von dannen.

Héctor war das nicht geheuer. Sie hatten bislang in den größeren Fällen immer zu dritt ermittelt. Ihm war nicht wohl dabei, dass Gemma und Johanna als Einzelkämpferinnen agierten.

Ob das gut geht?, dachte er.

24

Johanna parkte am »Eroski« neben dem Parque de Perros und schlenderte die Strandpromenade entlang bis zum »Green Leaf«.

Sie betrat das Hotel und wartete, bis das deutsche Paar vor ihr umständlich eingecheckt hatte. Es hatte dieselbe Rezeptionistin Dienst, mit der sie schon am Vortag gesprochen hatte.

»Entschuldige bitte, Mariela, dass ich wieder störe. Hat sich Violeta Rojas inzwischen im Hotel gemeldet?«

Mariela, eine junge Frau mit braunen Augen und hohen gezupften Augenbrauen, schüttelte den Kopf. Johanna kannte sie gut, sie war die Tochter von Soledad Gomez aus dem Schreibwarenladen in Llucmajor, der neben ihrem eigenen Geschäft lag.

»Leider nein. Die Polizei sagt, wenn sie noch länger wegbleibt, wollen sie sie suchen.«

Johanna holte ihr Smartphone hervor. Sie hatte Felipe Taverner heimlich von Angelikas Dachterrasse aus fotografiert und zeigte Mariela das Foto.

»Kennst du zufällig diesen Mann? Hast du ihn schon einmal gesehen?«

Mariela hob die Augenbrauen noch höher. »Natürlich. Das ist Felipe, unser IT-Techniker.«

»Felipe Taverner? Aber ich dachte, er arbeitet im Parc Bit«, sagte Johanna erstaunt.

»Ja«, bestätigte Mariela. »Wir haben die IT ausgelagert. Das haben alle Hotels hier, wurde zu umfangreich. Wir machen auch viel mit Internet of Things, Smart Hotel, weißt du?«

Da junge Leute immer davon ausgingen, dass alle über fünfzig digitale Analphabeten waren, tat Johanna ihr den Gefallen. »Ach, was ist das denn Neumodisches?«

»Die Klimaanlage zum Beispiel wird darüber reguliert, unsere Vorratshaltung ist an eine digitale Lieferkette angeschlossen, das geht alles automatisch. Und Felipes Firma macht da für die Hotels an der Playa den Support, wartet unsere Server und solche Sachen.«

»Das klingt ja interessant. Wann war er das letzte Mal hier?«

»Gestern erst. Wir haben wohl im Moment einen Bug in unserem System. Er kommt derzeit alle paar Tage und fummelt unten im Serverraum rum.«

Johanna dachte fieberhaft nach. Ein Serverraum, der nur vom Techniker betreten wird. Ein Handy, von dem alle paar Tage Nachrichten verschickt werden. Das könnte es sein. Jetzt war die Harmlose-alte-Damen-Masche gefragt.

»Ich finde diese modernen Sachen so interessant, auch wenn ich gar nichts davon verstehe«, flötete sie. »Serverraum, davon habe ich noch nie gehört. Wie sieht so was aus?«

»Das ist ziemlich langweilig. Graue Kästen, Kabel, solches Zeug.«

»Meinst du, ich könnte mir euren Serverraum mal angucken? Nur aus Neugier.«

»Eigentlich darf da niemand rein.«

Johanna versuchte, so unschuldig wie möglich auszusehen.

»Weißt du, was? Du bist ja bestimmt keine Hackerin«, sagte Mariela und lachte. »Und du bist ja unsere Geschäftsnachbarin. Ich habe ohnehin Pause. Komm mit, wir gehen kurz mal rein.« Sie nahm einen Schlüsselbund vom Haken und fuhr mit Johanna per Aufzug ins Tiefparterre. Vor einer Tür mit der Aufschrift »No entrar« hielt Mariela an und schloss auf.

Der Raum war in der Tat wenig spektakulär. Wie Mariela gesagt hatte. Seltsame graue Kästen. Kabel. Regale. Und ganz hinten, fast verdeckt von einem einsamen Stuhl, lag ein Smartphone, eingestöpselt in eine Steckdose.

Mariela ging darauf zu. »Komisch, normalerweise liegt hier kein Handy. In dem Raum ist ja auch nie jemand, außer die Leute vom Support.«

Johanna war näher getreten und hatte sich Einmalhandschuhe aus Plastik übergestreift, die sie aus ihrer Handtasche entnommen hatte. Sie tippte auf das Handy, es war eingeschaltet. Der Sperrbildschirm leuchtete auf. Zu sehen war das Foto einer Frau mit dunklen Locken und rundem Gesicht. Es war Violeta Rojas.

25

Violetas Smartphone im verschlossenen Serverraum eines Hotels brachte die Dinge ins Rollen. Von dem Handy waren nachweislich die Nachrichten an ihre Eltern verschickt worden. Zugang zu dem Serverraum hatte nur der Support der Hotel-IT, und das war Felipe Taverner.

Johanna hatte Héctor angerufen und triumphierend berichtet, dass der gewünschte Beweis geliefert sei – da ging etwas absolut nicht mit rechten Dingen zu.

Héctor hatte umgehend einen Durchsuchungsbeschluss für Felipe Taverners Finca erwirkt, samt Untersuchung der betonierten Terrasse.

Nun stapften die Beamtinnen und Beamten der Kriminaltechnik durch das hohe Gras der Finca. Weiß vor Wut stand Felipe mit verschränkten Armen im Hintergrund.

Héctor, der durchaus in der Lage war, Nägel mit Köpfen zu machen, hatte gleich einen Bagger und einen Bautrupp beauftragt. Die Männer lehnten an ihrem Transporter und rauchten.

»Wo ist Rossi?«, fragte Héctor seine Kollegin Daniela Mendoza, die Leiterin der Kriminaltechnik. Rossi war der Polizeihund, Leichenspürhund genau genommen, der zusammen mit Polizeihundeführer Lobo Primavera angefordert worden war.

»Rossi kann heute nicht. Er bekommt einen Orden und eine Urkunde«, sagte Daniela, während sie eine Zigarettenkippe vom Boden aufhob und in eine Plastiktüte steckte.

»Der Hund bekommt einen Orden?«, fragte Héctor erstaunt.

»Ja, für seinen Einsatz bei der Flutkatastrophe.«

Héctor gönnte dem Tier den Orden, war sich aber nicht sicher, ob Rossi nicht einen schönen Knochen vorgezogen hätte. »Tja, wenn Rossi gesellschaftliche Verpflichtungen hat, muss es eben ohne ihn gehen.«

Damit gab er dem Bautrupp ein Handzeichen. Die Arbeiter bugsierten den Bagger in Richtung der gefliesten Terrasse, es folgte ein ohrenbetäubendes Klopfen und Hämmern.

Héctor und Daniela beobachteten die Fortschritte der Arbeiten. Die schönen Kacheln flogen zerborsten nach allen Seiten. Mit Stemmeisen und Schlagbohrern wurde dem Beton kurzer Prozess gemacht. Als der felsige Boden erreicht war, war sonnenklar: Hier befand sich noch nicht einmal eine tote Maus.

»So, sind Sie zufrieden?«, erklang die gepresste Stimme von Felipe aus dem Hintergrund. »Weil meine durchgeknallten Nachbarinnen sich irgendwelchen Irrsinn einbilden, kommt die Polizei her und reißt mein Haus ab?« Er ging mit geballten Fäusten auf Héctor und Daniela zu. »Soll das ein Rechtsstaat sein? Wo sind wir hier?«

Héctor baute sich vor dem Mann auf. »Das war eine polizeiliche Maßnahme. Sie wissen genau, dass der Schaden ersetzt wird. Und Sie sind noch lange nicht aus dem Schneider, merken Sie sich das.« Er ging durch das Tor schnurstracks zu Johannas Finca hinüber. Dort warteten Johanna und Angelika gespannt. Sie hatten sich einen Tisch und Stühle herausgeholt und saßen an einer sonnigen Stelle im Garten.

Héctor setzte sich dazu und rieb sich die Augen. »Nichts.«

Die Frauen sanken in sich zusammen.

»Du meinst, keine Leiche? Wo kann er sie vergraben haben?«, fragte Angelika stirnrunzelnd.

Héctor war genervt. »Ich lehne mich in diesem Fall sehr weit aus dem Fenster. Wir wissen nicht einmal, ob sie überhaupt jemals in der Finca war.«

»Ich habe sie doch gesehen. Mit eigenen Augen«, protestierte Angelika.

»Ja, vor Wochen. Im Dunkeln. Du hast keine Tat beobachtet und gar nichts.« Héctor nahm sich eine Tasse vom Tablett auf dem Gartentisch und goss sich einen Kaffee ein, tat etwas Milch dazu.

»Der Bauschutt!«, rief Johanna, als hätte sie eine Eingebung. »Das wird es gewesen sein. In dem Bauschuttcontainer lagen große Müllsäcke. Das sagtest du doch, Angelika?«

»Und er wurde abgeholt, obwohl er noch gar nicht voll war«, stimmte Angelika zu.

Héctor winkte ab. »Ich muss erst einmal dem Richter erklären, warum wir jemandem die Terrasse zerstört haben – und das auch noch, ohne dass ein Leichenspürhund angeschlagen hätte. Dazu muss ich den Richter darüber informieren, dass der Hund keine Zeit hatte, weil er einen Orden entgegennehmen musste. Das ist doch alles Irrsinn.«

Johanna wirkte jedoch schon wieder siegessicher. »Ich denke, der Bauschutt könnte die Lösung sein. Weißt du noch, von welcher Firma der Container war?«

Wieder hatte Angelika gut beobachtet. »Die Firma weiß ich nicht, aber er war orange mit einem weißen Logo an der Seite. Genau wie der Lkw.«

Johanna googelte die lokalen Bauunternehmer mit Containern und wurde fündig. »Hier, Gonzales Construcciones SL in Algaida. Firmenfarben: Orange mit weißem Logo.«

»Das war es«, bestätigte Angelika.

Héctor gab sich geschlagen. »Gut, lass uns hinfahren. Jetzt ist es auch schon egal.«

Er ging nach nebenan, um mit Daniela die nächsten Schritte zu besprechen. Die Bauarbeiter hatten den Beton säuberlich abgeklopft und die Terrasse zum erneuten Betonieren vorbereitet.

Anschließend setzte er sich mit Johanna in seinen Dienstwagen und schlug den Weg nach Algaida ein. Die Baufirma hatte eigene Bautrupps und dazu eine größere Anzahl Container und Lastwagen. Sie residierte in einer verwahrlost aussehenden Halle an einer Ausfallstraße von Algaida in Richtung Manacor.

Héctor klopfte an die Tür zum Büro und trat ein. Ein etwa Dreißigjähriger mit hohen Geheimratsecken begrüßte ihn. Héctor trug sein Anliegen vor.

»Ja, wir bieten auch Fremdbaustellen an, den Bauschutt zu entsorgen«, sagte der Juniorchef, der sich als Joan Juan vorgestellt hatte. »Wir bringen alles zur Müllkippe bei El Arenal.«

Héctor kannte den Platz. »Gibt es da auch Ausnahmen? Bringen Sie den Müll auch mal zu einer anderen Stelle?«

»Nein. Immer nach El Arenal.«

»Können Sie nachsehen, wer der Fahrer des Containers von Felipe Taverner am Galdent am 14. November war?«

Langsam wurde es dem Juniorchef zu bunt. »Es ist doch egal, wer der Fahrer war. Das Zeug geht nach El Arenal und Punkt.«

»Gab es diesen Auftrag bei Ihnen? Am 14. November gegen siebzehn Uhr müsste das gewesen sein.«

Verärgert hackte Juan auf seine Computertastatur ein. »Ja, da war eine Anfrage. Haben wir abgeholt und weggebracht. War es das?«

Freundlich bedankte sich Héctor. Er ging zurück zum Wagen, berichtete Johanna von dem Gespräch und setzte sich ans Steuer. »Gut. Fahren wir zur Halde.«

Sie fuhren schweigend in Richtung Arenal. Am Kreisverkehr hinter dem Aqualand bog Héctor zum Abladeplatz ab.

»Das ist aber ein großes Gelände«, sagte Johanna mutlos.

Hinter einigen Bäumen an der Einfahrt tat sich ein Hof auf, dahinter begann die Deponie. Berge von Metallschrott, hohe Gipfel aus Sperrgut, Bauschuttgebirge. Es würde sicherlich ein Jahr oder mehr dauern, diese Mengen nach einem einzelnen Müllsack zu durchsuchen.

Auf dem Hof kam ihnen ein fragiler junger Mann entgegen. Er hatte blaue Augen, das halblange Haar und die langen Wimpern erstrahlten in Weißblond. Eine ungewöhnlich zarte Erscheinung an einem so handfesten Ort wie einer Abfalldeponie.

»*Hola*, ich bin Martín. Kann ich Ihnen helfen? Möchten Sie etwas abladen?«, fragte er ausgesucht höflich.

Héctor zeigte seinen Ausweis der Policía Nacional. »Wir bräuchten eine Auskunft. Wir suchen nach Bauschutt, der an einem bestimmten Tag von der Firma Gonzales Construcciones SL in Algaida angeliefert wurde.«

Das Lächeln des jungen Mannes erstarb. »*Déu meu*, das wird aber schwierig. Sehen Sie sich nur um.« Er wies mit einer weiten Geste über das Gelände. »Hier eine spezielle Partie Abfall zu finden, ist fast unmöglich.« Dann deutete er auf ein Containerhäuschen auf der linken Seite, in dem offensichtlich eine Art Büro untergebracht war. »Kommen Sie doch mit. Wir befragen den Tageskalender, ob wir Ihren Bauschutt auffinden können.«

Héctor und Johanna warfen sich Blicke zu. Der strahlend blonde junge Mann drückte sich sehr gewählt aus.

Sie folgten Martín zum Container. Galant hielt er ihnen die Tür auf. Dahinter war in der Tat ein Büro eingerichtet, mit gehäkelten Gardinen an den Fenstern und einer Blumenvase mit einem Stängel Oleander darin.

Martín zeigte auf die Sitzgruppe. »Bitte setzen Sie sich doch. Warten Sie.« Er zog eine rote Kladde aus einer Schublade. »Wann genau soll das gewesen sein?«

»Am 14. November«, sagte Johanna. »Das war ein Mittwoch. Es muss spät gewesen sein, gegen achtzehn Uhr.«

Gewissenhaft fuhr Martín mit dem Finger eine Tabelle entlang.

»Oh, das tut mir aufrichtig leid. Am 14. November habe ich um fünfzehn Uhr den letzten Eintrag. Könnte es nicht auch früher gewesen sein?«

Johanna verneinte.

Martín hob hilflos die Hände. »Nun, wir machen um achtzehn Uhr zu. Wenn der Container erst kurz vor Feierabend kam, hatte mein Kollege vielleicht schon die Kladde weggeschlossen und vergessen, es einzutragen. Warten Sie, ich sehe nach, wer Dienst hatte.«

Er nahm eine andere Kladde und blätterte. »Jorge. Jorge Bennàssar. Aha, er hat sich am nächsten Tag krankgemeldet.« Martín klappte den Ordner zu. »Bandscheibenvorfall, der Arme. Sehr schmerzhaft. Tja, vielleicht hat er tatsächlich vergessen, den Container einzutragen – und seitdem war er nicht mehr hier.« Er stand auf. Offenbar war von seiner Seite nichts mehr hinzuzufügen.

»Vielen Dank«, sagte Héctor. »Wäre es möglich, dass wir die Telefonnummer von Señor Bennàssar bekommen könnten? Vielleicht erinnert er sich an etwas. Ob da ein Container angekommen ist und an welcher Stelle er abgeladen wurde.«

»Ich weiß nicht, ob ich private Telefonnummern unserer Kollegen herausgeben darf. Sie wissen doch, Datenschutz. Das ist nicht so einfach.«

»Wir wollen einen Mord aufklären«, erwiderte Johanna ungeduldig. »An einer jungen Frau. Dazu ist es immens wichtig, dass wir wissen, wo der Inhalt des Containers geblieben ist. Es geht um Beweisstücke.«

Martín wirkte verunsichert, als ob er mit sich kämpfte. Doch schließlich schrieb er die Nummer und eine Adresse auf. »Ein Mord. Da muss man ja helfen, nicht wahr?« Er schob Johanna den Zettel zu. »Dann hoffe ich, dass Sie ihn fangen, den Mörder.«

***

Jorge Bennàssar wohnte in S'Aranjassa in einer Nebenstraße der Ma-19A. Als Héctor und Johanna eintrafen, hatte es sich der Mittfünfziger mit einem dicken Kissen hinter dem Rücken auf der Terrasse gemütlich gemacht.

Héctor zeigte ihm von der Straße aus seine Polizeimarke. »Können wir uns mit Ihnen unterhalten?«, rief er hinüber.

Aus der Tür kam eine Frau Ende zwanzig, die die Augen zusammenkniff und ein mürrisches Gesicht zog. Sie trug einen grauen Jogginganzug, Hausschuhe und eine Schürze um die Taille. »Mein Vater ist krankgeschrieben. Er muss sich erholen!«, rief sie verärgert.

Johanna machte eine beschwichtigende Geste. »Es geht ganz schnell. Wir glauben, dass Ihr Vater eine wichtige Aussage machen kann.«

Die junge Frau blieb in der Tür stehen und stemmte die Arme in die Hüften.

Jorge Bennàssar warf seiner Tochter einen ängstlichen Blick zu und setzte sich etwas gerader in seinen Stuhl. »Aber Ana. Vielleicht ist es ja wirklich wichtig.«

Héctor und Johanna stiegen die drei flachen Stufen zur Terrasse hinauf.

»Es geht um den 14. November, können Sie sich an den Tag erinnern?«, fragte Héctor freundlich. »Das müsste der letzte Tag gewesen sein, bevor Sie krankgeschrieben wurden.«

»Klar. Ich hatte Spätschicht auf der Müllkippe.« Jorge deutete auf die Karaffe Wasser, die vor ihm stand. »Sie auch?«

Héctor verneinte, Johanna nickte.

»Sehr nett, ja, ich hätte gern ein Glas Wasser.«

Wortlos verschwand die mürrische Ana im Haus.

»So gegen fünfzehn Uhr kam ein Lastwagen aus Son Verí Nou. Die hatten da ein Haus geräumt und entkernt. War ein altes Bettgestell aus Eisen im Container, das sah noch gut aus.«

Ana war mit dem Getränk zurückgekommen und verdrehte die Augen. »*Papá*, das wolltest du doch nicht etwa mitnehmen? Wir sind auch bald eine Müllkippe.«

Johanna spähte in den Garten. Dort standen eine verwahrloste Hollywoodschaukel, drei fleckige Holztische, ein verrosteter Gartengrill, zwei Fahrräder ohne Reifen. Der gute Bennàssar nahm wohl alles von der Kippe mit, was er noch meinte, gebrauchen zu können.

Jorge ignorierte seine Tochter. »Ich habe versucht, das Bettgestell zur Seite zu schaffen. Da hat es gekracht.« Er bewegte vorsichtig den Rücken. »Habe es noch ins Büro zum Telefon geschafft. Mein Sohn hat mich abgeholt und ins Krankenhaus gebracht. Bandscheibenvorfall. Seitdem bin ich krankgeschrieben.«

»Hat ein Kollege Sie an der Müllkippe abgelöst?«, fragte Héctor.

»Nein, ich habe den Laden zugemacht für den Tag und abgeschlossen, das war so gegen sechzehn Uhr.«

»Das heißt, es konnte niemand später noch seinen Container bringen?«

»Nein, ich hatte abgesperrt. Wir hatten zu.«

»Die Leute von Gonzales Construcciones aus Algaida behaupten aber, sie hätten am 14. November gegen achtzehn Uhr noch bei Ihnen abgeladen.«

Jorge schnaubte. »Ach, das sind doch Verbrecher. Die werfen …« Er verstummte erschrocken und sah schnell zu seiner Tochter, die ihn wütend anfunkelte. Dann fuhr er fort. »Ich meine, die haben sich bestimmt vertan. Sind nicht so zuverlässig, was Daten angeht.«

»Was wollten Sie eben sagen?«, fragte Johanna. »Warum sind das Verbrecher?«

»Ach, das habe ich nur so dahingesagt«, murmelte Jorge.

Ana hatte offenbar genug. »So, mein Vater muss sich ausruhen. Sie haben ja Ihre Informationen.«

Héctor und Johanna verabschiedeten sich.

Auf der Rückfahrt grübelte Johanna. Was hatte Jorge sagen wollen? Warum hatte er es nicht gesagt? Und wieso war Ana so wütend geworden?

Teil 3

Vermächtnisse

Nie habe ich so sehr unter Kälte gelitten, obwohl es in Wirklichkeit nicht sehr kalt war. Aber für uns, die wir es gewohnt sind, im Winter zu heizen, lastete dieses Haus ohne Kamin wie ein eisiger Mantel auf unseren Schultern.

George Sand, »Ein Winter auf Mallorca«

26

Johanna fröstelte. Sie machte sich einen Tee mit frischer Minze aus dem Garten und stellte die dampfende Tasse auf die hübsche Keramikkachel – gelbe Sonne auf blauem Grund. Mit einem warmen Wollschal um die Schultern setzte sie sich an den Esstisch und dachte darüber nach, was sie über den Fall Hallter wusste und was sie bei dem Treffen auf dem Weihnachtsmarkt alles erfahren hatte. Sie machte sich eine Liste mit Stichpunkten, die ihr wichtig erschienen.

- *Gärtner Colau gibt Gemma und Oxana völlig sinnlos Pflanzentöpfe mit nach Port de Valldemossa. Warum?*
- *Susanna soll in ihren Arbeitgeber verliebt gewesen sein.*
- *Die alte Frau Beyer klatscht und tratscht gern.*
- *Hanne ist vor der Tat in Konstantins Zimmer gesehen worden.*
- *Ein noch Unbekannter soll Konstantins T-Shirt aus der Wäsche geholt und zum Tatort gebracht haben.*
- *Konstantin hatte eine Affäre mit Patrizia, Holger Hallters Ehefrau.*
- *Die Angestellten sind seit Jahrzehnten bei der Familie und haben die Kinder aufwachsen sehen.*
- *Horst Hallter und die Frage, ob er seinen »kleinen Schatz« versteckt hat, wie Konstantin es formuliert hat.*
- *Colau stellt regelmäßig einen Blumenstrauß vor die Marienstatue in der Grotte.*

Immer wieder Colau. Johanna betrachtete die Liste und fasste einen Entschluss. Sie googelte die Rufnummer der Seniorenresidenz in Santa Ponsa und ließ sich mit Hannelore Beyer verbinden.

»Ja, bitte?«, meldete sich diese.

Johanna stellte sich vor und erklärte, sie gehöre als Privatdetektivin zu den Ermittlern, die den Hallter-Fall wieder aufrollten.

»Ja, ich weiß, da war ein sehr charmanter junger Herr da«, sagte Hannelore Beyer erfreut. »Sie klingen allerdings eher nach meinem Alter.«

Johanna bestätigte dies. »Ich bin vierundsiebzig.«

»Und immer noch berufstätig? Das lobe ich mir. Ich selbst bin leider zu gebrechlich, um die Firma weiterzuführen. Die haben wir zu einem guten Preis verkauft.«

Wenn ich nicht bald auch zu gebrechlich bin, dachte Johanna finster. »Sagen Sie, kannten Sie auch die Angestellten der Hallter-Familie gut? Colau, den Gärtner, und Susanna, die Haushälterin?«

An Hannelore Beyers Ende der Leitung klickte es, dann atmete jemand aus, es war eher ein Pusten. Sie hatte sich wohl eine Zigarette angesteckt.

»Hoffentlich kommt jetzt niemand rein. Sie schimpfen immer, wenn ich rauche. Moment mal«, sagte sie vergnügt.

Johanna hörte eine Schublade aufgehen, anschließend ein Klirren. Aha, sie hat sich den Aschenbecher zurechtgestellt, dachte sie.

Hannelore Beyer kehrte ans Telefon zurück. »Ja, die kannte ich recht gut. Wir waren viele Jahre mit Horst befreundet, die Angestellten waren Teil der Familie.«

»Können Sie etwas über die beiden erzählen? Woher sie kamen, wie sie zur Familie standen?«

Wieder ein Ausatmen, dann ein Husten. »Susanna hat als ziemlich junges Ding dort angefangen, in ihren Zwanzigern. Sie hat sich sehr um die Kinder gekümmert, als Lisbeth starb.«

Lisbeth muss die erste Frau Hallter gewesen sein, dachte Johanna. Sie konnte sich nicht erinnern, dass jemand bislang den Vornamen erwähnt hatte.

»Susanna fühlte sich für Hanne und Holger verantwortlich, dabei war sie kaum zehn, zwölf Jahre älter als die beiden.«

»Und was war mit Colau?«

»Ein netter Mann. Horst hatte allerdings anfangs Bedenken.«

Johanna horchte auf. »Warum?«

»Weil Colau vorbestraft war. Ich weiß nicht mehr genau,

worum es ging. Aber Horst hat ihm eine Chance gegeben, das hat Colau ihm nie vergessen. War treu wie Gold, loyal bis zu Hallters Tod.«

Johanna hörte, wie eine energische weibliche Stimme neben Hannelore Beyer sie auf Spanisch ermahnte. »Señora, Sie sollen doch nicht rauchen. Schon gar nicht im Zimmer. Sie werden noch den Feueralarm auslösen.« Ein Klirren, Stille.

»Sie hat mir den Aschenbecher weggenommen«, empörte sich Hannelore. »Und dann wundern die sich, wenn ich manchmal weglaufe.«

Wie wird es mir gehen, wenn ich einmal nicht mehr allein wohnen kann?, fragte sich Johanna. Wird Gemma für immer bei mir bleiben und mich pflegen? Das durfte sie kaum verlangen. Sie wähnte sich bereits in einem Pflegeheim sitzend, ohne Aufgabe, ohne Fälle, ohne Laden. Heimlich nahm sie sich vor, sich noch gesünder zu ernähren und ihre Sportübungen wieder regelmäßig zu machen.

»Wir waren bei Colau und seiner Loyalität stehen geblieben«, erinnerte sie ihre Gesprächspartnerin.

Bei der klickte erneut ein Feuerzeug. Frau Beyer hielt vermutlich nicht viel von Vorschriften. »Vollkommen korrekt. Er war der Familie treu ergeben, Horst und Hanne, aber auch Tatjana. Oxana hat er regelrecht vergöttert.«

Weiter kam sie nicht. Im Hintergrund ging ein Riesenlärm los. Das ist der befürchtete Feueralarm, dachte Johanna. Der Hörer wurde aufgelegt, und sie vermutete, dass Hannelore Beyer nun andere Probleme hatte. Doch sie wusste nun, was sie hatte erfahren wollen.

Rasch schlüpfte Johanna in ihre Schuhe, griff nach dem Autoschlüssel und setzte sich in den Wagen. Sie wollte Colau einmal gehörig auf den Zahn fühlen. Auf der Fahrt grübelte sie weiter. Diese Aktion mit dem Pflanztöpfe-Transport erschien ihr seltsam, sie hatte einen Verdacht.

Kurz vor Valldemossa bog sie in die Seitenstraße ab, die zu den Hallters führte.

Sie stellte den Wagen ab und ging langsam den Weg entlang zum Tor. Als sie noch etwa dreißig Meter von der Einfahrt entfernt war, trat ein älterer Herr mit Schubkarre aus dem Tor und schickte sich an, am Rand des Hanges Büsche zu schneiden.

»*Hola*«, sagte sie, als sie den Mann erreicht hatte.

Er drehte sich um. »*Hola, Señora.* Wie geht es, und wohin des Weges? Seien Sie nur vorsichtig, auf der schmalen Straße wird viel gerast.«

Johanna blieb stehen. »Vielen Dank für den Rat. Ich wollte zu Ihnen. Ich bin Johanna Miebach.«

Der Gärtner stoppte in der Bewegung, damit hatte er wohl nicht gerechnet. Schließlich sagte er: »Angenehm, ich bin Colau Isern.« Ganz offensichtlich kannte er Gemmas Nachnamen nicht, er machte nicht den Eindruck, als hätte er den Namen Miebach schon einmal gehört.

In diesem Moment peitschte ein Schuss durch die Morgenluft, dann noch einer, das Geräusch kam aus einer anderen Richtung. Johanna zog instinktiv den Kopf ein, Colau hingegen stapfte verärgert aus dem Gebüsch auf die Straße und stemmte die Arme in die Hüften, während er nach den Schützen Ausschau hielt.

»Die sind viel zu nah am Ort«, schimpfte er.

Johanna erholte sich nur langsam von dem Schreck. »Wer ist zu nah am Ort?«

»Die Drosseljäger«, stieß Colau hervor.

Johanna wusste, was er meinte. Auch in der Gegend um Llucmajor waren sie unterwegs. Noch bis zum 27. Januar lebten die Drosseln auf der Insel höchst gefährlich. In dieser Zeit, Dezember und Januar, war es erlaubt, sie zu schießen. Überall lagen Häscher auf der Lauer.

Auf den Balearen gab es zwanzigtausend Jagdscheine, fünfzehntausend dieser Jäger widmeten sich allein der Drosseljagd. Die Vögel galten als kulinarische Delikatesse und landeten in Pfannen oder Öfen. Meist wurden sie mit Schrot geschossen; pro Tag durfte man maximal achtzehn Vögel erlegen.

Früher war dabei die Technik *caça amb filats* eingesetzt worden. Die Jäger hatten ein großes Netz zwischen zwei Stäben gespannt, um die Tiere zu fangen. Das war heute zwar EU-weit verboten, aber auf Mallorca konnte noch so gejagt werden – mit dem Schlupfloch »Traditionspflege« war es erlaubt, die Drossel auf althergebrachte Art zur Strecke zu bringen. Doch so jagte heute nur noch ein kleiner Teil, genauer gesagt zweitausend der insgesamt fünfzehntausend Jäger.

Den Brauch kannte Johanna, sie selbst hatte aber keinerlei Interesse an einem Drosselbraten im Ofen.

Colau reckte weiter den Kopf. »Verdammt, die haben keine Genehmigung, so nah an den Häusern zu schießen«, wiederholte er.

»Die armen Drosseln«, bemerkte Johanna mitleidig.

Doch Colau war nicht ihrer Meinung. »Die Viecher breiten sich aus wie verrückt, wenn sie nicht gejagt werden. Sie verdrängen andere Tiere.«

Dass die Drosseljagd letztlich sinnvoll für das Ökosystem war, wusste Johanna, ihr taten die Tiere trotzdem leid.

Die Schüsse wurden leiser und waren schließlich gar nicht mehr zu hören, die Jäger hatten sich vernünftigerweise ein anderes Gebiet gesucht.

»Ich bin Johanna Miebach«, sagte sie erneut. »Die Großmutter von Gemma.«

»Ach, und was wollen Sie hier?« Colau machte ein wütendes Gesicht. »Sie und Ihre Enkelin? Bei der Uniarbeit helfen? Dass ich nicht lache! Habe ich von Anfang an nicht geglaubt.«

»Wir werden herausfinden, wer Horst Hallter wirklich ermordet hat«, kündigte Johanna an und fand sich selbst etwas zu theatralisch. Ins Blaue hinein fügte sie hinzu: »Und wer Hanne Hallter vergiftet hat.«

Colau war zusammengezuckt, er sagte keinen Ton, griff nach der Gartenschere und hieb regelrecht auf die Büsche ein.

Johanna entschloss sich, nicht lange um den heißen Brei zu reden. »Ich denke, ich weiß, warum Sie Oxana und Gemma die Töpfe mit dem Bambus mitgegeben haben, als sie hinunter nach Port de Valldemossa fuhren. Sie wussten, dass Hanne im Wintergarten war. Und Sie wollten, dass jemand sie findet.«

Colau war kalkweiß geworden.

»Hanne liegt im Koma«, fuhr Johanna fort. »Das war eine Überdosis, und Sie haben ihr Hilfe geschickt. Woher haben Sie gewusst, wo sie ist?«

Das war zu viel für Colau. Er lehnte sich an die Mauer, die das Anwesen umgab, ließ die Schere fallen und atmete schwer. »Ich weiß nichts«, murmelte er heiser.

Johanna beschloss, etwas einfühlsamer vorzugehen. Sie wollte schließlich nicht, dass der Mann noch einen Herzinfarkt bekam. »Du bist schon lange hier bei der Familie, nicht wahr?« Der Wechsel zum Du erschien ihr gerechtfertigt.

Colau brummte. »Ja, sehr lange.«

»Und du verdankst Horst Hallter viel. Er hat dich eingestellt, obwohl du vorbestraft warst.«

Dass sie das wusste, irritierte Colau sichtlich. Er rutschte an der Wand hinunter und blieb im Gras sitzen. »Ich habe Mist gebaut als junger Mann. Gestohlen, mich geprügelt. Einmal hab ich einen fast totgeschlagen. Aber ich hatte mich geändert, und Señor Hallter hat es mir geglaubt. Er war ein guter Mensch …«

»Oxana sollte Hanne finden, oder? Sie sollte dafür sorgen, dass sie ins Krankenhaus gebracht wird.« Für Johanna war es an der Zeit, wieder zu den Bambusstauden zu kommen, die die beiden jungen Frauen hatten transportieren sollen.

Colau schien mit sich zu ringen. Erst antwortete er nicht, dann hob er den Kopf. »Ja, verdammt noch mal, ja. Ich wusste, dass Señora Hanne im Strandhaus war, und ich hatte Angst. Sie war so betäubt, ich dachte, diesmal geht's nicht gut aus. Ich wollte Oxana dazu bringen, in den Wintergarten zu gehen.«

»Und wie ist Hanne dort hingelangt? Sie kann ja kaum selbst gefahren sein.«

Colau schloss die Augen. »Es war Holger. Er hat sie nachts ins Strandhaus gebracht und in den Wintergarten gesetzt. Das hat er schon ein paarmal gemacht. Oxana und die anderen wussten nichts davon. Er konnte seine Schwester nicht ertragen, wenn sie so vollgedröhnt war.«

»Und warum der Trick mit den Bambusstauden? Du hättest doch selbst runterfahren und Hanne retten können.«

Er öffnete die Augen wieder, es lag Schmerz darin. »Das hatte mir Señor Holger strikt verboten. Er hat gesagt, er entlässt mich, wenn ich es jemandem erzähle oder sie heimhole. Ich denke, es soll niemand wissen, wie lieblos er mit seiner suchtkranken

Schwester umgeht.« Flehentlich reckte er die Hände. »Ich wollte doch nur, dass Oxana sie findet und ins Krankenhaus bringt. Damit sie ihr dort, ich weiß ja nicht, den Magen auspumpen oder solche Sachen. Ich hätte nie gedacht, dass sie so schlimm dran ist, dass sie ins Koma fällt.«

Johanna half ihm auf. »Komm, wir trinken erst einmal einen Kaffee.«

Sie gingen gemeinsam die Auffahrt hinauf und setzten sich in die kleine Dienstbotenküche.

»Du hängst sehr an Oxana?«, fragte Johanna freundlich.

Colau machte sich an einer antiquierten Kaffeemühle zu schaffen, setzte Wasser auf. Als es kochte, goss er altmodisch Filterkaffee auf. »Weißt du, Abelia und ich haben keine Kinder. Abelia ist meine Frau. Aber wir hatten ein glückliches Leben zusammen. Haben es noch.« Er gab das dickflüssige Gebräu in zwei angeschlagene Tassen.

Johanna nippte daran und hustete. Der Kaffee war sehr stark.

»Ich bin zufrieden, wenn ich draußen bin, in der Natur, mit den Pflanzen und Tieren«, sagte er. »Gärtner zu sein, das ist mein Traumberuf. Und ich war so froh, als Señor Hallter mich vor über vierzig Jahren für das alte Landgut eingestellt hat. Es war wunderbar. Die alten Olivenbäume, der viele Platz. Ich habe Rabatten angelegt, Oleander gepflanzt, den Rasen gepflegt. Und überall wilde Ecken stehen gelassen für die Bienen und Vögel.«

»Eine schöne Tätigkeit.« Johanna dachte mit einem Anflug schlechten Gewissens an all das Unkraut, das derzeit in ihren Beeten wucherte.

»Die Familie war oft da. Horst Hallter mochte ich gern, obwohl er manches Mal launisch war oder gelogen hat. Aber der war ein Macher.« Colau nahm ebenfalls einen Schluck Kaffee. »Seine Kinder aus erster Ehe, *Déu meu*! So lasch und ohne Energie, die armen Dinger. Und Susanna tat mir leid. Hallter hat sie nicht geheiratet, obwohl sie es so dringend wollte, dass es jeder sah. Es war mitleiderregend.« Er verbarg das Gesicht in den Händen. Ihm schien etwas einzufallen. »Ich habe sie am Tag von Señor Hallters Tod sogar dabei ertappt, wie sie eins seiner alten T-Shirts aus der Wäsche zog. Ein hellblaues Shirt. Vielleicht roch es noch nach seinem Rasierwasser, was weiß ich.«

Ein hellblaues Shirt, dachte Johanna. Das ist ja rührend. »Doch er hat nicht Susanna geheiratet, sondern Tatjana«, soufflierte sie.

»Ganz genau, und Oxana kam zur Welt. Die Kleine wurde mein Ein und Alles. Ein verrücktes Kind, ja. Kam sehr nach Hallter. Launisch, dachte sich phantastische Geschichten aus. Aber klug.« Er tippte sich an die Stirn. »Oxana ist klug. Ein liebes Kind.«

Johanna kannte das. So sprach sie auch über Gemma. Ihr liebes, kluges Kind.

27

Sie hatte kaum geschlafen. Immer wieder war Gemma das Bild vor Augen gestiegen, wie Hanne Hallter halb tot in dem Korbsessel des Wintergartens gelegen hatte. Hatte sie sich umbringen wollen? Wie war sie dort hingekommen?

Hanne hatte auf keinen Fall noch Auto fahren können, davon war Gemma überzeugt. Auch die Ärztin im Krankenhaus hatte ihre Zweifel gehabt. Also musste jemand sie mit dem Wagen ins Strandhaus gebracht haben. Sie musste herausfinden, was geschehen war.

Gedankenverloren saß sie am Pool und betrachtete die Unterlagen für die Bachelorarbeit. Von der Familie war niemand zu sehen. Schließlich raffte sie Mappe und Laptop zusammen und brachte das Arbeitsmaterial ins Poolhaus. Zeit, sich mal wieder ein bisschen umzusehen, fand sie.

Mit raschen Schritten nahm sie die Treppe zum Haupthaus. Sie hatte sich eingeprägt, wo die Zimmer der Bewohner lagen. Leise schlich sie in die erste Etage, im linken Trakt befand sich Hannes Reich, zwei Zimmer mit Bad.

Die Tür war nicht verschlossen, Gemma schlüpfte hinein. Hannes Bett war zerwühlt, ihre Kleidung lag in Stapeln auf Sesseln und Kommoden. Auf einem Sideboard standen abgegessene Teller, Gläser und leere Karaffen. Sehr ordentlich war sie offensichtlich nicht.

Gemma streifte sich Einmalhandschuhe über, um keine Spuren zu hinterlassen. Methodisch suchte sie den Schlafraum ab. Dabei hielt sie immer wieder inne, um zu lauschen, ob jemand ihr Tun bemerkte. Sie fand Diazepamflaschen in den sonderlichsten Ecken – in einem Turnschuh, unter dem Bett, hinter Büchern versteckt. Aber keinen Hinweis auf ein anderes Medikament. Seltsam, die Ärztin war doch so sicher gewesen, dass Hanne einen ganzen Cocktail unterschiedlicher Mittel geschluckt hatte.

Schließlich entdeckte Gemma eine Teetasse, die unter eine Kommode gekullert war. Es war ein Rest Flüssigkeit darin, die

Tasse konnte noch nicht lange hier liegen. Der Bodensatz roch chemisch. Ja, in dieser Tasse war ein Medikament aufgelöst worden. So roch Novalgin, ein äußerst starkes Schmerzmittel. Gemma hatte es im Frühjahr selbst genommen, als sie bei einer Mordermittlung schwer verletzt worden war. Woher hatte Hanne die Arznei?

Gemma hörte unten die Tür schlagen und Schritte auf der Treppe. Sie legte die Tasse zurück auf den Boden. In der Ecke befand sich ein mächtiger Kleiderschrank. Mit einem Satz war sie dort und sprang hinein. In diesem Moment öffnete sich die Tür zu Hannes Domizil. Wieder Schritte. Jemand hielt inne, ging dann hinaus.

Nach einer Weile wagte sie sich aus ihrem Versteck und sah sich um. Die Tasse war weg.

Das schmutzige Geschirr stand immer noch auf dem Sideboard, die unbekannte Person hatte nur die eine Tasse mitgenommen. Merkwürdig.

Vorsichtig schlich Gemma zur Tür und lugte hinaus. Es war niemand mehr zu sehen, doch hörte sie im Erdgeschoss Holger telefonieren.

Auf dem Weg zurück zu ihrem Poolhaus traf sie Susanna im Garten, die einen rosa Oleander umtopfte.

Gemma ging neben ihr in die Hocke. »Sag mal, nimmt jemand hier im Haus starke Schmerzmittel?«

Susanna fuhr hoch. »Schmerzmittel? Wieso fragst du?«

»Ich dachte nur, weil Hanne ja einen Medikamentenmix genommen haben soll, nicht nur ihre üblichen Tropfen.«

»Tja, lass mich überlegen. Wir haben eigentlich nur Aspirin und so etwas da. Nein, warte, Holger hatte vor einiger Zeit einen Bandscheibenvorfall. Da hat er ein stärkeres Mittel bekommen. Ich weiß aber nicht mehr, wie das hieß.«

Das war ja interessant. Gemma lief zur Garage und setzte sich in ihren Wagen, um ins Krankenhaus zu fahren. Vielleicht hatte sie Glück.

***

Das Universitätskrankenhaus lag rund fünf Kilometer südlich der Uni, ein helles vierstöckiges Gebäude mit dem Charme eines Industriekomplexes. Gemma parkte und betrat das Hospital. Die Dame am Empfang bestätigte ihr, dass Hanne Hallter noch auf der Intensivstation lag.

Gemma klopfte am Ärztezimmer an. Stella Fernandez hatte Dienst.

»*Hola*, ich wollte nach Hanne Hallter sehen«, sagte Gemma.

Fernandez begrüßte sie. »Das wäre tatsächlich gut. Ich glaube, sie wacht auf«, sagte sie. »Wäre schön, wenn sie ein bekanntes Gesicht sähe.«

Da Gemma zuletzt gemeinsam mit der Familie im Krankenhaus gewesen war, ging Stella Fernandez offensichtlich davon aus, dass sie zur Verwandtschaft gehörte. Sie ließ sie in diesem Glauben.

Zusammen gingen sie zum Krankenzimmer, Fernandez öffnete ihr die Tür. »Setzen Sie sich nur zu ihr. Wir haben übrigens eine eigentlich tödliche Menge Novalgin in ihrem Blut gefunden. Es tut mir leid, das war wohl doch ein Selbstmordversuch und keine versehentliche Überdosis ihres Suchtmittels. Ich habe Señor Holger Hallter schon informiert.«

Oder es war ein Mordversuch, dachte Gemma, und das Novalgin gehörte vermutlich dem guten Señor Holger.

Hanne Hallter lag da wie tot. Geräte piepten und überwachten Blutdruck und Puls. Gemma nahm einen Stuhl und setzte sich neben die Bettkante. In diesem Moment rührte sich Hanne.

»Bist du wach?«, fragte Gemma.

Hanne stöhnte. Langsam öffneten sich ihre Augen. »Nicht«, wisperte sie. »Nein, nicht.«

Hatte sie Halluzinationen? Sie bewegte sich wie in Zeitlupe, der Blick schwamm.

»Susanna?«, sagte sie schwach.

»Hier ist Gemma. Wie geht es dir?«

Hannes Lider flatterten unruhig. »Ich will nicht. Ich will das nicht trinken«, flüsterte sie. Sie schob eine imaginäre Hand weg. »Lass mich in Ruhe. Nein, nicht zum Strandhaus, bitte. Holger.«

Gemma strich ihr über den Arm. »Keine Angst, dir kann niemand etwas tun. Ich bin hier.«

»Wir haben Papa getötet. Wir sind schuld. Ich darf nicht sagen … Holger darf nicht …« Hannes Stimme erstarb.

»Was darf Holger nicht?«, fragte Gemma. »Hanne, ich bin bei dir, er kann dir nichts mehr tun. Hat er dir die Medikamente gegeben? Hat er dich ins Strandhaus gefahren?«

Hanne schloss die Augen, sie schien erneut in die Bewusstlosigkeit zu sinken. »Susanna. Gefahr.«

»Was heißt das?«, fragte Gemma leise. »Holger und du habt euren Vater getötet? Du wolltest es gestehen? Und jetzt ist auch Susanna in Gefahr? Meinst du das?«

Von Hanne kam keine Antwort mehr. Gemma schnappte sich ihren Autoschlüssel und stürzte davon.

War es genau so, wie Konstantin gemutmaßt hatte? Hatten die Geschwister ihn hereingelegt? Hatten sie den Mord gemeinsam begangen und ihn dann Konstantin in die Schuhe geschoben?

Sie raste die Straße nach Valldemossa hinauf und versuchte dabei, Héctor zu erreichen. Es war besetzt. Gemma fluchte und gab noch mehr Gas. Mit quietschenden Reifen erreichte sie das Anwesen, gab mit zitternden Fingern den Code ein und jagte die Auffahrt hinauf.

Am Haus war niemand zu sehen, noch nicht einmal Colau. Sie nahm mehrere Stufen auf einmal und riss die Tür zu Susannas Zimmer auf. Sie erschrak. Susanna stand mitten im Raum, aus ihrer Nase tropfte Blut. Vor ihr lag Holger Hallter, er war bewusstlos. In Susannas Hand erkannte Gemma einen schweren Kerzenleuchter aus Eisen.

»Was ist passiert? Hat er dich angegriffen?«, fragte sie atemlos. »Hanne ist aufgewacht. Sie sagte, du seist in Gefahr.«

Susanna kam auf sie zu. »Gott, bin ich froh, dass jemand da ist«, keuchte sie. »Er wollte mich umbringen.«

Gemma tätschelte ihren Arm und behielt Holger im Blick, während sie wieder Héctors Nummer wählte. Diesmal wurde abgenommen.

»Wo steckst du?«, rief sie in den Hörer.

»Ich will gerade zu dir. Stehe unten am Tor. Johanna ist auch schon hier, bei Colau«, sagte er.

»Ich bin bei Susanna. Holger ist verletzt. Susanna behauptet, er habe sie töten wollen. Kommt alle her.«

Kurze Zeit später stürzten Héctor, Johanna und Colau ins Zimmer.

Holger war immer noch bewusstlos. Héctor rief einen Notarzt und legte ihm Handschellen an. Susanna und Johanna setzten sich auf das Sofa in der Zimmerecke.

Gemma fand es an der Zeit, zu erklären, was überhaupt los war. Sie gab Susanna einen Abriss darüber, dass sie den alten Mordfall wieder aufgerollt hatten und sie, Gemma, undercover bei den Hallters war. Ihre familiären Verquickungen mit Konstantin Friedrichs verschwieg sie.

»Aha«, sagte Susanna dann langsam. »Also die Dame hier«, sie wies auf Johanna, »ist deine Großmutter und wie du Privatdetektivin. Und der junge Mann ist Polizist.«

»Genau so ist es.« Johanna musterte Susanna kritisch. »Wir haben allerhand herausgefunden, wissen Sie? Es gibt einige neue Verdächtige in dem Fall. Sie haben zum Beispiel gelogen, was die Affäre zwischen Konstantin Friedrichs und Tatjana Hallter anging. Und wir haben Anhaltspunkte, dass Sie selbst gern die Ehefrau von Horst Hallter geworden wären. Was sagen Sie dazu?«

Susanna brach in Tränen aus. »Ich habe sie geliebt, wissen Sie? Holger und Hanne. Sie waren wie meine Kinder, ich habe mich um sie gekümmert nach dem Tod ihrer Mutter, ich war immer für sie da.«

Unter Schluchzen berichtete sie, sie habe keine schöne Kindheit gehabt, sei von einem Kinderheim ins nächste geschoben worden. Kein Platz, an den sie jemals gehört habe. Keine Wärme, keine Familie, aber immerhin eine Ausbildung. Sie sei auf eine Hauswirtschaftsschule gegangen.

»Das war damals ziemlich üblich. Viele Mädchen haben das gemacht. Galt auch als gute Vorbereitung für die Ehe.« Sie verzog das Gesicht.

Ihre erste Stelle habe sie auf Mallorca bei einer Familie angetreten, die dann aber fortgezogen sei. »Ich lernte Horst kennen. Er war Witwer, und die Kinder waren Teenager. Sie brauchten eine Ansprechpartnerin, eine erwachsene Person, die für sie da war.«

Hallter habe sie als junge Frau engagiert, sie habe ab dieser Zeit mit der Familie zusammengelebt, mal in der Kölner Villa, mal auf dem mallorquinischen Anwesen.

»Horst war nicht oft zu Hause, und so gewöhnte ich mich daran, eine Art Mutter oder große Schwester für Holger und Hanne zu sein.«

Horst Hallter habe ihr einen Platz gegeben, an den sie gehörte. Und Menschen, die sie brauchten. »Allein dafür habe ich ihn geliebt. Und ich dachte tatsächlich irgendwann, dass auch er mich liebt. Ich dachte, er könne es vielleicht nicht so zeigen oder es sei ihm peinlich vor den Kindern. Ich habe mir lauter Entschuldigungen für ihn eingeredet, warum er noch nicht um meine Hand angehalten hatte.«

Dass er das noch tun würde, da sei sie sich sicher gewesen. Bis zu jenem Tag, an dem er verkündet habe, er werde wieder heiraten – und Tatjana präsentierte.

»Und was genau hat das mit Ihrer Lüge zu tun?«, fragte Johanna weiter. »Warum haben Sie der Polizei gesagt, Tatjana hätte eine Affäre gehabt?«

»Für mich brach eine Welt zusammen. Ich hatte mir all die Jahre etwas vorgemacht. Ich war, das wurde mir klar, für Horst nur eine Angestellte. Nicht mehr.«

Kurz nach der Hochzeit sei auch schon das Nesthäkchen Oxana auf die Welt gekommen. Susanna habe das Gefühl gehabt, als hätte ihr eine andere Frau den für sie vorgesehenen Platz weggenommen. Doch wo sollte sie hin? Sie habe sich für Holger und Hanne verantwortlich gefühlt, auch als diese längst erwachsen waren.

»Sie waren beide so weltfremd, vor allem Hanne. Ich merkte, wie sie zunehmend psychische Schwierigkeiten bekam, da war sie schon über dreißig. Oxana ist ganz ähnlich. Ich befürchte, das sind Hallters Gene. Er hatte auch solche Ausfälle. Bei Hanne allerdings haben sich die Aggressionen nie nach außen gerichtet, sondern immer nur gegen sich selbst. Alkohol, Tabletten. Ich fand es schwer, mitanzusehen, wie aus dem hübschen jungen Mädchen eine traurige, kranke Erwachsene wurde.«

Die Spannungen in der Familie seien nach der Hochzeit mit der zweiten Ehefrau nach und nach sichtbarer geworden. Holger und Hanne hätten niemals gedacht, dass ihr Vater eine neue Familie gründen würde, sie fühlten sich zurückgesetzt und ausgebootet. Und hätten darunter gelitten, dass ihr Vater ihnen nichts zutraute, keinen echten Schritt ins Leben machen ließ. Holger habe Jura studiert, Hanne Betriebswirtschaft. Sie hätten erwartet, mit ihren Fähigkeiten gute Posten im Familienunternehmen zu bekommen, aber Hallter habe abgelehnt. Er habe argumentiert, sie bräuchten diese Jobs nicht, sie erbten ja später viel. Es habe die beiden wie ein Schock getroffen, als er verkündete, Oxana dürfe später die Leitung der Firma übernehmen, wenn sie ihr Chemiestudium schaffe.

»Ich denke, das war der Tag, an dem Holger und Hanne entschieden, ihn zu töten. Ich glaube noch nicht einmal, dass es tatsächlich darum ging, an das Erbe zu kommen. Ich glaube, es ging zumindest für sie darum, sich zu rächen.«

Und so sei sie an jenem Dezembermorgen früh aufgestanden, um die Silvesterparty gründlich vorzubereiten. Sie habe Geräusche vom Pool gehört und sei hinuntergelaufen, um nachzusehen. Da habe sie Hanne und Holger gesehen, wie sie ihren Vater ins Wasser drückten.

»Ich habe nur gerufen: ›Was tut ihr da?‹, und bin hingelaufen. Er war da schon tot, wie ich später erfuhr. Das mit dem Valium wusste ich nicht. Ich kenne auch Konstantins Rolle nicht und weiß nicht, ob er überhaupt eine in dem Drama hatte.«

Er habe als Sündenbock herhalten müssen, er gehörte schließlich nicht zur Familie. Und die Familie war alles, auch für Susanna. Vor allem für Susanna.

»Ein Shirt von Konstantin lag am Pool. Holger nahm es und tupfte Horsts Blut auf. Später wurde es unter einem Busch gefunden. Ich denke, er hat es dort platziert, um Konstantin zu belasten.«

Als Susanna klar geworden sei, dass die Polizei vor allem Konstantin verdächtigte, habe sie versucht, den Verdacht noch mehr auf ihn zu lenken. Das sei auch der Grund für die Lüge gewesen, Konstantin habe eine Affäre mit Tatjana gehabt.

»Ich war wie von Sinnen. Alles, was ich wollte, war, Holger und Hanne zu beschützen. Horst war gegangen, aber seine Kinder konnte ich noch retten – auch wenn sie die Täter waren.« Sie schluchzte wieder auf. »Doch das bereue ich bitter. Ich bin sicher, Holger hat Hanne den tödlichen Mix in die Tasse gegeben. Er hatte vermutlich Angst, sie würde ihn und sich im Rausch verraten. Ich habe Mitschuld, wenn sie stirbt.«

Alle schwiegen betroffen.

»Rührende Geschichte. Und Konstantins Shirt lag am Pool? Das wäre ja das Allerneueste«, sagte Johanna schließlich schneidend.

Susanna wirkte das erste Mal irritiert. Sie stand auf und lehnte sich an eine Kommode am Fenster. »Ja, oder im Garten. Das weiß ich nicht mehr so genau.«

»Oder haben Sie es vielleicht aus der Wäsche genommen? Um Konstantin zu belasten?«

»So ein Blödsinn. Wie kommen Sie darauf?«

Johanna zog Colau am Ärmel. »Was hast du mir eben noch erzählt? Über das blaue Shirt?«

Colau sah verwirrt aus. »Ja, das stimmt. Susanna hat ein hellblaues Hemd oder Shirt aus der Wäsche genommen. Ich dachte damals, das sei Horst Hallters Shirt.«

Johanna nickte grimmig. Sie wandte sich an Héctor. »Welche Farbe hatte das Shirt, das die Polizei unter einem Busch gefunden hat und das als Beweismittel gegen Konstantin Friedrichs vor Gericht vorgelegt wurde?«

»Das war hellblau«, sagte Gemma an seiner Stelle. Sie hatte auch eine Kopie der Akte gelesen. Sie sah Susanna direkt an, ihre grünen Augen blitzten. »Und woher weißt du, dass der Giftmix für Hanne in einer Tasse war? Warst du im Zimmer und hast die Tasse geholt? Hast du sie in dem Oleander versteckt, den du umgetopft hast?«

»Wir haben die Ermittlung mit der Frage begonnen, ob Holger und Hanne die wahren Täter gewesen sein könnten. Aber immer und immer wieder kam Ihr Name ins Spiel«, sagte Johanna langsam. »War Holger überhaupt an der Tat beteiligt? Oder war es ein Komplott zwischen Ihnen und Hanne, und Sie wollen jetzt alles auf Holger schieben?«

Es herrschte völlige Stille im Raum. Die Entwicklung der Ereignisse überraschte sogar Johanna. Bevor jemand reagieren konnte, hatte Susanna die Schublade der Kommode aufgerissen und eine Pistole hervorgezogen. Sie richtete die Waffe auf Gemma. »Und du kommst jetzt mit mir«, sagte sie.

Johanna, Colau und Héctor mussten hilflos zusehen, wie Susanna Gemma vor sich in den Flur schob. Dann hörte man ein Klicken. Sie hatte die Tür abgeschlossen.

28

Mit Wucht trat Héctor gegen die Tür, die keinen Millimeter nachgab. Erst als er sich gemeinsam mit Colau dagegenwarf, brach das Holz, und der Weg war frei. Sie hörten, wie draußen ein Wagen ansprang.

»Sie nimmt den Cayenne!«, rief Colau.

Héctor rannte zu seinem Dienstwagen, Johanna stolperte hinterher.

»Ich komme mit«, keuchte sie und ließ sich auf den Beifahrersitz fallen.

Der Wagen mit Susanna und Gemma verschwand gerade um die Ecke, als er mit Johanna die Auffahrt hinunterraste. Er informierte die Leitstelle. »Schwarzer Porsche Cayenne, fährt in Richtung Valldemossa über die Ma-1110.«

»Ein Wagen ist in Son Ferrandell. Ist auf dem Weg zu euch«, meldete die Zentrale.

»Wir nehmen sie in die Zange.« Héctor drückte aufs Gas. »Warum waren wir nicht vorsichtiger?«, schimpfte er auf sich selbst. »Da lassen wir uns von einer Haushälterin übertölpeln und im Zimmer einschließen. Einfach dumm!«

»Du hast recht, das hätte uns nicht passieren dürfen«, flüsterte Johanna. »Wir haben sie unterschätzt. Als wären wir Amateure.«

Sie durchquerten Valldemossa, in der Ferne hörten sie die Sirene des Streifenwagens, der aus Richtung Esporles herangejagt kam.

Gleich haben wir sie, dachte Héctor.

Susanna bremste und bog mit quietschenden Reifen in eine Nebenstraße ab.

»Sie fährt nach Port de Valldemossa!«, rief Héctor. »Das ist eine Sackgasse. Das war's für sie!«

»Sie ist viel zu schnell. Sie wird sich umbringen, und Gemma mit.«

Offensichtlich hatte Susanna genau das vor. Sie raste mit dem Porsche Cayenne die Straße entlang.

»Héctor, bleib bitte zurück. Jag sie nicht«, bat Johanna mit zittriger Stimme.

Sie hatte recht. Susanna war in Panik, zu allem bereit. Und wozu sie fähig war, hatten sie ja schon gesehen.

Héctor ließ seinen Dienstwagen zurückfallen, blieb aber in Sichtkontakt.

Der Cayenne schleuderte bereits in der ersten Kurve. Héctor ließ sich noch weiter zurückfallen. Er und Johanna sahen den Wagen immer wieder auf der Serpentinenstraße aufblitzen, wenn er in einer Kehre in ihr Blickfeld geriet.

Auf einer langen Geraden wurde das Auto stark beschleunigt, Susanna durchbrach an einem Abgrund die kleine Mauer, die als Leitplanke diente.

»Nein!«, brüllte Héctor.

Doch der Wagen fiel und fiel. Unten in der Tiefe krachte er auf blanken Fels und zerschellte.

29

Susanna zerrte Gemma zu den Garagen und zwang sie mit vorgehaltener Waffe, sich in den Porsche Cayenne zu setzen. Sie befahl ihr, die Augen zu schließen.

Wohin will sie jetzt?, fragte sich Gemma entsetzt. Sie erhielt einen solchen Schlag mit dem Pistolenknauf, dass sie ohnmächtig wurde. Als sie wieder zu sich kam, waren ihre Hände mit Paketband gefesselt. Neben ihr saß Susanna und raste über eine schmale Straße in Richtung Port de Valldemossa.

Nicht schon wieder diese Mörderstrecke, dachte Gemma und versuchte, klar im Kopf zu werden. Wenn sie dieses Tempo beibehält, wird sie uns umbringen.

Susanna war eindeutig nicht bei Sinnen. Mit versteinerter Miene hielt sie das Lenkrad umfasst.

Gemma überlegte, wie sie sie dazu bringen konnte, ihr zuzuhören. »Susanna, der Mann, der damals als Horst Hallters Mörder verurteilt wurde …«, sagte sie. »Weißt du, wer das war?«

Susanna reagierte nicht.

»Das war mein Vater.«

Jetzt zuckte Susanna zusammen. Gemma hatte sie eindeutig erreicht. Damit hatte sie nicht gerechnet.

»Und was war dein Plan? Wolltest du dich bei uns einschleichen und ihn rächen? Die ganze Wahrheit herausfinden?« Susannas Stimme troff vor Sarkasmus. »Du würdest dich wundern. Aber es ist alles egal. Wir werden sterben, und das weißt du auch.«

Es war offenbar unmöglich, sie zum Aufgeben zu bewegen. Sie war im Tunnel, hatte mit allem abgeschlossen.

Gemma fokussierte sich auf die Umgebung. Hier war der Parkplatz mit dem Aussichtspunkt. Dann folgte eine Kurve, danach kam eine lange Gerade. Und dahinter ein tiefer, tiefer Abgrund. Sie war sich sicher, dass Susanna genau auf diesen Abgrund hinsteuern würde.

Die Tür aufzureißen war schwer, gleich rechts neben ihnen

befand sich eine steile Felswand. Aber es gab eine Stelle, da wich die Wand zurück. Das war ihre einzige Chance.

Sie machte sich bereit. Hier kam die Kurve, wiederholte sie im Kopf. Dann die Gerade.

Susanna gab Gas.

Kurz vor der Lücke im Fels atmete Gemma tief ein. Dann öffnete sie in einer blitzschnellen Bewegung mit gefesselten Händen die Tür und ließ sich hinausfallen. Sie schlug mit dem Kopf gegen einen Felsvorsprung und wurde erneut ohnmächtig.

30

»Ihr seid die Allergrößten.« Konstantin frohlockte.

Johanna hatte Gemma eine Woche später aus dem Krankenhaus abgeholt und sie ins Bett verfrachtet. Gemma war mit einer Gehirnerschütterung, einigen bösen Prellungen und Platzwunden und einer angebrochenen Rippe davongekommen. Das liege an ihrer sportlichen Gesamtkonstitution, hatte der Arzt im Krankenhaus gesagt.

Entsetzt hatte Johanna zusehen müssen, wie sich Gemma wie ein Ball zusammenrollte, als sie sich aus dem Wagen fallen ließ. Sie habe das beim Kampfsport gelernt, hatte Gemma später erklärt. Susanna hingegen hatte ihren Plan, sich umzubringen, sehr eindrucksvoll in die Tat umgesetzt. Die Rettungsteams hatten den zerstörten Wagen geborgen, tief in der Schlucht.

Langsam atmete Johanna durch. So etwas wollte sie nicht noch einmal erleben. Konstantin hatte die ganze Woche an Gemmas Krankenbett gesessen und ging ihr nun auf die Nerven, weil er immer wieder minutiös jede Einzelheit erfahren wollte, wie sie Hanne und Susanna überführt hatten.

»Und Susanna hat mein Shirt genommen und unter den Busch geworfen?«, fragte er schon zum dritten Mal.

»Ja, habe ich doch gesagt«, murmelte Johanna. »Ist dir klar, dass es kein neues Verfahren geben wird? Die eine Verdächtige ist tot, die andere hat durch die Vergiftung vermutlich einen Hirnschaden. Es wird keine neue Verhandlung geben.«

Konstantin winkte ab. »Mir ist wichtig, dass ihr wisst, wie es war.« Er ging pfeifend in die Küche und schickte sich an, Gemma einen Tee zu kochen. Verwundert sah Johanna ihm nach. Es schien ihm nicht wichtig zu sein, sich offiziell reinzuwaschen.

Sie versicherte sich, dass Gemma in ihrem Krankenbett auf der Finca alles hatte, was sie brauchte. Dann machte sie sich auf den Weg zu Jorge Bennàssar, dem krankgeschriebenen Müllkippenmitarbeiter. Es gab noch einen Fall zu klären. Bei diesem

Besuch wollte sie darauf achten, dass sich dieser Zerberus von Tochter nicht wieder einmischte.

Sie lenkte den Wagen an seinem Haus vorbei. Jorge Bennàssar saß auf der Terrasse. Vielleicht hatte sie Glück, und er war allein. Johanna wendete und parkte direkt vor dem Gebäude.

»¡Hola, Jorge!«, rief sie ihm beim Aussteigen zu. »Ich muss Sie leider ein zweites Mal belästigen. Darf ich?«

Grüßend hob Jorge die Hand. »*Hola.* Aber selbstverständlich, werte Señora. Kommen Sie nur herauf.«

Wenn die mürrische Tochter nicht direkt neben ihm stand, war Jorge gleich viel geselliger.

Johanna setzte sich zu ihm. »Recht kühl heute, was?«

»Ja, und so windig.«

Sie plauderten über das Wetter, die Kinder und Enkel, über die unverschämten Preise im Supermarkt und das geplante Weihnachtsmenü. Es war nur noch eine Woche bis Weihnachten.

Jorge tippte auf das Glas seiner Armbanduhr. »Meine Tochter ist gleich zurück und will bestimmt, dass ich meine Krankengymnastik mache. Helfen Sie mir zu fliehen?« Er deutete zur Hauptstraße. »Rüber zur Bar an der Hauptstraße? Ich brauche eine *cerveza* und einen guten Happen.«

Johannas Wagen nutzten sie als Fluchtfahrzeug vor der gestrengen Ana. Sie parkten und betraten die Bar »S'Aranjassa«. Typischer konnte ein Lokal auf Mallorca nicht sein. Die altmodischen Fliesen an Boden und Wänden, die laut dudelnden Spielautomaten am Eingang, die schmucklosen Resopaltische, der laufende Fernseher in der Ecke, der lange Marmortresen und die aufgereihten Schnapsflaschen auf dem Holzregal darüber – so sahen etliche Bars auf der Insel aus.

Fröhlich begrüßte Jorge die Wirtin Maria und zwei der Gäste. Sie setzten sich an den Tisch am Eingang.

Johanna warf einen Blick auf die Karte, die Maria mit Kreide auf eine Tafel geschrieben hatte. Es gab deftige Hausmannskost. *Llom amb col*, Schweinelende im Weißkohlwickel, war die Empfehlung des Tages, außerdem wurden alle Sorten *bocadillos*, *pa amb oli* und Kuchen angeboten.

Jorge bestellte die Tagesempfehlung und ein Bier, Johanna

wählte ein *bocadillo* mit Käse und ein Glas Mineralwasser *con gas*.

Während Jorge genießerisch den ersten Schluck Bier trank, führte Johanna ihre Befragung fort. »Du hast dem Polizisten und mir gesagt, die Baufirma in Algaida, das seien Verbrecher. Was hast du damit gemeint?«

Jorge winkte ab. »Ach, vergiss das mal. Das war nur so dahingesagt.«

Maria servierte das Essen. Johanna nahm einen Bissen *bocadillo*, kaute und schluckte. »Wir ermitteln in einem Vermisstenfall. Ich habe Angst, dass eine junge Frau ermordet wurde. So alt wie Ana.«

Jorge stocherte lustlos in seinen Weißkohlwickeln. Er rang sichtbar mit sich, gab aber keine Antwort.

»Ich sage dir, wie es ist. Ich befürchte, der Mörder hat die Leiche in dem Bauschuttcontainer versteckt. Deshalb muss ich unbedingt wissen, wo der Inhalt des Containers hingebracht wurde. Wenn es da etwas Illegales gibt, ist uns das egal, verstehst du?« Johanna hatte kürzlich erst in der Zeitung einen Bericht gelesen, in dem über die zunehmende Anzahl von wilden Müllkippen geklagt worden war. Trotz der empfindlichen Strafen wurden Abfall und Schutt immer wieder einfach in die Landschaft entsorgt.

»Eine junge Frau wurde ermordet, sagst du?« Jorge war ernst geworden. »Das ist schlimm.« Er legte seine Gabel nieder.

Er ist so weit, dachte Johanna. Nun erfahre ich, was da wirklich mit dem Bauschutt aus Felipes Haus geschehen ist.

»Also, der Juniorchef von der Firma in Algaida ist Anas Freund. Deshalb muss ich vorsichtig sein mit dem, was ich verrate. Sie macht mir sonst die Hölle heiß.« Jorge räusperte sich. »Die sind halt Verbrecher. Nehmen von den Bauherren einen Haufen Geld dafür, dass sie den Bauschutt auf der Halde entsorgen. Aber sie bringen den Schutt gar nicht zu unserer Müllkippe. Da müssten sie ja die Gebühren zahlen. Sie kippen ihn einfach irgendwohin. In den Wald, in Naturschutzgebiete. Um Kosten zu sparen und mehr Geld zu scheffeln. Verbrecher eben.«

So etwas hatte Johanna sich gedacht. »Weißt du, wohin der Bauschutt gebracht wird?«

»Das wechselt immer. Im Moment, sagt Ana, fahren sie drei unterschiedliche Stellen an. Das machen sie so lange, bis irgendwer die wilde Müllkippe anzeigt. Wenn das der Fall ist, suchen sie sich neue Orte aus.«

»Kennst du die Stellen?«

Jorge zog sein Handy hervor, rief eine Onlinekarte auf und tippte drei Pins auf unterschiedliche Stellen rund um Llucmajor. »Das sind die wilden Müllkippen, die sie – glaube ich – derzeit anfahren. Aber wie gesagt, das kann auch wechseln.« Er schickte Johanna die Karte.

»Ich danke dir.«

Der galante Jorge ließ es sich nicht nehmen, die Rechnung zu begleichen.

Sie stiegen in den Wagen. Johanna fuhr ihn wieder zu seinem Haus.

»Noch mal danke und gute Besserung deinem Rücken.«

Jorge winkte ihr zum Abschied.

Im Wagen zog Johanna die Karte größer, um die Lage der wilden Müllkippen im Detail zu betrachten. Zwei der Stellen waren ganz in der Nähe, keine zwanzig Minuten entfernt. Die dritte Stelle lag oben im Galdent-Bergzug. In Schutthaufen herumzustochern war nicht das Klügste, das sie in ihrem Alter machen konnte. Aber es half ja nichts.

Sie ließ den Wagen an und folgte der Navigation ihres Smartphones. An einem Kiefernwäldchen bog sie ab und rumpelte einen Feldweg entlang, bis ihr Handy verkündete, sie habe ihr Ziel erreicht.

Entsetzt stieg sie aus und stand vor der Bescherung. In einer Vertiefung im lichten Wäldchen stapelten sich Elektroschrott und alte Reifen, einfach in die Landschaft geworfen. Sie machte ein Foto davon, um die Müllkippe der Umweltbehörde zu melden. Allerdings waren keine Abfallsäcke und kein Bauschutt zu sehen, eine Niete.

Bei der nächsten Müllkippe zeigte sich das gleiche Bild. An einem Feldrand am Fuß des Hexenbergs befanden sich zwar große Mengen Bauschutt, aber ebenfalls keine Säcke. Auch hier war der Inhalt von Felipes Container nicht gelandet.

In der Zwischenzeit hatte die Dämmerung eingesetzt. Johanna schwankte, ob sie noch die dritte Stelle anfahren sollte oder nicht, entschied sich aber dafür.

Der illegale Müllplatz befand sich in einem bewaldeten, bergigen Abschnitt südlich von Albenya. Johanna holperte die einsame, ungeteerte Bergstraße hinauf. Als sie an der markierten Stelle angekommen war, war es fast dunkel. Sie parkte hinter einem Busch, nahm ihr Smartphone als Taschenlampe und tastete sich vorsichtig voran.

Mitten im Wald ausgekippt, lag vor ihr ein großer Berg Bauschutt. Alte rostige Rohre, zerbrochene blau-gelb gemusterte Kacheln, verwitterte ehemals weiße Fensterrahmen aus Holz – und Müllsäcke. Das konnte Felipes Bauschutt sein.

Johanna ging zurück zum Auto, um eine Taschenlampe und einen Cutter zu holen.

In diesem Moment hörte sie das Tuckern eines Motors. Jemand kam die Bergstraße hinaufgefahren. Johanna wurde klar, dass Flucht nicht möglich war, denn der schmale Weg endete hier.

Sie ließ den Wagen an und setzte ihn noch ein Stück zurück in den Wald, wo er, wie sie hoffte, nicht so schnell zu entdecken sein würde.

Vorsichtig schlich sie zu einem Gebüsch, von dem aus sie die Lichtung mit dem Müllplatz gut überblicken konnte.

Das andere Auto hielt. Die Scheinwerfer blendeten Johanna so, dass sie kaum mehr als Umrisse wahrnahm, bis sich ihre Augen etwas an das grelle Licht gewöhnt hatten. Jemand stieg aus, hielt seine Taschenlampe auf die Müllberge und schien etwas zu suchen.

Von der Größe und Statur her war es ein Mann, der da durch den Schutt stapfte. Im Hintergrund erspähte Johanna ein weißes BMW-Cabrio mit verschlossenem Verdeck. Genau so eines fuhren Felipe und seine neue Angetraute.

Als der Mann näher kam, erkannte sie ihn. Es war Felipe, der an einem großen Müllsack stehen blieb. Er klemmte sich die Taschenlampe in den Mund, untersuchte seinen Fund und schleifte den Sack schließlich in Richtung Auto. Schimpfend blieb er immer wieder an den alten Rohren hängen, rutschte auf den kaputten Kacheln aus.

Johanna nahm ihr Smartphone und startete eine Videoaufnahme. Noch irgendetwas anderes hatte bei diesem Anblick in ihrem Kopf geklingelt. Ein Detail, das ihr bekannt vorgekommen war. Sie war aber zu aufgeregt, um zu ergründen, was es war.

Felipe hatte den Wagen erreicht und setzte den Sack ab. Er beäugte den Kofferraum und entschied offenbar, dass er zu klein war. Schnaufend schob er das Bündel halb auf den schmalen Rücksitz, blieb aber stecken.

Johanna hörte Felipe fluchen. Er ging um den Wagen herum und öffnete die gegenüberliegende Tür, krabbelte auf den Rücksitz, um den Müllsack in den Wagen zu ziehen.

Ich muss näher heran.

In diesem Moment klingelte ihr Handy. Erschrocken riss sie das Smartphone an sich und stellte mit zitternden Fingern den Stummmodus ein. Sie verharrte regungslos.

Hatte Felipe sie bemerkt? Er hatte ordentlich Krach gemacht mit dem Ziehen und Drücken des knisternden Plastiksacks, außerdem war er im Wagen, und das Dach des Cabrios war geschlossen.

Angespannt beobachtete sie, wie er vom Rücksitz krabbelte, die Fahrertür öffnete und den Scheinwerfer ausschaltete. Als auch die Taschenlampe erlosch, breitete sich Dunkelheit auf der Lichtung aus, nur der Mond beschien die Szenerie.

Er wartet, dachte Johanna und wagte kaum zu atmen. Sie tastete nach dem Cutter in ihrer Tasche. Das wird zwar auch nicht viel helfen, aber ich werde es ihm nicht leicht machen.

Felipe stand regungslos vor dem Cabrio, den Müllsack halb im Auto. Schließlich schaltete er seine Stablampe wieder ein.

Er denkt, er hat sich vertan. Johanna atmete auf. Sie sah, wie er das Bündel endlich im Auto verstaute und dann einstieg. Die Scheinwerfer flammten auf, der Wagen holperte langsam davon.

Sie musste herausfinden, wo er hinfuhr. Sie ging zu ihrem

Auto, wendete und folgte Felipe im Mondschein, ohne das Licht einzuschalten.

Aus einiger Entfernung konnte sie Felipes Wagen ausmachen. Er war an der Verbindungsstraße nach Randa angekommen und bog nach links ab. Johanna jagte hinterher.

Das weiße BMW-Cabrio war weg. Mutlos folgte sie der Hauptstraße. Sie befürchtete, dass sie Felipe bereits verloren hatte. Doch da tauchte der Wagen wieder vor ihr auf und nahm den Abzweig in Richtung Llucmajor. Wollte er etwa heim zur Finca? Mit dem Sack? Johanna war mittlerweile überzeugt, dass sich darin Violetas Leiche befinden musste. Warum sonst sollte Felipe nachts im Müll herumsuchen?

Dann kam ihr ein Verdacht, und es lief ihr kalt den Rücken hinunter. Er wollte die Leiche unter der Terrasse einbetonieren. Kein Richter auf Mallorca würde erlauben, den Grund und Boden eines unbescholtenen Bürgers ein zweites Mal aufzuwühlen, nur weil eine verrückte *dona alemanya* wilde Geschichten zum Besten gab. Sie musste ihn auf frischer Tat ertappen.

Felipe gab Gas, Johanna tat es ihm nach. Gleichzeitig versuchte sie, via Handy Héctor zu erreichen. Sie brauchte Verstärkung. Wer hatte ahnen können, dass sie mit ihren Ermittlungen auf den wilden Müllkippen so ins Schwarze treffen würde?

Mittlerweile waren sie auf der Ma-5010 angekommen, der breiten Schnellstraße zwischen Llucmajor und Algaida. Prompt heulte hinter Johanna eine Polizeisirene auf. Die Streife der Policía Local überholte sie und bremste sie aus.

Nicht jetzt, dachte sie. Nicht ausgerechnet jetzt.

31

Für Agente Tomás Blindar von der Policía Local Llucmajor und seinen Kollegen Felipe Xiulet, genannt Fifí, ging in diesem Moment eine äußerst erfolgreiche Schicht zu Ende. Sie hatten bei Maria Teresa ausgiebig zu Mittag gegessen, einen *ensalada de boquerones* verspeist, pikanten Salat mit Sardellen. Als *segundo plato* war *merluza en salsa verde* gereicht worden, Seehecht mit grüner Salsa, für die Maria Teresas Restaurant berühmt war. Als Nachtisch hatte es ein Stück Mandelkuchen gegeben, dazu Brot, Wasser und ein Glas Tischwein.

Danach waren Tomás und Fifí frisch gestärkt an ihr Tagwerk gegangen. Sie hatten einen Streit unter Straßenarbeitern geschlichtet, eine demente ältere Dame gesucht und gefunden, die ihrer Familie ausgebüxt war. Ein Raser hatte einen saftigen Strafzettel erhalten, ebenso ein Falschparker, der sein Auto vor der Feuerwehreinfahrt abgestellt hatte.

Sie hatten bei Sandros Bäckerei gehalten und sich mit *ensaïmadas* und Kaffee versorgt. Schließlich hatten sie noch einen lieben Labrador, der auf der Straße in Richtung Porreres angefahren worden war, aus dem Straßengraben geklaubt und zum Tierarzt gebracht. Der Hund war zum Glück nicht allzu schwer verletzt gewesen, und so hatte seine Besitzerin, der er ausgerissen war, den glücklichen Pablo halbwegs wohlbehalten in die Arme schließen können.

Tomás und Fifí waren rundherum zufrieden mit sich und der Welt. Sie waren Freund und Helfer gewesen, hatten für Recht und Ordnung gesorgt und dazu auch noch gut gegessen. Ein perfekter Tag, der nun zu Ende ging.

»Was machst du da?«, rief Fifí, als Tomás sich anschickte, die Autofahrerin anzuhalten, die etwas zu fix an ihnen vorbeigerauscht kam. »*Déu meu*, wir haben Feierabend. Lass sie doch fahren!«

Doch Tomás, noch beseelt vom erfolgreichen Tun des Tages, widersprach. »Sie rast und tippt auch noch auf dem Handy herum. Ich halte sie auf jeden Fall an. Das ist doch lebensgefährlich.«

Mit diesen Worten überholte er die Dame und schnitt ihr den Weg ab, dann signalisierte er ihr, dass sie rechts heranfahren sollte.

Der Pick-up wurde langsamer und hielt schließlich an einer Einfahrt.

»Ich mach das schon«, sagte Tomás und stieg gemächlich aus.

Als er fast auf der Höhe des Autos war, erkannte er die Dame. Señora Johanna, die Freundin von Kollege Héctor Ballester aus Palma. Detektivin, hatte er gehört. Die ist doch mindestens siebzig, dachte er und lächelte freundlich. Bin gespannt auf die Ausrede, warum sie so schnell fährt.

Doch als er sich ins Fahrerfenster beugen wollte, gab Johanna Gas.

»Ja, verdammte Scheiße!«, brüllte Tomás, sprintete zurück zum Streifenwagen und jagte hinterher.

Fifí kicherte, während er sich festhielt.

Tomás nahm sportlich die nächste Kurve, Johanna war schon fast außer Sicht. »Das hätte ich nicht gedacht, dass die Alte auf James Bond macht. Verfolgungsjagd mit Oma, ganz großes Kino.«

Mit quietschenden Reifen schleuderte der Pick-up vor ihnen in eine Seitenstraße und brauste davon.

»*¡Hola!*«, rief Fifí. »Die fährt ja einen heißen Stiefel. Das macht die aber auch nicht zum ersten Mal.«

Tomás sagte gar nichts, sondern sah zu, dass er hinterherkam.

Das Auto bog nach links ab auf eine ungeteerte Straße.

Die armen Stoßdämpfer, dachte Tomás bang. Er mochte den Streifenwagen, pflegte ihn regelmäßig, sorgte stets für ausreichend Öl, Wasser und Luft. Völlig verhasst war ihm, wenn seine Kolleginnen und Kollegen die Fahrzeuge vernachlässigten, ihren Müll darin zurückließen oder nie die Scheibenwaschanlage auffüllten.

Vor ihnen raste der Pick-up über den Feldweg. Die Polizisten mussten entsetzt zusehen, wie das Auto nach links durch ein verschlossenes Tor krachte und das weiße Cabrio rammte, das dahinter geparkt war.

Nur Sekunden später waren auch sie dort angekommen. Tomás bremste scharf, sprang aus dem Wagen und zog die Waffe. Diese Verkehrskontrolle entwickelte sich langsam, aber sicher zum Alptraum.

Hinter dem Cabrio flammte ein Terrassenlicht auf. Ein Mann erschien, der Anstalten machte, sich mit einem Hammer in der Hand wütend auf Johanna zu stürzen.

»Ich werde dich töten!«, brüllte er. Er hatte die Polizisten außerhalb des Grundstücks offensichtlich nicht bemerkt.

Tomás und Fifí rannten durch das Tor auf den Mann zu.

»Stehen bleiben!«, schrie Tomás. »Wir sind jetzt alle schön ruhig.«

Der Mann hielt inne. In diesem Moment erschien eine aufgelöste Mittfünfzigerin hinter dem Haus, die eine Eisenstange schwenkte.

»Ich komme, Johanna!«, brüllte die Frau, die nur einen Bademantel trug. »Ich rette dich!«

Fifí fand es an der Zeit, ebenfalls seine Waffe zu ziehen. »Sie bleiben sofort stehen!«, wiederholte er Tomás' Worte.

Sie verharrten regungslos, die Polizisten mit erhobenen Waffen, Johanna mit einem Cuttermesser, die Mittfünfzigerin mit einer Eisenstange, der Mann mit dem Hammer.

Was ist das für ein Irrentreffen?, dachte Tomás maßlos irritiert. »Jetzt legen alle ihre Waffen aus der Hand! Runter damit! Hammer weg! Messer weg! Eisenstange weg!«

Die Frauen gehorchten, der Mann zögerte, beugte sich hinunter und ließ den Hammer auf den Boden gleiten.

»Was ist hier los?«, wollte Tomás wissen.

»Diese Frauen greifen mich ständig an!«, schrie der Mann. »Sie wollen mich ruinieren. Sie jagen mir die Polizei auf den Hals. Die sind verrückt!«

Tomás musste zugeben, dass er geneigt war, dem Mann zu glauben. Er hatte sich eben eine wilde Verfolgungsfahrt mit einer Großmutter geliefert, die mit Messern herumfuchtelte, dazu kam die wirre andere Frau mit Eisenstange und zerzausten Haaren.

»Er ist ein Mörder«, sagte Johanna ruhig. »Hinter dem Haus werden Sie einen Sack mit einer Leiche finden.«

Tomás glaubte, nicht richtig gehört zu haben. »Einen Sack mit einer Leiche«, wiederholte er trocken.

»Ja, er will sie einbetonieren«, informierte ihn die jüngere Dame.

»Einbetonieren«, echote Fifí.

»Sehen Sie!«, geiferte der Mann. »Die sind doch nicht mehr ganz dicht. Nehmen Sie sie mit. Sperren Sie sie ein!«

Fifí blickte zu Tomás hinüber. »Ich glaube, er hat recht. Wir nehmen die Frauen mit auf die Wache, holen einen Psychologen und lassen sie durchchecken.«

»Bitte, sehen Sie erst nach dem Müllsack. Dann können Sie machen, was Sie wollen«, sagte Johanna mit fester Stimme.

Sie wirkte nicht verrückt, fand Tomás. Und Héctor hatte auch nie etwas davon gesagt, dass sie durchgedreht war. Hatte sie nicht erst im Sommer geholfen, einen Serienkiller zu stoppen?

Er holte seine Handschellen hervor. »Das wird mir zu bunt. Fifí, ich glaube, es ist besser, wenn wir ihn und die Frau mit der Eisenstange fesseln. Damit keiner ausbüxt.«

Damit legte er der Frau die Handschellen an, Fifí tat es ihm bei dem Mann gleich.

»Setzen Sie sich auf den Boden«, befahl Tomás. Er wandte sich an Johanna. »Nun zu Ihnen. Was soll das mit dem Müllsack? Ich kenne Sie doch von Héctor Ballester?«

Johanna sah erleichtert drein. »Stimmt, wir haben uns im Sommer kennengelernt. Ich wohne gegenüber.« Sie wies auf das schwarze Tor auf der anderen Straßenseite. »Und es ist, wie ich Ihnen sage: Der Mann hat seine Ehefrau ermordet. Die Leiche befindet sich in einem Müllsack, der hier irgendwo sein muss. Ich schwöre, ich bin nicht verrückt.«

So etwas Abstruses habe ich noch nie erlebt, dachte Tomás. Doch gleich danach erinnerte er sich daran, wie er im Sommer beim Pinkeln in einem Gebüsch eine furchtbar zugerichtete Frauenleiche gefunden hatte. Denkbar war also so ziemlich alles.

»Kommen Sie mal mit. Zeigen Sie mir diesen Müllsack mit der Leiche.«

Johanna Miebach schritt voran und betrat die zerstörte Terrasse. Das Licht war eingeschaltet und strahlte wie ein Flutlicht über den überwucherten Garten. Ein Betonmischer stand dort wie zum Einsatz parat. In dem Fundament für die Terrasse lag tatsächlich ein mannsgroßer Müllsack.

»Sie bleiben stehen und rühren sich nicht«, befahl Tomás.

Er sprang in die rund einen Meter fünfzig tiefe Baugrube, zog sein Allzweckmesser und schnitt den Sack auf. Darunter kam ein weiterer Sack zum Vorschein – und noch einer. Unter der dritten Schicht befand sich ein längliches, in Baufolie eingewickeltes Objekt.

Tomás keuchte.

Der Gestank war unbeschreiblich. Aus der Folie lugte eine dunkle Haarsträhne. Die Frauen hatten recht gehabt. Hier gab es tatsächlich eine Leiche.

Er hörte Fifí schreien, kletterte aus der Grube und rannte zurück zur Einfahrt. Der Mann lag mit einer blutenden Kopfwunde im Kies und stöhnte.

»Der wollte doch tatsächlich angreifen. Mit Handfesseln. So ein Idiot.« Fifí hielt seine Pistole in der Hand, offenbar hatte er mit dem Knauf zugeschlagen.

Tomás eilte zum Streifenwagen und riss das Mikro an sich. »Zentrale? Wagen 3. Sofort das große Besteck mit Kriminaltechnik und allem zum Galdent, genauen Standort schicke ich euch. Hier liegt eine Leiche in einer Baugrube.«

Er sandte die Ortungsdaten via Smartphone an die Zentrale und musste sich erst einmal setzen. Bis vor zehn Minuten war es ein perfekter Tag gewesen.

32

Mit frischer Energie zupfte Johanna das Unkraut am Rand des Pools. Bei der Flucht vor dem Streifenwagen hatte sie sich tatsächlich wieder jung gefühlt.

Sie schämte sich ein bisschen. Was etwas Action bei einer Ermittlung doch alles auslösen konnte. Sie hatte Gemma alles ausführlich berichtet.

Gemma ging es deutlich besser, sie war nach Valldemossa gefahren, um ihre Sachen zu holen. Zuvor hatte sie ordentlich mit ihr geschimpft, weil sie allein in den Müllkippen herumgesucht hatte. Da waren sie ganz Oma und Enkelin, für Alleingänge waren sie beide zu haben.

Johannas Laune sank, als sie Konstantin drinnen summen hörte.

Er schlenderte hinaus zu ihr in den Garten. »Ich denke, ich werde mir einen Job in Palma suchen«, kündigte er an. »Und eine eigene Wohnung. Ich sehe dir doch an, dass du es kaum abwarten kannst, bis ich endlich weg bin. Obwohl ihr so spektakulär meine Unschuld bewiesen habt.«

»Wir haben gar nichts bewiesen«, murmelte Johanna und rupfte aus Versehen eine Staude Kapmargeriten heraus. »Job und Wohnung sind eine gute Idee.«

Lässig lehnte sich Konstantin an die Poolmauer. »Ich hoffe, du hast nichts dagegen, aber ich werde Gemma fragen, ob sie bei mir einziehen möchte.«

Empört richtete sich Johanna auf, die kleine Gartenhacke in der Hand.

Doch Konstantin winkte lachend ab. »War ein Scherz. Ich werde euch zwei schon nicht auseinanderreißen. Ich muss noch etwas Dringendes erledigen, und dann werde ich dir nicht mehr auf die Nerven gehen, versprochen.« Mit diesen Worten ging er zu dem Seat und fuhr davon.

Johanna sah ihm wütend nach. Nein, sie mochte ihn nicht. Je früher er wieder aus ihrem Leben verschwand, desto besser. Sie hoffte, dass Gemma nicht den Wunsch hegte, ihren Vater jeden Sonntag zum Essen einzuladen.

Langsam ging sie zurück auf die Terrasse und setzte sich an den Steintisch. Sie grübelte. Ja, sie hatte ein komisches Gefühl. Das Gefühl, irgendetwas Wichtiges übersehen zu haben, wurde immer größer. Sie kam nur leider nicht darauf, was es war.

Héctor fuhr vor, setzte sich zu ihr und berichtete das Neueste zum Fall Felipe Taverner. »Er sitzt warm und trocken hinter Schloss und Riegel, leugnet allerdings, die junge Frau getötet zu haben. Weißt du, mit welcher Geschichte er bei der Vernehmung um die Ecke kam?«

»Rück schon damit raus.«

»Er sagt, er habe einen Streit mit Violeta gehabt und sei weggefahren. Als er sich beruhigt habe und zurückgekommen sei, habe sie tot im Haus gelegen. Erschlagen.«

»Ach. Das klingt ziemlich unglaubwürdig.«

»Ja, er behauptet, er habe vorher seine Nachbarin im Garten herumschleichen sehen. Da habe er befürchtet, sie könnte den Streit mitbekommen haben und er stünde als Mörder da.«

»Und deshalb hat er die Leiche eingepackt und in den Müll geworfen?«, sagte Johanna voller Abscheu.

»Genau. Er habe Violetas Familie viel Geld geschuldet und außerdem neu heiraten wollen. Er gibt selbst zu, allerhand Motive gehabt zu haben, sie zu töten. Aber er schwört Stein und Bein, dass er es nicht war.«

»Und warum hat er den Sack mit der Leiche wieder von der Müllkippe geholt?«

»Das geht auf deine Kappe. Er glaubte, dass du ihm doch noch auf die Schliche kommen würdest. Hat gedacht, wenn er sie jetzt in der Terrasse einbetoniert, sieht da niemand mehr nach – weil wir da ja schon gegraben haben.«

»Das war immerhin schlau von ihm«, urteilte Johanna. »Wir hätten niemals die Genehmigung bekommen, dort noch einmal alles aufhacken zu lassen.«

Héctor stimmte zu. »Dass er darauf beharrt, Violeta tot vorgefunden zu haben, nachdem er nur kurze Zeit weg war, ist ziemlich weit hergeholt. Wer außer ihm sollte denn einen Grund gehabt haben, in sein Haus zu gehen und eine wildfremde Frau zu töten?«

Héctors Smartphone klingelte. Er ging in den Garten, um zu telefonieren.

Johanna grübelte. Die ganze Geschichte von Felipe klang völlig an den Haaren herbeigezogen, und trotzdem musste es einen Punkt geben, den sie übersehen hatte. Was war das nur?

Sie holte ihren Laptop, lud das Video in ihre Cloud, das sie nachts auf der Müllkippe aufgenommen hatte, und speicherte es zu ihren Ermittlungsergebnissen im Dezember-Ordner, in dem sich bislang nur ihre vage Verdachtsliste befand. Sie betrachtete das Video, dann die Liste. Was übersah sie nur? Vielleicht konnte Gemma helfen.

Johanna rief sie an und ließ es lange klingeln.

Endlich ging Gemma ans Telefon. »Was gibt es?«, fragte sie atemlos. Die angebrochene Rippe mache ihr zu schaffen, hatte sie Johanna erzählt. »Ich bin fast fertig und komme gleich heim.«

»Wie lange brauchst du noch?«

»Der Koffer ist gepackt, aber ich warte noch, um mich verabschieden zu können. Oxana ist mit Tatjana bei Hanne im Krankenhaus, es geht ihr sehr schlecht. Sie wird es nicht schaffen. Holger ist auch im Krankenhaus, kann aber schon Aussagen bei der Polizei machen, Patrizia und Colau sind bei ihm. Hier ist also niemand. Was macht ihr?«

»Héctor und ich gehen gerade noch einmal alle Fakten durch. Konstantin will irgendwas Wichtiges holen, hat er gesagt. Aber kannst du dir kurz etwas angucken? Ich denke die ganze Zeit, mir fehlt ein Puzzlestück zum Mord bei unserem Nachbarn.«

Gemma murmelte zustimmend. Im Hintergrund hörte Johanna das Knirschen von Kies.

»Ich gebe dir den Ordner frei, schau bitte gleich mal rein.«

Schritte und Klappern, offenbar war Gemma zurück zu ihrem Poolhäuschen gegangen und fuhr ihren Laptop hoch.

»Da ist ja noch eine Liste.«

»Ach, das waren nur ganz vage Anhaltspunkte, die ich interessant fand«, sagte Johanna. »Es geht vor allem ums Video.«

Stille. Klappern. Dann ein Keuchen.

»Oh Gott! Jetzt wird mir alles klar!«, schrie Gemma. »*Er* war es. Er ist bestimmt auf dem Weg hierher. Und ich weiß auch, warum!«

Johanna bekam Angst. »Wer war was? Wen meinst du?«

»Oma, kommt sofort her. Du und Héctor. Ich halte ihn so lange auf.« Damit war das Gespräch beendet.

Voller Angst eilte Johanna zu Héctor. »Wir müssen sofort nach Valldemossa. Gemma hat irgendetwas herausgefunden, hoffentlich gerät sie nicht in Gefahr!«

Ohne nachzufragen, beendete Héctor sein Telefonat, eilte zum Wagen, ließ Johanna einsteigen und raste los.

Auf der Fahrt überflog Johanna immer wieder die Inhalte der Datei auf ihrem Smartphone. Was hatte Gemma entdeckt? War ihr etwas in der Liste aufgefallen? Oder in dem Video?

Als sie das Video zum dritten Mal anschaute, sah sie es. Sie war auf dem völlig falschen Dampfer gewesen.

33

Gemmas Herz hämmerte, als sie aus dem Poolhaus trat. Ob er schon da war?

Vorsichtig schlich sie durch den Garten. Sie wusste, wo sie suchen musste.

Aus dem Inneren der Grotte drang ein scharrendes, kratzendes Geräusch. Er war dort.

Sie ging näher und beobachtete den Mann, der vor der Marienstatue kniete.

»Deshalb bist du hier, richtig?«, fragte sie leise.

Konstantin sprang auf und fuhr herum. In der Hand hielt er ein kleines schwarzes Säckchen. Er starrte Gemma eine Sekunde lang entsetzt an, fing sich aber gleich.

»Nicht nur, ich wollte dich tatsächlich kennenlernen«, sagte er. »Aber die wollte ich natürlich auch.« Er wog das Säckchen in der Hand.

Gemma stand regungslos am Eingang der Grotte. »Das habe ich mir gedacht. Du hast als Einziger gewusst, dass Hallter sein Vermögen nicht zu Gold gemacht hat, wie er überall herumerzählt hat. Sondern zu Diamanten.« Sie wies auf den Beutel.

Konstantin lächelte matt. »Stimmt. Er hat sie in Antwerpen gekauft, ich habe ihn gefahren. Er fand das witzig, der Familie den Bären mit dem Gold aufzubinden. Hat sich vorgestellt, wie alle nach seinem Tod loslaufen und Goldbarren suchen. Dabei steckten all die Millionen hier drin.« Er öffnete das Säckchen und warf einen zufriedenen Blick hinein. »Und, wie bist du darauf gekommen?«

»Du hast es uns erzählt. Ich hatte es schon fast vergessen, aber Oma hatte es notiert. Weißt du noch? Wie du auf dem Weihnachtsmarkt von ›Hallters kleinem Schatz‹ gesprochen hast? Als ich die Formulierung eben in Omas Aufzeichnungen gelesen habe, wurde mir klar, dass das Gold eine Finte war.«

»Und wieso das?«, fragte Konstantin.

Gemma stemmte die Hände in die Hüften. »Ich bitte dich,

zwanzig Millionen Dollar in Gold, das sind um die hundertsechzig Goldbarren. So etwas kann man nicht verstecken. Aber du wusstest, dass es ein ›kleiner Schatz‹ war. So hast du es genannt, das hat dich verraten.« Sie wies auf den Beutel. »Und nur du hast gewusst, wo sich dieser Schatz befindet. Die Statue lässt sich öffnen, nicht wahr? Wie die Dose mit der Heiligen auf dem Weihnachtsmarkt, die Oma gekauft hat. Jetzt ist mir klar, warum ich die Fotos von dem Grundstück machen sollte. Du wolltest wissen, ob die Grotte noch da ist. Ob die Statue noch da ist.«

»Völlig richtig. Du bist ein ziemlich kluges Mädchen.« Konstantin sah sie grimmig an.

»Also habt ihr den alten Hallter zu dritt ermordet«, fuhr sie unbeeindruckt fort. »Susanna und Hanne wollten Rache, und du wolltest die Klunker, stimmt's?«

Konstantin lachte auf. »Mein liebes Kind, ihr habt doch soeben eifrig meine Unschuld bewiesen und Susanna und Hanne überführt. Und jetzt soll ich doch ein Mörder sein?«

»Wir haben lediglich zwei Mittäter ermittelt«, sagte Gemma fest. »Ich habe so eine Ahnung, wie es abgelaufen ist. Ihr habt zu dritt den Mord beschlossen. Hanne hat die hochdosierten Valiumtropfen besorgt, nehme ich an? War sie schon süchtig, oder wurde sie es erst nach dem Mord?«

Konstantin betrachtete versonnen den Beutel. »Sie war damals schon verrückt, aber eine Sucht habe ich nicht entdecken können. Das begann wohl erst danach.«

»Du hattest die Aufgabe, Hallter die tödliche Dosis zu geben. Wo hast du das Zeug reingekippt, in seinen Orangensaft?«

»In seinen Espresso, um genau zu sein«, korrigierte Konstantin.

»Du wolltest dir ein Alibi beschaffen, indem du zu dieser frühen Stunde ein Telefonat geführt hast. Dass dein Bekannter gleich danach bei einem Unfall sterben und der unfähige Ermittlungsbeamte die Zeugenaussage verschlampen würde, konntest du ja nicht ahnen.«

»Das war allerdings ungeplant, ja«, sagte Konstantin leise.

»Susanna und Hanne haben am Pool gewartet. Das Zeug wirkte zu schnell, Hallter hat es nicht mehr ins Becken geschafft, sondern ist vor dem Pool zusammengebrochen. Also haben sie den Alten hineingeschleift und unter Wasser gedrückt.« Gemma betrachtete Konstantin kalt. »Doch es geschah etwas, womit du nicht gerechnet hattest, oder? Susanna und Hanne hatten geplant, dir alles in die Schuhe zu schieben. Davon ahntest du nichts. Hanne hatte schon vorher eine leere Valiumflasche in deinem Zimmer versteckt. Und zwar so, dass du sie nicht finden würdest, aber wiederum auch so, dass sie bei einer Durchsuchung sofort auftauchen würde. Und die gute Susanna hat eines deiner Shirts aus der Hauswäsche gezogen. Sie hat es im Pool durchnässt, etwas von Hallters Blut am Beckenrand aufgetupft und das Shirt als Köder ausgelegt. Den hat die Polizei prompt geschluckt.« Sie sah Konstantin fragend an. »Warum hast du sie geschützt? Warum hast du vor Gericht nicht ausgesagt, dass sie beteiligt waren?«

»Meine ganze Verteidigung war auf ›nicht schuldig‹ ausgelegt. Ich dachte, ich hätte mit meinem Alibi vorgesorgt, und war ehrlich gesagt ziemlich überrascht, als da alle möglichen Gerüchte und Beweise um die Ecke kamen. Mein Anwalt war ohnehin unbrauchbar. Und glaub mir, wenn du als Hauptverdächtiger behauptest, andere seien mitbeteiligt gewesen, und es dafür keinen einzigen Beweis gibt, dann macht dich das nicht glaubwürdiger. Sogar mein Schwachkopf von Anwalt hat das so gesehen. Es gab Beweise gegen mich, aber nicht gegen andere. Zumindest keine, die sich in der läppischen Akte befanden, die dieser trottelige Ermittlungsleiter zusammengerotzt hatte.«

Da hat er wohl recht, musste Gemma zugeben. »Warum hast du uns auf das Pferd gesetzt, dass Holger Hallter mitbeteiligt war?«

»Ich dachte, er hätte den beiden Hennen eingeredet, mich über die Klinge springen zu lassen. Er war der Geldgierige der Familie. Außerdem dachte ich, die beiden Weiber wären zu blöd, sich so ein Ding auszudenken.«

»Ja, ich hatte auch so ein Gefühl, als wärst du der Typ, der Frauen unterschätzt«, sagte Gemma sarkastisch. »Und dann?«

»Dann habe ich im Gefängnis gesessen und zwanzig Jahre nur an die Diamanten gedacht. Und dass ich sie mir holen würde, sobald ich draußen bin.«

»Ich hatte auch nicht erwartet, dass du in all der Zeit an deine Tochter gedacht hast«, sagte Gemma sachlich.

»Ich gebe zu, dass ich wissen wollte, was für ein Mensch du bist. Ob du mir ähnlich bist.« Er wies mit dem Finger auf sie. »Und was stelle ich fest? Du bist Privatdetektivin. Mir wurde klar, dass es dir gelingen könnte, zu den Hallters und in dieses kleine Fort Knox vorzudringen. Dass du mich hereinschleusen könntest, damit ich die Diamanten holen kann.« Er hob sein Smartphone und zeigte ein Foto mit dem Türcode. »Das hat geklappt. Deine langsam schusselig werdende Großmutter musste ja ihr Notizheft herumliegen lassen. Und du bist ja auch gleich losgelaufen, um meine Unschuld zu beweisen.«

Gemma blieb ungerührt. »Die beiden Einbruchsversuche bei den Hallters im November, das warst du.«

Er kam auf sie zu. »Ganz genau, leider erfolglos. Deshalb brauchte ich schließlich dich. Und ich werde jetzt gehen, mit diesem Säckchen. Wie wäre es? Du könntest mitkommen. Wir kaufen uns irgendwo in Südamerika eine Hacienda und leben im Luxus.«

»Danke, aber nein. Ich gehe nirgendwohin und du auch nicht. Du glaubst doch nicht, dass ich einen Mörder laufen lasse?«

Konstantin blieb ruckartig am Eingang der Grotte stehen. »Du kannst mich nicht aufhalten. Und ich habe meine Strafe abgesessen. Dafür kann mich niemand noch mal verknacken.«

Gemmas Miene war grimmig geworden. »Richtig. Die Strafe für den Mord an Horst Hallter hast du abgesessen. Aber jetzt geht es um den Mord an Violeta Rojas. Die junge Frau in unserem Nachbarhaus.«

Konstantin war bleich geworden. Er riss die Augen auf. »Was? Bist du verrückt? Wie kommst du darauf?«

Gemma verschränkte die Arme. »Du hast mich beobachtet, als du auf die Insel kamst. Tagelang. Du hast viel über meinen Tagesablauf gewusst. Aber ich habe mir nie die Frage gestellt, von wo aus du mich observiert hast. Vom leeren Haus nebenan, oder? Wenn die Bauarbeiter weg waren, hast du dich hineingeschlichen. Bis eines Abends Felipe und Violeta dort waren.«

Konstantin wirkte zu Tode erschrocken, doch Gemma zog

das Smartphone hervor und suchte etwas, während sie weitersprach. »Die beiden haben gestritten. Als es wieder ruhig war, kamst du aus deinem Versteck, richtig? Aber du hattest nicht damit gerechnet, dass Violeta noch da sein und dich entdecken würde. Was hast du dann getan? Hast du sie erschlagen?«

»Du bist doch wahnsinnig. Ich war niemals in diesem Haus. Ich weiß nicht, wovon du sprichst.«

»Und ob du dort warst. Du hast sogar ein Souvenir mitgebracht.« Gemma hielt ihm das Smartphone vor die Nase. Sie hatte Screenshots von dem Video gemacht, das Johanna auf der Müllkippe aufgenommen hatte. Dort lagen die zerborstenen Kacheln aus Felipes Haus auf einem Haufen – sie waren mit einem hübschen Motiv verziert, einer kleinen Sonne auf blauem Grund.

»Erkennst du die Kachel, die du eingesteckt hast? Die jetzt auf unserem Esstisch liegt?«

Konstantin sah aus, als wollte er sich vor Wut auf sie stürzen, aber eine feste Stimme hielt ihn davon ab.

»Stopp und Hände hoch!«, rief Héctor. Er war hinter Gemma aufgetaucht und richtete seine Pistole auf Konstantin. Neben ihm stand Johanna. »Señor Friedrichs, ich verhafte Sie wegen des Verdachts der Ermordung von Violeta Rojas und des versuchten Diebstahls des Hallter-Erbes.« Er eilte an Gemma vorbei und legte dem verdatterten Konstantin Handfesseln an.

»Ihr seid doch verrückt geworden. Weil ich irgendwo eine Kachel gefunden habe, werde ich festgenommen? Damit kommt ihr nicht durch!«

»Damit vielleicht nicht. Aber mit deiner DNA werden wir sicherlich einen Treffer landen. Héctor war so hellsichtig, sich bereits ein paar Proben mitzunehmen. Die sind schon im Labor. Mal sehen, ob wir deine Spuren im Haus und an der Leiche finden.« Johanna musterte ihn grimmig.

Héctor hatte ihr schon vor Tagen gestanden, dass er Konstantins benutzte Trinkgläser und Haare aus dem Kamm eingesteckt hatte. Eigentlich waren sie dafür vorgesehen gewesen, Konstantins Unschuld im Hallter-Fall zu beweisen. Jetzt mussten sie als Beweise gegen ihn im Rojas-Fall dienen.

Konstantin zitterte. »Ich habe sie nicht töten wollen«, flüsterte er. »Ich dachte, alle wären weg. Ich bin tatsächlich aus meinem Versteck gekommen, und dann stand sie da. Sie hat sich fürchterlich erschrocken, fing an, auf mich einzuschlagen. Ich habe sie einfach nur weggestupst. Sie muss mit dem Kopf auf einen Stein gefallen sein. Es war ein Unfall.«

Gemma wog den Kopf. »Wir werden sehen. Die Leiche ist noch in der Gerichtsmedizin. Die werden feststellen, wie sie ums Leben kam.«

Die von Héctor herbeigerufene Verstärkung traf ein und nahm Konstantin mit, er drehte sich nicht um. Héctor fuhr mit seinem Dienstwagen und den Diamanten im Asservatenbeutel hinterher und ließ Johanna und Gemma allein.

Johanna trat zu der Grotte. »Ich glaube übrigens, dass es noch jemanden gab, der wusste, wo sich Hallters Schatz befand.«

Gemma stellte sich neben sie. Sie betrachteten die Marienstatue und das Glas mit Feldblumen daneben.

»Colau«, sagte Gemma. »Er hat Hallters Erbe bewacht. Er wollte bestimmt, dass nicht Holger und Hanne, sondern Oxana es irgendwann erhält.«

Beide schwiegen.

»Mir tut es leid, dass ich dich so lange darüber angelogen habe, wer dein Vater ist«, sagte Johanna schließlich.

»Ich verstehe das jetzt. Er ist ein Soziopath und ein Mörder. Ich finde es normal, dass du mich vor dieser Erkenntnis schützen wolltest.«

»Aber ich habe dir vieles nicht erzählt. Ich habe dir auch noch nichts über deinen Großvater verraten.«

»Wenn da noch so eine Horrorstory kommt, will ich das vielleicht lieber gar nicht wissen«, sagte Gemma trocken.

Johanna wandte sich um und ging langsam zum Auto. »Nein, Gemma. Dein Großvater und ich, das war eine ganz andere Geschichte.«

34

Jefe Robla war ausnahmsweise hocherfreut. Héctor war es gewohnt, von ihm angeschrien zu werden, und wusste kaum mit der Situation umzugehen.

»Damit kriege ich ihn.« Robla strahlte. »Der Fall wird wieder aufgerollt. Der ganze Murks, den Simón angerichtet hat, kommt ans Licht. Der ist erledigt.« Er klopfte Héctor wohlwollend auf die Schulter. »Gut gemacht, mein Junge.«

Nun wurde es Héctor zu bunt, denn er war nicht davon überzeugt, dass hier noch mal etwas aufgerollt werden konnte. »Eine Mörderin ist tot, und eine Mörderin fällt immer wieder ins Koma. Es ist unklar, ob sie gesund wird. Das wird schwierig mit der Verhandlung«, sagte er skeptisch.

»Und was ist mit dem, den ihr verhaftet habt?«, fragte Robla leichthin.

»Der saß wegen genau dieses Mordes ja schon im Knast, den können wir im Hallter-Fall nicht ein zweites Mal verurteilen.« Er hatte geahnt, dass Robla vor Begeisterung den Faden verlieren würde.

»Du immer mit deinen Bedenken. Jetzt kommen die Feiertage. Deine Freundin und deine Familie warten bestimmt auf dich. Lass mich nur machen.«

Héctor schwante Schlimmes, aber er verließ das Präsidium und fuhr nach Algaida zu seinen Eltern. Seine Mutter hatte angekündigt, mit ihm sprechen zu wollen. Auch das verbesserte seine Laune nicht.

***

»Und du bist Weihnachten bei uns? Du vergisst es nicht?«

Héctor stand kaum in der Küche, als Yolanda Ballester ihn schon streng taxierte.

»Mama, das haben wir doch abgesprochen. Heiligabend bin ich bei Johanna und Gemma, die Deutschen feiern am 24. Dezember, das weißt du doch. Und am 25. bin ich bei euch. Wann habe ich schon mal Weihnachten vergessen?«

»Vor drei Jahren«, schnappte Yolanda.

»Da habe ich es nicht vergessen, da hatte ich Dienst.« Héctor stöhnte. »Und das wusstest du auch. Straftaten gibt es nicht nur zu Bürozeiten.«

Yolanda warf grimmig Knoblauch in einen Topf. Sie setzte sich zu Héctor an den Küchentisch und musterte ihn.

Er sah an sich herunter und fand keinen Anlass zu Kritik. Er war beim Friseur gewesen und hatte sich rasiert. Sein Hemd war gebügelt, die Schuhe geputzt.

»*Déu meu*, was guckst du so, Mama?«

»Ist alles wieder in Ordnung bei dir und Gemma? Du siehst besser aus.«

»Mama, es war auch nie etwas in Unordnung.«

»Was hast du die letzten Wochen gemacht? Ich dachte, du hattest Urlaub? Stattdessen hast du irgendwelche Mörder ermittelt? Ist das deine Vorstellung von Urlaub?«

Yolanda machte sich daran, an seiner Polizeiarbeit herumzukritteln, das kannte er schon.

»Mama, bitte! Ich weiß schon, was ich tue.«

Sie nahm seine Hand. »Junge, ist gut. Ich weiß ja auch, warum du Polizist geworden bist. Es war wegen Oma. Wegen dieses Unmenschen, der sie betrunken totgefahren hat und ganz ohne Strafe davongekommen ist. Ich verstehe es auch. Aber ich weiß nicht, ob es dich glücklich macht.«

Macht es mich glücklich, Polizist zu sein? Héctor fühlte in sich hinein. Nein, glücklich machte es ihn nicht. Er war oft nah am Abgrund, er sah Unglück, Schmerz und Tod. Er wurde gerufen, wenn anderen Menschen schreckliche Tragödien widerfuhren. Und oft waren diese Tragödien nicht mehr zu verhindern. Aber er konnte für Gerechtigkeit sorgen, er konnte die Mörder, die Gewalttäter stoppen, die Schwachen schützen. Es ging gar nicht um sein Glück. Ihm ging es darum, die Welt ein bisschen besser zu machen, gerechter. Es war sein inneres Bedürfnis, dies zu tun. Wenn er es nicht täte, hätte er das Gefühl, sein Leben nicht bestmöglich einzusetzen und zu leben.

Er atmete tief ein. »Nein, Mama. Es macht mich nicht glücklich. Aber es ist eben das, was ich tun muss.«

Seine Mutter drückte seine Hand. »Ich weiß. Glaub nicht, dass ich das nicht wüsste. Ich habe immer solche Angst um dich. Ich sähe dich lieber sicher in einer Küche mit der einzigen Gefahr, dass du dich am Topf verbrennst. Aber du bist eben so, wie du bist.« Sie stand auf. »Weißt du, was dein Vater werden wollte, als er in deinem Alter war?«

Héctor schüttelte den Kopf. Nein, das wusste er tatsächlich nicht. Er hatte angenommen, sein Vater habe immer nur Koch sein wollen.

»Er wollte Polizist werden, genau wie du. Du hast es also doch im Blut.« Sie zeigte auf das Foto. »Er hat es dir nie erzählt, um dich nicht auf dumme Gedanken zu bringen. Auf die bist du aber ganz allein gekommen.«

Héctor betrachtete den Vater auf dem Bild. »Gut, dass ich es jetzt weiß. Dann habe ich kein ganz so schlechtes Gefühl mehr, die Familientradition gebrochen zu haben.«

Yolanda winkte ab. »Ich habe eine Neuigkeit für dich. Wir werden das ›Vermell‹ verkaufen.«

»Wirklich? Aber du hängst doch so daran.« Damit hatte er nicht gerechnet.

»Ach«, sagte Yolanda leichthin. »Weg damit. Wir können es nicht mehr führen, deine Cousine möchte es nicht, und du hast andere Pläne. Wir verkaufen es, und fertig.« Sie strich ihm eine dunkle Locke aus der Stirn. »Wir werden das Geld aufbewahren. Wenn du Gemma heiratest, bekommt ihr von uns einen schönen Zuschuss für eure Wohnung.«

Das war typisch für Yolanda. Ein Wink mit dem Zaunpfahl.

»Mama, Gemma ist erst einundzwanzig. Ich weiß nicht, ob wir jetzt schon heiraten müssen.«

Doch Yolanda war bereits aus der Küche gegangen.

Héctor blieb am Tisch sitzen. Heiraten. Da war es wieder.

35

Johanna wirbelte durch die Küche, während Gemma den Weihnachtsbaum schmückte. Es war Heiligabend. Sie hatte die Tanne am Vortag auf dem Sonntagsmarkt in Llucmajor gekauft. In der Küche lief das Radio, sie spielten zum wiederholten Male »Feliz Navidad«.

Wenn sie es noch mal bringen, schmeiße ich das Radio an die Wand, dachte Johanna genervt.

Da hörte sie, wie Gemma nebenan lauthals mitsang. *»¡Feliz Navidad, Feliz Navidad, Feliz Navidad, próspero año y felicidad!«*

Johanna summte die Melodie. Eigentlich war es doch ein hübsches Lied.

Ihr Plan war, heute ein mallorquinisches Weihnachtsmenü zu kochen. Als Vorspeise sollte es *sopa farcida de nadal* geben, eine Festtagssuppe mit großen Muschelnudeln, Hühnerfleisch, Hackfleisch, Erbsenschoten und Eiern. Als Hauptgang einen Lammbraten mit Aprikosen und Feigen, Korinthen, Muskat und Mandeln. Und als Nachspeise hatte sie besonders cremiges Mandeleis gekauft, dazu selbst eingekochte Aprikosen.

Sie lief in den Garten, um sich einige Kräuter aus ihrem Hochbeet zu holen. Draußen vor dem Tor bemerkte sie Angelika mit Günther, die ihr zuwinkte. Johanna wusste, dass Wolfgang eingetroffen war und sich um das weihnachtliche Spanferkel kümmerte, das ihm jedes Jahr auf neue Art spektakulär misslang.

»Günther wird sich freuen«, hatte Angelika verraten. »Er ist nicht wählerisch, wenn es um Fleisch geht.«

Johanna kehrte zurück ins Wohnzimmer. Gemma hatte den Baum fertig geschmückt und die Lichterkette befestigt. Es war heimelig und wunderschön.

Das fand auch Héctor, als er abends zum gemeinsamen Fest vorbeikam. Er bewunderte den Baum, legte seine Geschenke für Gemma und Johanna darunter und hatte außerdem Neuigkeiten aus Valldemossa mitgebracht.

»Oxana war sehr überrascht, dass es tatsächlich einen Schatz gegeben hat«, berichtete er. »Als Vorerbin kann Tatjana darüber verfügen, und sie hat mir gesagt, sie will einen Teil des Geldes nutzen, um das Familienunternehmen auf Umweltschutz und Nachhaltigkeit umzurüsten. Und Oxana besteht darauf, dass sie eine ziemlich große Summe an die Flutopfer auf Mallorca spenden. Ganz so verrückt ist sie ja doch nicht.«

»Was geschieht mit der Familie?«, fragte Gemma. »Was ist mit Holger, Patrizia und Colau?«

»Holger geht es besser. Susanna hat ihn ganz schön erwischt mit dem Kerzenleuchter.«

»Warum hat sie ihn überhaupt angegriffen?«, fragte Johanna.

»Das Krankenhaus hat ihn angerufen und ihm mitgeteilt, dass Hanne eine Überdosis Novalgin intus hatte. Und da ist ihm eingefallen, dass er gesehen hat, wie Susanna das Medikament an sich genommen hat. Er wollte sie zur Rede stellen, und sie hat ihm gleich eine verpasst.« Héctor richtete eine Christbaumkugel, die vom Baum zu purzeln drohte. »Hannes Tasse mit dem restlichen Novalgin war übrigens genau dort, wo du sie vermutet hast, Gemma. Unten in dem Oleander, den Susanna gerade umgetopft hatte.« Er nahm sich ein Stück *turrón*, das auf dem Tisch drapiert war. »Tatjana und Oxana wollen das Haus in Köln verkaufen, sagen sie. Was sie mit dem Anwesen in Valldemossa machen, wissen sie noch nicht. Aber ich denke, Oxana hängt zu sehr daran und auch an Colau. Sie werden es wohl behalten.«

Nach dem hervorragenden Essen öffneten sie die Geschenke, was ein paar Turbulenzen ergab. Sowohl Héctor als auch Johanna hatten Gemma ein Kleid geschenkt. Das betrachtete diese als Affront gegen ihre Standardkleidung. Aber als sie in einem der Pakete auch ein neues Computerspiel entdeckte, war sie besänftigt.

Johanna ging hinaus in den Garten, um sich nach dem vielen Essen die Beine zu vertreten. Gemma probierte ihr Spiel aus, Héctor folgte Johanna auf den weiten Hof.

»Hör mal, ich wollte dich etwas fragen …«

»Ja, mein Junge?«

»Ich würde Gemma gern um ihre Hand bitten, aber ich weiß nicht, wie sie dazu steht. Was meinst du? Hältst du das für eine gute Idee?« Er sah sie flehentlich an.

Johanna erstarrte innerlich. Jetzt geschah es. Er kam und nahm sie ihr weg. Das durfte sie nicht zulassen.

»Nun, ich weiß, dass sie dazu keine positive Meinung hat«, sagte sie vorsichtig. »Sie hat mir erst kürzlich gesagt, solche Konventionen würden sie einengen. Vielleicht verjagst du sie damit. Du weißt doch, dass sie sehr freiheitsliebend ist.«

Sie fühlte sich schlecht. War das Verrat? Gemma hatte ihr gegenüber noch nie irgendeine Meinung zum Heiraten geäußert. Und sie log Héctor, dem guten, lieben Héctor, eiskalt ins Gesicht und sagte ihm, Gemma wolle ihn nicht.

Aber es musste sein. Sie wollte Gemma nicht verlieren, um keinen Preis.

Héctor wirkte traurig. »Du meinst, ich soll noch warten? Vielleicht ändert sie ihre Meinung ja.«

Mit einem Kloß im Hals antwortete Johanna. »Ja, warte noch ein paar Jahre.«

Héctor schluckte schwer. »Ich muss ein Stück spazieren gehen, um das zu verdauen.«

Ich bin eine grässliche Frau, dachte Johanna. Ich will nicht allein alt werden und binde das Kind an mich, ich Egoistin.

Sie beobachtete Gemma durch das Fenster, wie sie aufstand und eine heruntergekullerte Weihnachtskugel wieder an den Baum hängte.

Familie, dachte sie, Familie ist das Schönste und gleichzeitig das Schrecklichste auf der Welt. Weil man so entsetzlich viel zu verlieren hat.

Epilog

Der Mann ging schweigend den Gefängnisflur entlang. Graue Betonmauern, blaue Gitterstangen vor den Fenstern. Draußen regnete es in weichen Schlieren. Durch die Stäbe sah er das kleine Industriegebiet, die Obstbäume, die Autobahn Ma-11 mit ihrem rastlosen Gewimmel, Autos und Lastwagen. Dahinter, weit in der Ferne, lag Palma.

Ein Wachmann schloss ihm die Eisentür auf, die zu einem weiteren Flur führte und von dort aus in einen hellen Saal, in dem die Strafgefangenen Besucher empfangen durften. Neben der Tür stand ein erstaunlich hübscher Weihnachtsbaum, geschmückt mit Lametta, Lichterketten und goldenen Trompeten.

In einer Ecke erkannte er Pater Stephan. Er besuchte einen Mithäftling. Der kleine Pater wirkte nicht überrascht, als er Konstantin sah. Vermutlich hatte er schon den Akten entnommen, dass er einen alten Bekannten als neues Schäflein zugeteilt bekommen hatte.

Konstantin setzte sich an einen der abgewetzten Resopaltische und wartete. Pater Stephan schenkte seinem Schützling ein kurzes Handzeichen und kam herüber.

»Ich hätte nicht gedacht, dass wir uns noch einmal wiedersehen würden«, sagte der Pater ohne Begrüßung.

»Ich auch nicht«, antwortete Konstantin.

»Bevor die Seelsorge beginnen kann, muss ich erst einige Unterlagen durcharbeiten.« Stephan blieb förmlich. »Ich kann heute noch nicht mit dir sprechen, das ist gegen die Vorschrift.«

»Ich weiß. Ich warte auch nicht auf dich, sondern auf meine Tochter.«

Der Pater sah irritiert aus. »Sie besucht dich? Nach allem, was war?«

»Ich habe sie gebeten, zu kommen. Und sie hat zugestimmt. Weil Weihnachten ist.«

In diesem Moment kam Gemma durch die Tür in den Besuchsraum, groß und blond, mit grünen Augen. Seinen grünen Augen.

Konstantin lächelte ihr zu. Was war, ist vorbei. Es gibt nur noch das Morgen, es gibt nur noch die Zukunft. »Frohe Weihnachten, mein Schatz«, sagte er.

Danksagung

Ich bedanke mich bei meiner lieben Freundin C., deren schöne Finca am Fuße des Galdent-Höhenzugs zur Heimat von Johanna und Gemma geworden ist.

Dank auch an meinen Mann Thomas Schildmann, Erstleser, schärfster Kritiker und Lieferant von Informationen zur praktischen Polizeiarbeit und zu authentischen Einzelheiten aus dem Polizistenalltag.

Und ich bedanke mich beim Emons Verlag, bei Stefanie Rahnfeld und Jana Budde, bei meiner Lektorin Susann Säuberlich und natürlich bei meiner wunderbaren Agentin Lianne Kolf.

CHRISTINA GRUBER
MANDELBLÜTENMORD
Mallorca Krimi
emons:

Christina Gruber
DER TEUFEL VON MALLORCA
Broschur, 256 Seiten
ISBN 978-3-7408-0785-6

Ein skrupelloser Mörder versetzt Mallorca in Angst und Schrecken. Seine Opfer: junge Touristinnen. Inspector Héctor Ballester verfolgt die Spur des Täters – unterstützt von Top-Detektivin Johanna Miebach und ihrer Enkelin Gemma. Doch während das ungleiche Trio verzweifelt weitere Morde zu verhindern sucht, erlebt die Baleareninsel ihre dunkelste Stunde: Eine harmlose Demonstration gegen den Massentourismus endet in einem Blutbad …